燕歌行
卷5
秘密法寶
酒徒
著

目錄

CONTENTS

·第一章·

開科取士

「開科取士？」朱八十一的思路有點跟不上老進士的節奏。

「對，開科取士！」

逯魯曾懇求道：「此舉非但可令前來投奔都督的讀書人歸心，即便有人落榜，也只能怨命中無福，不能算都督慢待於他！」

人才是有了，如何安置他們，卻又令人很是頭疼。如果把這些人安排到都督幕府當中，或者放到淮安城的各級衙門當中委以重任，肯定會引起最早跟隨朱八十一打江山的這批老兄弟的不滿。

憑什麼啊？大夥將腦袋別在褲腰帶上搏殺了九個多月，好不容易才打下一塊落腳點，憑什麼讓這些什麼功勞都沒有的讀書人過來摘桃子？他們要是真有本事也算了，像逯魯曾那樣，能考個進士出來也罷；讀了那麼多年書才讀成個白衣秀才，憑什麼敢爬到大夥頭上指手畫腳？

但不將他們委以重任吧，又會冷了讀書人的心，畢竟其中有很多人的確是懷著一腔抱負來的，到了淮安後，卻被養起來不聞不問，著實辜負了他們的一番熱情。

逯魯曾身為集賢苑的山長，也曾經是天下讀書人的楷模，自然不能眼睜睜地看著慕名來投的讀書人最後因為得不到任用失望而去，所以只要找到機會，就跟朱八十一說上幾句，試圖為儒林同道們爭取一些機會。

但蘇先生卻是最早追隨朱八十一起家的肱骨之臣，無論為了自己，還是為了都督府的老資格們，他也不能任由新來者輕易爬上高位，所以兩個老頭不碰面則已，一碰面說不了幾句話，就得為了這個話題吵起來。

每次都得朱八十一出頭強行滅火，但滅了一回之後，用不了多久就得滅第二回。

「集賢苑那邊還請逯長史多花些心思！告訴大夥兒本都督並非有意怠慢，實乃最近一段時間公務繁忙，抽不開身。」滅過火後，朱八十一自己也覺得有些悻悻然，嘆了口氣，道：「待能抽開身時，立刻會給大夥一個交代！」

他並非有意怠慢，只是前來投奔的人才與他期待中的大賢相去太遠。他原以為，憑著左軍如今的名頭，還有逯魯曾老先生的號召力。即便招攬不到劉伯溫和李善長，至少像施耐庵和羅貫中同一水準的人才也能網羅到。

然而他這個月抽空見的幾個賢士，要麼是只會吟詩作畫，尋章摘句的老學究，要麼是誇誇其談，眼空似海的嘴炮。其中一個還建議他提起大軍，沿著黃河逆流而上直取長安，然後封鎖潼關天險以待天下之變，根本不考慮沿途補給以及黃河船運能不能直達長安的問題。

「老夫既然入了都督的幕府，自然會傾盡全力替都督而謀！」逯魯曾有了臺階下，也不像先前那樣生氣了，勉強點頭道：「但是還請都督儘快，即便不能全數錄用他們，至少也不要令大夥過於失望；否則一旦有人說出些什麼，難免會損害都督英名。」

「說就說，天底下的人又不是都沒長眼睛！」蘇先生撇撇嘴，在一旁冷笑：「好吃好喝好招待，還想怎麼樣？總不能是個人被都督見到就立刻當諸葛亮般對待吧，那諸葛亮也太不值錢了！」

「你閉嘴！」朱八十一回過頭，橫了蘇先生一眼。「要麼替我出主意，要麼閉嘴，想找人打架的話，到都督府外去找，別在我面前！」

蘇先生挨了訓，立刻老實下來，辯解道：「我不是嫉賢妒能，我只是覺得，是騾子是馬，總得先拉出去遛遛才行，否則，今天來一個賢才，明天來一個賢才，安排的位置低了，外邊會說是咱們慢待了人家，有眼不識金鑲玉；萬一讓那些沒本事的憑著幾句大話竊取了高位，也會讓外邊看笑話，總之弄得咱們自己裡外都落不到好！」

「盛名之下其實難符，偶爾也是有的！」逯魯曾也知道自己先前向朱八十一舉薦的賢才當中，有幾個是看走了眼，嘆了口氣道：「即便是朝廷的考試，也得看卷子能不能入考官的眼，才高卻落榜的，每一屆都比比皆是！」

「那樣至少公平，並且恩不出於私人！」能跟逯魯曾對著幹，蘇先生絕不含糊，立刻順著對方的話頭反駁道。

誰料逯魯曾這次卻突然變得謙遜起來，承認道：「科舉未必能選出人才，卻也不至於讓人濫竽充數，更是避免了兩漢以來完全靠關係才能出頭的尷尬局面，只可惜蒙元朝廷一葉障目，只看到了科舉未能替大宋選到賢能，卻忽略了此法的公平性，以至於七十年來科舉時斷時續……唉！」說到這兒，他轉過頭，衝著朱八十一深深施禮，「鑑於幕府眼下人才匱乏，屬下懇請都督因陋就簡，立即下令開科取士。」

「開科取士？」朱八十一的思路有點跟不上老進士的節奏。

「對，開科取士！」逯魯曾懇求道：「此舉非但可令前來投奔都督的讀書人歸心，即便有人落榜，也只能怨命中無福，不能算都督慢待於他！」

朱屠戶要開科取士！消息傳開，比一個月前徐州左軍星夜奪淮安還讓天下人感到震驚。特別是某些識得幾行字，自視為蒙元朝廷鐵桿忠臣的落第秀才，立刻像被踩了尾巴一樣跳了起來，聚集在茶館、酒肆、妓院、賭場裡評論道：

「開科舉？他也配！我元朝廷坐擁萬里疆域，科舉總計才開了幾回？他朱屠戶巴掌大的地盤，黃河邊上放個屁都能打到高郵湖去，居然也好意思開科舉?!」

「就是！那朱屠戶果然是個上不得臺盤的土匪，才有了多大地盤，就想關起門來做皇帝了，我看他這個土皇帝能做幾天！」

「可不是麼，一個殺豬的劣貨居然想跟我大元皇帝帖木兒陛下爭奪天下英豪，我呸！小紅，別走啊，今晚纏頭能記帳不？田裡的夏糧沒糶出去呢！」

……

林林總總，不一而足。

正當他們罵得開心的時候，卻又有一道消息順著運河傳來：淮安城的確是在開科舉，但依照的是大宋朝的舊制，開的是州試；也就是取的是各州的貢生。而淮安路所轄地面，比宋代的州還稍稍大一些，科舉當然開得天經地義。

並且人家朱屠戶在官府的邸報上也說得非常清楚，恢復科舉是為了使「賢才不終老於野」，並且期待天下安定之後「重現兩宋文章之盛」，並沒搞什麼狀元、榜眼、探花這些道道。

通過州試的讀書人，也僅僅名列前十者才能直接進入都督幕府，其餘則是按月發給一石米和一吊錢養家；之後是入府學繼續讀書還是進入官府充當吏員，或者進入紅巾軍內部做低級文職幕僚，都悉聽尊便。

「我呸！」剛剛從妓院蹭吃不成被打出來的白衣秀才周不花，頂著一腦袋子青包，大聲鄙夷道：「一石米和一吊錢就打發了，簡直是侮辱斯文！那兩淮的讀書人也真是沒骨氣，居然聽任朱屠戶侮辱！小二，來兩碗熱酒以澆塊壘！」

「不花先生，你還欠著十五文酒錢沒還呢，今日可否能結掉？」酒肆小二從櫃檯後抬起頭，冷眼掃了一下。

「哈哈哈……」酒館裡正在閒坐的漢子們咧開嘴，搖頭大笑，都覺得小二的話問得好生犀利。

周不花登時臉色漲得像猴子屁股一樣紅，低下頭：「這，我好歹也是個讀書人，還能賴帳麼？今天再賒兩碗酒，一盤醃雪裡蕻，多給點湯汁，好像誰家缺你那點兒鹽水似的！」

「那可就是二十文了！」店小二存心看他出窘，抱著膀子繼續算計著：「二十文，可夠您抄上一整天書的，您老那筆好字輕易沒人能賞識，這二十文錢還不知道哪年哪月能還清呢！」

「你，你敢侮辱斯文！」周不花的臉色由紅轉黑，指著小二的鼻子哆哆嗦嗦地罵道。

「哪敢啊，我的秀才公！」店小二天天跟不同的客人打交道，像周秀才這種色厲內荏的人見多了，拖著長聲回應，「您這一臉的指甲印子，可不是小二我抓出來的。」

「老夫這是被家裡的貓不小心撓了兩把！」周不花的臉色愈黑，嘴角處隱隱已經有白沫要淌下來。

讀書人偶爾去招個妓，那能叫侮辱斯文麼？那叫風流倜儻才對。只是這臉上的傷，真他娘的疼。小紅那胖娘們可真敢下死手，等老子哪天金榜題名歸來，看怎麼收拾她！哼，即便她拿著錢倒貼，老子都不點她的牌子！

想到自己終究會成為天子門生，他說話便又有了幾分底氣，臉上的血色也稍稍褪了些，傲氣地說：「書香門第的貓，日日與文字為伴，性子總是高傲些！」

「對，對，是貓，是貓！」店小二強忍住笑，滿臉正經地點頭：「敢問秀才公，您這十五文的酒錢……」

「不是跟你說過了麼，下次連今天的一起結！」周不花豎起眼睛，沒好氣地回道。

「您每回都說下次！」小二鄙夷地看了他一眼，抱著膀子，不肯去給他倒酒，吐嘈道：「可錢從哪兒來？要我說啊，秀才公，您老與其在這裡賒酒罵街，不如收拾了鋪蓋去淮安趕考，左右也沒多遠，水路也就是十來天的模樣，忍上幾天辛苦，每月至少有一吊錢入帳，喝多少酒都夠了！」

「是啊，周秀才，我看你也別端著了，趕緊借點盤纏去淮安趕考算了。」

其他酒客見周不花大夏天了還穿著雙層布的長衫，也紛紛開口勸告，「被朱屠戶侮辱一下，好歹也是每月一千個錢呢，據說人家那邊都是銅錢，不用紙鈔和鐵錢的。像我們這些粗人，想被人家侮辱還沒資格呢！」

「呸！你們這些粗胚懂什麼？」周不花滿臉不屑，「他一個殺豬的屠戶，憑什麼考我一個讀書人？老子就是餓死也絕不受此奇恥大辱！」

「喂，秀才公！」一直埋頭算帳的掌櫃仰起頭，笑呵呵地糾正說：「據說主考官是逯魯曾，當年的榜眼，連大元朝的會試都做過主考的，肯定不會埋沒了你！」

逯魯曾是迄今為止被紅巾軍俘獲的第二高級別官員，所以有關他的名字履歷，大街小巷早就傳了個遍。而老先生在文壇中的影響力，也是排得上號的人物，由他來主持州試，無論哪個參加考試者，都不敢說辱沒兩個字！

周不花顯然也知道逯魯曾的文名，詫異道：「逯魯曾，他居然以身事賊了？斯文掃地，真是斯文掃地。呸，周某世受大元朝的養育之恩，豈能跟如此不忠不義之徒同流合污！」

「世受大元朝的養育之恩，周秀才，大元朝給你發過米糧麼，我們怎麼不知道？」眾人被他做作的模樣噁心到了，不禁反嗆。

「是啊，周秀才，大元朝不是過了省試才有米糧拿的麼？你連省試都沒去考過，怎麼受了大元朝的養育之恩了？」

「皇恩浩蕩，你們這些粗人怎麼懂得！」周不花被說得無言以對，死撐道：「有道是，普天之下莫非王土，率土之濱莫非王臣。這朝廷雖然沒有發給周某米糧，但平素吃的飯，喝的水，還有這酒，細算起來，卻都是皇家的恩典……」

「得，得，得！」見酸秀才如此冥頑不靈，店小二不客氣地打斷他，「既然是皇家恩典，誰白給您酒水您找誰去！千萬別再來小店賒酒，還把醃鹹菜的湯汁都舔掉，我們家掌櫃是小本經營，受不起您這朝廷養大的忠臣！」

「是啊，是啊！秀才公，我們可不是侮辱什麼斯文，鄙店也是小本生意，概不賒欠的，您這十五文錢都欠了三個月了，哪個還敢再給你酒水喝！」掌櫃見周秀才不肯去把握機會，也皺著眉頭下了逐客令道：「要不這樣吧，十五文酒帳算小店請您了，您老去別處喝吧！說不定在敞亮些的地方能遇上個貴人提攜您一下呢，也好過總像現在這般，到處蹭吃蹭喝混日子！」

「對啊，秀才公，您對朝廷這麼忠心，還不如多去官府那邊轉轉，一旦有機會補個小吏的實缺呢，也好過天天去蹭人家妓女的賣肉錢！」其他酒客看不過眼，也補上幾句。

「你們狗眼看人低！」周不花氣得兩眼直發黑，彎著腰哆嗦了好一陣才抬起頭來，用手指著所有酒客，惡狠狠地道：「老子這輩子註定要入大元天子門下的，你等將來有後悔的時候！」

「行，秀才公，這話我等記著，等哪天您老過了省試，我等肯定登門負荊請罪！」眾酒客聽他說的狂妄，越發覺得有趣。紛紛舉起酒盞笑道：「只是這河南江北行省的下一次鄉試，還不知道哪年哪月呢！」

「是啊，周秀才，眼下兵荒馬亂的，想參加鄉試可不容易！」

「整個行省處處都是火頭，還鄉試呢！呵呵，有人過來趕考麼？」

「爾等反了，真是反了！」周不花氣得哆哆嗦嗦，一邊揉著乾癟的肚子轉身向外走，一邊繼續大聲詛咒，「居然敢公然蔑視朝廷，周某早晚要替天子教訓你們這些四等賤民！」

這下可是犯了眾怒，酒客們紛紛站起來捋胳膊挽袖子，大聲罵道：「四等？敢問秀才公你自己是幾等啊！」

「是啊，你改個蒙古名字，人家就真的當你是自己人了麼？」

「周不花，有種別跑，老子這就告訴告訴你，你爹是漢人還是蒙古人！」

「君子動口不動手！」周不花立刻忘記了餓，撒開腿，飛一般遠遁，一邊大聲叫囂：「老子今天不跟你們這群糙人一般見識，老子早晚要登天子堂的，到時候，看你們怎麼來求老子。哎呀，摔死我了！誰扔的西瓜皮！」

「哈哈哈！」眾酒客們哄堂大笑。

笑過之後，卻又感慨起淮安城那邊讀書人的好命來，「每月一石米外加一吊錢，還都是銅錢！不光自己吃，省一省，養活老婆孩子都夠了。」

「可不是麼？能買三百多碗酒了，姓周的還不願意去。老子就是小時候沒錢讀書，否則早投奔淮安去了！」

三百多碗酒，每天喝十碗，那是何等神仙日子！其他端著酒碗一小口一小口慢品的酒客們，兩眼立刻放出了咄咄精光。

「可不是麼，早知道這樣，老子也去讀書了！」

「就你，手指頭長得比別人腳指頭還笨，還讀書呢，肯定被先生用板子活活打死！」

「我不就是說說嘛，怎麼就被打死了，那教書先生敢打我，老子一巴掌抽他滿地找牙！」

「哈哈哈哈……」

眾人又是哄堂大笑，邊笑邊搖頭，只覺得讀書人跟自己完全處於兩個世界，別人給的待遇再好，自己也羨慕不來。

坐在小酒館最裡頭的兩名穿長衫客人，卻沒陪著大夥一起說笑話。只管豎起耳朵，聽眾人東一句西一句的瞎扯，直到大夥碗裡的酒都喝得差不多了，才有禮貌地問了句：

「嗯哼！各位哥哥，剛才你們說的那些事，都是從哪裡聽來的？到底靠不靠譜啊？還是以訛傳訛的瞎話？」

「嘿，你這人怎麼說話的？」酒客們聞聽，立刻豎起眼睛。然而看到對方身上整齊的綢布長衫，立即把聲音低了下去，「我們哪知道是不是真的？道聽塗說罷了，說過就忘，您懂麼？」

「我也只是隨便問問！剛才你們說的，聽著怪新鮮的！」兩名長衫客中看起來地位稍高的那位不以為意地笑道。

「客官，您老的雞屁股！」還沒等眾人回應，店小二已經飛一般跑了過來。彎腰將油汪汪的雞屁股朝兩位長衫面前一擺，然後抬起手指著牆壁上高掛著的一塊木牌說道：「客官慢用。這裡有幾個字，衙門發的。小二我不認識，客官您能否幫著讀一讀？」

「嗯！」長衫客們目光轉向牆上的木牌。「**禍從口出，病從口入**」八個字不知道已經掛了多少年，每個字上面，都沾滿油汪汪的污漬。

「小二哥，結帳！」眾酒客們都心生警覺，紛紛將錢掏出來，拍在桌上，站起身準備往外走。

這年頭，衙門裡的官差下手黑著呢，真把你治一個「通匪」的罪名拉進大牢裡去，那就是傾家蕩產的結果，誰都是有老婆孩子的人，可不敢在這上面給自己惹麻煩。

「不就是幾句閒話麼？出我口入你耳，旁邊又沒證人，過後誰知道是我說的？」兩名長衫客中地位看起來稍高的那個，撇了撇嘴道：「行了，大夥都不愛說，就當李某沒問過。小二，在座每人都給添一碗熱乎酒來，就當李某給大夥賠罪了！」

「哎，來了——！」小二哥聞言大喜，再顧不上提醒客人少惹是非，忙跑著去熱酒了。

其他酒客也不好意思再走，訕笑著又坐回原來的位置，客氣地寒暄著：「這怎麼好意思呢。李爺，都不認識您，怎麼好意思吃您的酒！」

「當不起一個爺字！在下姓李，行四，大夥叫我李四就行！」將身體朝椅中一跌，拍著桌案，大咧咧地說道：「第一次來黃河南邊做生意，人生地不熟，所以想多打聽點事，不是故意要給大夥找麻煩。六子，把雞屁股也給大夥分一分，有酒沒肉，算什麼事！」

「好咧，爺您坐，六子這就去！」另一個長衫客拱了下手，操著流利的北方官話回應。

「哎呀，不敢不敢！」眾酒客們連忙擺手，但嘴角亮津津的光澤卻暴露了他們內心的想法。雞屁股哎，要二十文錢才給一盤呢！不逢年過節，大夥誰敢這麼敗家，買雞屁股當下酒菜?!窮骨頭吃肉菜，不怕放屁油了褲子?!

「有什麼不敢的，酒肉向來不分家！」長衫李四是個自來熟，招來掌櫃的說：「再切兩盤肥腸，來一鍋鹽水毛豆，鹽量要足，給大家分小份端上來，帳一樣算我頭上！」

「來了，來了！」掌櫃的也是喜出望外，答應一聲，小跑著去廚房準備了。

街頭小本經營，一年到頭也難得見幾個如此豪爽的酒客。因此從掌櫃手腳都變得麻利無比。須臾間，一罈花雕酒就給蒸熱了，撒上些乾桂花，分成小碗端到了眾人面前。

幾個下酒菜也都分成了小份，在座酒客每人一份，將大夥饞得兩眼放光，紛紛拱著手，請長衫酒客先用。

「一起來！李某敬大夥的！」長衫李四也不謙讓，先端起酒碗，狠狠抿了一大口，然後閉上眼回味了一番，大讚道：「嗯，花雕酒喝著就是舒坦，可不像我們北方的燒刀子，一大口下去，整個人都得橫過來！」

「四爺您那是喝一個豪氣！不像咱們這邊，什麼都是一小口，精細得沒邊兒！」眾酒客也跟著喝了一口，然後飛速地動筷子吃菜，一邊含糊不清地回應道。

「各有各的好處，各有各的好處！」長衫李四顯然不打算在南北風俗上多浪費功夫，擺擺手道：「我倒更喜歡南邊的人，做什麼都仔細。唉，不說這些。剛才那個考試，還給發米發銅錢的，到底是怎麼一回事？我怎麼聽著如此新鮮！」

「這個……」眾人互相看了看，已經吃到嘴裡的雞屁股也不好意思再吐出來，便乾笑了幾聲，七嘴八舌地回道：「我們也是瞎說，四爺您千萬別信。誰都不知道是不是真的！」

「我只是聽著有意思，不瞞諸位，老家那邊最近鬧鹽荒，所以……」

「噢，怪不得四爺如此豪氣，原來是做大生意的人！」眾人立刻心領神會。

天下食鹽，半數出於兩淮，而兩淮食鹽，六成以上出自淮安路。雖然高郵、揚州兩地也產鹽，但數量畢竟沒有淮安足，原來兩淮的食鹽都是先運到淮安城裡，然後再發往全國各地，倉促之間，這個規矩也很難改過來，所以只要做和食鹽有關買賣的，十有七八要往淮安走一遭。

既然是準備去淮安販私鹽的，長衫李四肯定不會把大夥朝衙門裡頭帶，他剛才跟大夥打聽淮安的事情當然也在情理之中，不值得大夥再小心提防。

那李四卻唯恐自己解釋得不夠清楚，繼續說道：「也算不得什麼大生意，家裡長輩派我來探探路子而已。你們也知道，以前這販鹽的買賣，只有有數的幾家才能做，其他人再有錢，沒有鹽引也是白搭！」

「那四爺您可真來對了！」眾人聞聽，立刻七嘴八舌地接話：「那幾家自己作死，居然想趁著朱八十一立足未穩之時糾集奴僕重新奪回淮安，結果被朱八十一打了個大敗，然後一刀一個全給剁了。眼下淮安城裡的鹽根本不需要鹽引，凡是出得起價錢的，誰都可以買了運走！」

「哦，這樣？」長衫李四的眉頭挑了下，故意裝出一副茫然的模樣，「居然有人敢跟朱屠戶作對？他們吃了豹子膽不成？」

「估計是想欺負朱八十一手底下人少吧？那幫鹽販子原本也不是什麼好鳥，這回也算惡貫滿盈了！」

「欺負朱屠戶手下人少？不會吧！人少他怎麼打下了淮安？」

「怎麼不會，我聽人說，朱八十一當日入淮安時，只帶了一百多人！」有個酒客一臉神秘的透露道。

「可不是麼？那朱八十一跟芝麻李早就拜了把子的，芝麻李當日八人奪徐州，他是芝麻李的把兄弟，一百來人奪淮安，已經是給官府面子了！」

「是啊，那朱八十一可是會發掌心雷的！」

「別人不知道，朱八十一手下肯定人馬不多，最近這一個月，芝麻李接連破了宿州、蒙城，懷遠，那趙君用也從徐州一路打到了睢陽城下，只有朱八十一，打下淮安之後，始終沒什麼動靜，直到最近幾天，才派了個叫徐達的，把淮河上游的泗州城拿到手裡！」

登時，眾人全來了精神。把聽來的消息，不分真偽地往外吐，並且還添油加醋一番，彷彿每個人都親眼見到了一般。

掌心雷到底是怎麼一回事，李四早就弄了個清清楚楚。聽大夥越說離自己想知道的正題越遠，連忙咳嗽了幾聲，將話頭往回拉：「嗯，也就是說，朱八十一手裡兵少，所以那些鹽商們想趁機撈一票。結果沒撈到，反而把命都搭了進去?!」

「對，基本上就是這麼回事！」眾人喝著李四的酒，吃著李四的雞屁股，自然不會掃他的興，紛紛點頭附和。

「噢，那倒真是一個機會！」李四沉吟著。

大元朝的鹽政糜爛已久，說是所有食鹽都必須官營，實際上，兩淮一帶的大鹽商們，早就從中找到了無數空子，每年真正給官府上足了稅，憑著鹽引運往指定區域發賣的，還不足總數的四成，其餘六成多，全都是打著官鹽旗號的私鹽，所賺取到的高額利潤，也全進了鹽商和相應官吏的私人腰包。

所以朱八十一將淮安城的大鹽商們剁了也就剁了，站在朝廷角度，李四並不覺得後者有如何可憐。他只關心朱八十一將原來的鹽商一網打盡之後，能不能建立起個新規矩，把鹽利拿到手裡。

如果能，則朝廷目前的剿匪方向，就必須迅速東移，放棄劉福通，以趙君用、芝麻李和朱屠戶為主要消滅目標；如果不能的話，則朝廷便依舊可以像目前這樣，根據紅巾賊的勢力大小，按部就班地剿滅。先集中兵力擒殺劉福通這個罪魁禍首，然後才輪到芝麻李、朱屠戶和徐壽輝等人。

「當然是個機會！」一名黃臉酒客用手抹了下油光光的嘴巴，大發議論道：「我們這些人就是沒本錢，要不然也早跑一趟淮安了，去的時候拉一船糧食，回來時拉一船鹽，一來一回，至少十倍的紅利。嗨，要不怎說錢是個輪子呢，**人這兩條腿，怎麼追也追不上一隻輪子！**」

「呵呵，老哥這話說得有意思！」李四朝黃臉酒客點頭，「可為什麼要拉一船糧食啊，別的東西在淮安不好賣麼？」

「那個，我也是聽人說，做不得準！做不得準！」黃臉酒客擺擺手道：「據說那邊雖然不要鹽引了，卻有一個古怪規定，每運一船淮安當地的貨物出境，就必須運一船糧食進去，否則，即便能帶著貨偷偷溜走，半路上也得被水師給截住！」

「朱八十一麾下有水師？」李四大吃一驚，瞪圓了眼睛問。

「可不是麼！」黃臉顯然喝得有點兒多了，傻呵呵地點頭，「一開始誰也沒想到，朱八十一居然這麼快就把水師給拉起來，但我聽黃河上走船的兄弟說，朱八十一入淮安的第一件事，就是組建水師。反正那一帶不缺船，水手也是一抓一大把！」

有水師的存在，無論規模大小，對試圖攻打淮安的人來說，都是一個麻煩。那淮安城北面是黃河，西面是運河、淮河。而東面順黃河而下不到兩百里就是汪洋大海，雖然河船與海船不是一回事，可把朱八十一逼急了，冒險將船隊朝大海裡一拉。在想抓住他，可就是大海撈針了！

「不過四爺您也不用擔心！」見李四臉色不太好看，酒客們拍著胸脯，安慰道：「那朱八十一雖然手底下又是陸軍又是水師的，卻不是個不講理的主；聽人說，只要你不壞他的規矩，他從不主動找你的麻煩，他手下那些紅巾軍也極和善，跟其他地方的紅巾賊不一樣。」

「噢，怎麼個不一樣法，不都是紅巾賊麼？」

「怎麼個不一樣，我們也說不清楚，但淮安那兒不欺負老百姓是真的。據說他們有什麼三個大紀律，八個小紀律，具體內容是什麼，四爺您到河面上找行船的夥計問問就知道了。朱八十一把他的規矩編成了歌，非但他手下的人會唱，常去那邊的夥計也都會唱！」

「三個大紀律，八個小紀律？」李四的呼吸瞬間變得沉重起來。

攻城掠地，擴張地盤，老實說，這些都沒什麼大不了的，任何一個造反者，初次得手之後都會這樣做。但那些造反者多是打下一個地方就禍害一個地方，無論他們當初造反的原因是多麼迫不得已，**當他們成為上位者之後，就會變本加厲地去禍害跟自己原來一樣的平頭百姓，所以他們崛起的快速，衰落也一樣迅速。**

但是一個有紀律、懂得克制欲望的造反者，就完全不同了，當初劉邦如果不與父老約法三章，就不會有後來的兩漢四百年國運；鐵木真如果沒有頒佈《成吉思汗大扎撒》（即成吉思汗法典），就不會有大元朝的萬里江山，甚至不會有蒙古民族！而**朱八十一才剛打下一個落腳之地，就開始染指科舉和律法，這個人的野**

心和危險，可是比劉福通大得太多了！

想到自己曾經送給對方一支手銃後沒多久，徐州紅巾隊伍就出現了特大號盞口銃這種利器，李四的腸子就開始發青。不行！無論如何要儘早將其撲殺，否則**一旦讓姓朱的羽翼豐滿起來，後果不堪設想！**

「是啊，三個大紀律，八個小紀律。四爺，您這是怎麼了？臉色怎麼如此難看？」酒客們察覺到李四狀態有異，紛紛關心地詢問。

「哎呀，我肚子不太舒服，估計是岔了氣！」李四立刻用手捂住小腹做出痛苦的模樣，一邊不忘道：「沒事，大夥繼續喝，酒錢算我頭上！這都是老毛病了，一會兒就好，一會兒就好！」

「四爺，我來幫您！」伴當小六的反應也很快，趕緊站到李四身後裝模作樣替他拍著背。

「嗯，這裡，這裡敲一下，嗯，呃！」主僕二人一通忙碌，最後一個大大的飽嗝宣布「岔氣」時間結束。

眾人不疑有他，七嘴八舌地道：「四爺還是找郎中看看吧！岔氣雖然不是什麼大毛病，但發作起來也難受得很。城東頭有個姓董的，拔得一手好火罐。有空讓他給您拔拔，保準能除了根！」

「是啊是啊，董火罐的水準可是一等一的，價錢也公道，三個罐子一文錢，童叟無欺！」

李四聽了，連連點頭，答應吃完飯就去拜訪那個什麼董火罐兒。

眾人見他從善如流，便又獻計道：「其實您如果方便的話，此番去淮安，不妨去城裡的色目醫館轉轉，聽說裡邊的郎中都是大食過來的國手，最是擅長醫治各類疑難雜症！」

「色目醫館？」難得話頭不用自己拉，就又回到淮安。李四立刻擺出很感興趣的樣子問。

但酒客們只知道一個大概，這個醫館是誰開的，規模多大，都一問三搖頭。就在氣氛有些尷尬之際，店小二卻笑吟吟地跑來，一臉神秘地說道：「四爺，這個小的可能知道一點，小的……」

「拿去買鞋穿！」李四立即心領神會，從口袋裡摸出二十幾枚銅錢，一股腦全塞進小二手裡。

「謝四爺打賞！」

店小二立刻喜笑顏開，小跑著回到櫃檯，從空酒罈子底下抽出一疊滿是油污的皮紙來，用袖子在上面胡亂抹了抹，再跑到李四面前雙手呈上，巴結地說：

「您看，這是淮安紅巾賊的邸報。前兩天別人吃飯時不小心落下的，小的就知道說不定還有用，特意留了個心眼……」

「得了吧！小二哥，留了個心眼還墊酒罈子底下啊！」眾酒客們聞聽，立刻打臉道。

店小二弄了個大紅臉，手在腦袋上抓了幾把，訕訕地道：「那……那是怕它被風吹了去，所以才拿酒罈子壓……四爺您看，這上面就有他們說的那個醫館，還有剛才他們說的那個三大紀律，八項注意。」

「噢！」李四將目光落在手中的皮紙上。

那是一張十分粗燥的楮皮紙，通常被用來糊窗子，偶爾也用來封鹹菜罈子的口。攤開之後，有三尺見方，用墨線分成四格，每格長寬各一尺五左右，上面印滿了密密麻麻的蠅頭小楷。

第一格，寫的是淮安紅巾的文告，無非是宣稱他們是弔民伐罪的仁義之師，要百姓們不用害怕，商販們照常營業之類，沒什麼好看的。

第二格，就是三個大紀律，八個小紀律了。只見上面寫道：

「革命軍人個個要牢記三大紀律八項注意，第一，一切行動聽從指揮，步調一致才能取得勝利；第二，不拿百姓一針一線；第三，一切繳獲要歸公，努力減輕百姓的負擔。八項注意切莫忘記了，第一，說話態度要好，不要驕傲……」

「他們不是紅巾軍麼，怎麼成了革命軍？這個詞好生奇怪？」伴當小六也把頭湊過來，才看了一行，就疑惑地問道。

「**湯武革命，順乎天而應乎人！**」李四咬牙切齒地說：「這是朱屠戶在宣揚他造反有理！肯定又是逯魯曾那老東西幫他想的，否則以他一個殺豬的漢子，怎麼會知道如此生僻的典故?!」

「喔！」伴當小六若有所悟。

周圍的酒客們，不論聽懂沒聽懂，也跟著一起做出理解狀。**革命就是造反；造反就是革命**，這個詞有意思，要不人家怎會是榜眼呢，隨便想出一個詞就透著高明！

除了第一句的「革命」兩個字用典頗深之外，其他句倒是通俗得緊，讀起來也頗為順口，如果有人譜個曲子的話，非常易學，可見朱屠戶為了讓他的那幫粗胚下屬遵守軍紀，的確沒少花費心思！

但最後一句「保衛華夏永遠向前進，全國百姓支持又歡迎！」就有點大言不慚了，才占了巴掌大的地方，居然就敢言「華夏」兩個字，還認定全國老百姓都會支持他，簡直就是不知道天高地厚！

李四目光移到了第三格。這格裡的內容，卻變得凌亂起來。東一段，西一段，令人目不暇給。有商人發的易貨告示，有船行發的啟航日期，有店鋪招攬師傅的徵人啟事，甚至還有妓院的攬客廣告：「二八少女，腰軟體酥，養在深閨，以待君子……」云云，讓人讀了就覺得嘴巴一陣陣發乾。

「豈有此理，這朱屠戶真是個十足的下流痞子！」李四看得氣不打一處來，狠狠地將邸報拍在桌子上。

「怎麼了，四爺，朱屠戶弄什麼么蛾子啦？您如此氣憤！」眾酒客都不識字，紛紛將頭湊過來驚詫地問：「看把您給氣的！莫非他幹了什麼傷天害理的事不成？您老給我們念念，大夥好跟您一起罵他！」

「呼——！」李四長吐了口氣，對眾人的要求充耳不聞。

除了當朝丞相脫脫，誰有資格讓他李四念文章？這幫下九流的賤民，給根毛，居然就想豎旗桿了！

「嗨，其實也沒啥！」伴當劉小六反應機敏，發覺李四又要失態，趕緊出言道：「我家老爺是氣不過朱屠戶居然用官府的邸報替商家張目，這也太不把官府的威儀當一回事了。士農工商，自古以來，商販都是賤業，哪容得了他們把買賣消息印在邸報上！」

「是過分了點！」眾酒客們也紛紛搖頭。雖然商販都是有錢人，但地位怎麼著也不能跟官府同列，朱八十一居然把官府的公文和商販們的東西印在同一張紙上，實在太不莊重了。

正議論間，忽然聽見街上一片大亂，緊跟著，數匹驛馬風馳電掣地跑過去，將躲避不及的百姓撞得頭破血流。

「讓開，讓開，八百里加急，不長眼的踩死活該！」馬背上，官府的信差如喪考妣，扯開嗓子大聲吆喝著。

「又怎麼了？這群王八蛋還嫌百姓們不夠亂麼？」李四氣得一拍桌子，扶案而起。

這兩年，他的東家脫脫丞相為了大元累得連頭髮都白了一大半，可叛亂者猶如燎原野火，撲不勝撲。究其原因，就是因為底下的官吏們不體恤百姓，有點權力就作威作福。

話音未落，又一隊信差騎著快馬衝了過來，背後的紅旗上濺滿泥點，嚷嚷著：「讓開，讓開！八百里加急……」

「兀那漢子，你給我站住！」

不管酒館裡的人如何吃驚，李四一個縱身跳到街上，將自己的腰牌高高地舉起，喝令道：「到底發生了什麼事，給我如實道來！」

「讓……」信差拔刀欲剁，目光落在腰牌上，立刻嚇白了臉，趕緊丟下刀，在馬背上倒轉著身體作揖，道：「您老勿怪，有緊急軍情。」

「緊急軍情？」李四見對方臉上的表情不似作偽，便不再深問，丟下一個錢袋，快步朝衙門方向跑去。

「六爺，李爺……」店小二嚇得臉都成了青綠色，雙手哆嗦地捧著錢袋，不知如何是好。

劉小六狠狠瞪了小二一眼，「你回去燒高香吧，是我們四爺心善，不願跟你們這群刁民一般見識，否則，爾等今天八個腦袋也掉下來了。滾開，沒看見老子正忙著呢！」

劉小六快步追上李四，拔腿朝縣衙跑。

雙腳才踏上縣衙臺階，還沒等亮明身分，就聽見裡面一片大亂。幾個衙役一邊夾著細軟向外衝，一邊哭喊道：「不得了了！周老爺被嚇死了！」

「誰死了？你們在幹什麼？」李四伸手揪住一個腿腳稍慢的老衙役，先給了他倆嘴巴，然後厲聲喝問道。

挨了打的衙役眼冒金星，雙手捂著腮幫子，不敢質問來者是何等人物，抽泣道：「縣太老爺周大人，剛剛接到紅巾軍攻入汴梁的消息，吐了口血就沒氣了，小的正準備去喊郎中！小的真的什麼都沒敢拿啊！」

「你胡說！紅巾軍怎麼可能攻入汴梁？朝廷在那邊有三十萬大軍，難道全都是擺設麼?!」李四拎著衙役的領子，質疑道。

「您老是不知道啊！」老衙役急得連連跺腳，「芝麻李、趙君用還有朱八十一帳下大將吳二十二，都偷偷到了劉福通那兒，紅巾軍四路大軍前後夾擊，把朝廷的三十萬大軍給全殲了。消息是剛從汴梁那兒傳過來的，我家老爺就是聽到消息後，一口氣沒上來，活活給嚇死的啊！」

「啊——！」

李四瞬間如墜冰窟，朝廷三十萬大軍可是由丞相脫脫的弟弟也先帖木兒統領，如果三十萬大軍全被殲了，即使也先帖木兒能逃離戰場，大元朝的國法也肯定容不了他，弄不好，連脫脫都得被牽連進去，落個身敗名裂的下場。

正呆愣當場時，又聽老衙役哭訴道：「求您老鬆鬆手，放小的一條活路吧！縣太爺的大印在穆孔目手裡，要守城還是拿東西，您老趕緊去找他，別揪著小的，小的只是個不入流角色，可是擔不起這個重任啊！」

第二章

秘密法寶

火炮在這場混亂激烈的戰役中，一舉打出了名聲，
出自淮安紅巾將作坊的四斤炮，成為各路紅巾最青睞的神兵利器。
在芝麻李、趙君用、毛貴等原徐州系的隊伍裡
被當作克敵制勝的法寶，
劉福通等人也紛紛派遣心腹求購。

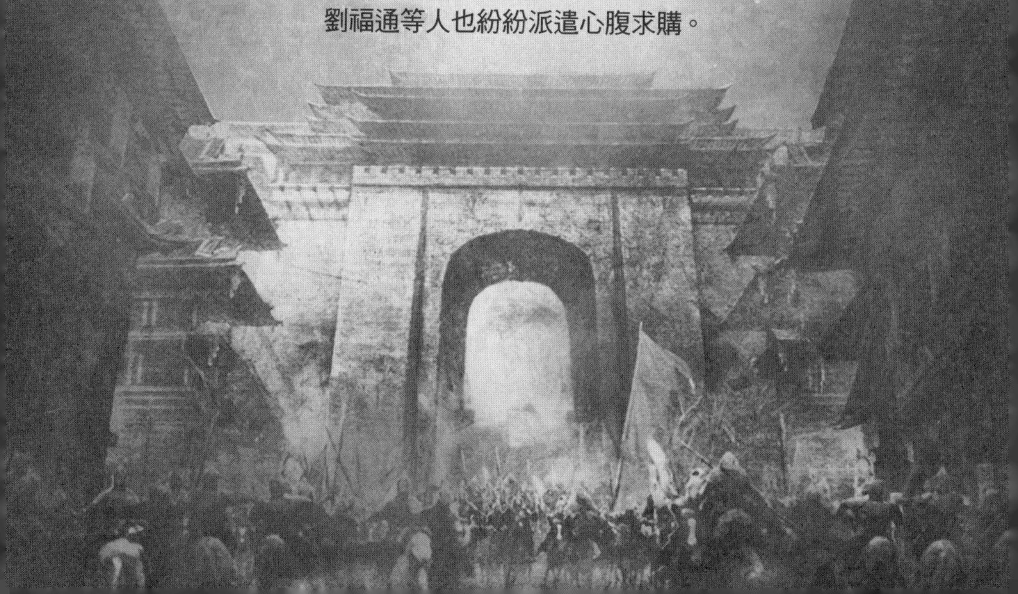

「華夏元年，蒙元至正十二年夏五月。也先帖木兒引軍三十萬，與紅巾大帥劉福通對峙於沙河，數旬不得寸進。

「六月下，淮東悍將吳二十二、陳德將率三千壯士來援，以小舟載火炮四十餘門，半夜迫近也先帖木兒大營，亂炮齊發。

「元軍大驚，自相踐踏，死傷無數。丞相脫脫之弟，河南平章也先帖木兒欲遁，左右控其馬留之。也先帖木兒引佩刀斫之曰：『我非性命耶！』遂逸去。

「偽元湖廣平章鞏卜班欲整軍逆戰，陳德以炮轟之，碎其首。劉福通，芝麻李，趙君用，各領一軍登岸，左衝右突，如入無人之境。

「天明，元軍潰散，軍資山積，悉為義軍所有。陳德者，字至善，乃故湖廣漢軍萬戶陳守信之子。守信在軍中素有人望，為湖廣平章鞏卜班所恨，設計殺之，偽稱醉酒墜馬而死。陳德替父鳴冤數載無果，憤而投紅巾，為朱八十一帳下第四軍副指揮使，智力過人，且能服眾。與胡大海、王弼、吳永淳、羅剎人伊萬並稱淮東五虎……」

——《國史逸事‧列傳第一百二十一》

「也先帖木兒收散卒，抵汴。汴守將謂之曰：『汝為大將，見敵奔潰，吾將劾汝，此城不能入也。』乃繞城而去，屯於中牟。

「未幾，紅巾四路大軍齊至，以火藥炸碎南門，入外城。蒙元衛王寬徹哥以強弩射芝麻李，中左肩。芝麻李拔刀斷箭，單臂攀雲梯登牆，斬寬徹哥，汴梁遂破。趙君用乘勝引軍東下，克睢州、睢陽。

「劉福通領軍威逼中牟，也先帖木兒不敢戰，遁過黃河。布王三引兵回應福通，連克唐、嵩、汝、洛陽等州縣。河南江北行省，遂大半為紅巾所有……」

——《新資治通鑑・卷二百二十五》

這個夏天，註定要在歷史上留下濃墨重彩的一筆。前後半個多月時間，蒙元先後失去了汴梁、睢州、中牟、鄭州、潁陽、虎牢關、洛陽。江南河北行省土地，四去其三。而紅巾軍則繼五月底奪取了財稅重地淮安之後，將淮安路、歸德府、汴梁路、河南府，南陽府、汝寧府、安豐路等，四府三路之地徹底連結在了一起，彼此守望互助，並肩抗敵。

更重要的是，火炮在這場混亂而又激烈的戰役中，一舉打出了名聲，出產自淮安紅巾將作坊的四斤炮，成為各路紅巾最為青睞的神兵利器。非但在芝麻李、趙君用、毛貴等原徐州系的隊伍裡被當作克敵制勝的法寶，劉福通、布王三等人也紛紛派遣心腹攜帶重金和銅錠、熟鐵等戰略物資到淮安城排隊求購。

而距離淮安城東北方十餘里的清江鎮，也成為所有來淮安的外地客人們眼中最為神秘所在。這個左側臨著淮河，右側臨著運河，北面正對黃河的三角地段，在淮安城落入紅巾軍手中後不久，就被劃成了軍事禁地。

沒有朱八十一、蘇明哲、徐達等重要人物的親筆手令，普通人只要靠近，就會被騎兵遠遠地驅逐。如果連續被驅逐兩次依舊膽敢繼續靠近的話，第三次等待著他的便是數十桿火繩槍的齊射，五十步內，身手再高明的探子，也會被活活打成馬蜂窩。

有道是，好奇心害死貓。越是不讓窺探的地方，越有人想要知道裡邊到底藏著什麼秘密。一些好事的閒漢不敢從正面打探，便租了船，沿著淮河西岸順流而下。這一招果然好用，只要他們不靠近西岸的武器作坊，朱八十一也不能蠻橫到連水路也給攔死吧。只是偷窺者憑藉一雙肉眼，卻很難看出個所以然來。

據他們所說，整個清江鎮沿著淮河這一側，都成了水車作坊，兩三丈高的水車一輛挨著一輛，幾乎排了滿滿一河岸。叮叮噹噹的打鐵聲音晝夜不停，隔著十幾里路都能清楚地聽見。

「還有呢，敢情你們費了好大力氣，就看到了幾十架水車？」一些遠道而來的客人在茶坊酒館有意無意地打聽。

「還有就是船塢了。那清江原本就是個造船的好地方，這運河與黃河上的大船很多都是出自那裡。我們隔得遠，看見船塢好像也在擴建，不過沒水車那麼顯眼就是了！」

「造船？朱都督帳下不是已經有一支水師了麼，怎麼還想造更多的船？」外地客人皺著眉頭，繼續刨根究底。

「那我們哪知道啊！咱們朱都督做事向來就是神神秘秘的！」當地閒漢們歪著膀子，不滿地說：「要說咱們朱都督，什麼都好。就是行事總不合常理！自打他來了，髒水不能隨便往街上潑，垃圾也不准隨便往院子外倒了，就連驢子和水牛的屁股後頭都得給掛上個糞口袋，如果被差役發現拉了糞在街上，罰起錢來，可一點兒都不含糊！」

「那你們淮安的老少爺們就忍了？」外來客帶著幾分挑撥的口吻說道。

「當然得忍了！不忍怎麼辦！那些鹽商厲害吧，只一晚上就被朱都督給剁了個乾淨，況且這朱都督雖然規矩怪些，做事倒也公道，從來不拉人白幹活，只要幹，肯定就給工錢！」

「給官府做事也給工錢？」

「當然了，只有大元朝那幫王八蛋官員才拉人幹活不給工錢！咱們朱都督麾下的是革命軍！革命，你懂嗎？就是逆天改命，把原先那些欺負人的規矩全給改過來！」

話音剛落，門口突然走進來一隊差役，先衝著所有人做了個揖，然後舉起一個鐵皮喇叭，大聲喊道：「各位父老鄉親，打擾一下，當地人不要動，外來客人請把入城時領的身分紙拿出來！」

「這還不讓吃飯了？」幾個操外地口音的客人大怒，揮舞著胳膊抗議。

他們的抗議聲卻沒引起當地人的同情，包括先前跟他們一起喝茶聊天的閒漢，都老老實實地坐在椅子上，擺出一副事不關己的模樣。

當即有三四個差役一組走上前，向外地客討要身分紙檢驗，按照上面所寫的年齡、籍貫、外貌以及來淮安的目的逐條核對。完全無誤者，則客氣地敬個禮，將身分紙歸還給對方，並留下幾文茶葉錢賠罪。若是發現冒名頂替者，則立刻用繩子捆起來當場抓捕。

如果有人敢反抗，馬上吹響隨身帶的銅哨子，很快，附近的紅巾軍士兵就衝了過來，長矛朴刀一併招呼，將反抗者剁成肉醬。

類似的事情，進入七月份後，幾乎每天都在城裡上演好幾起，被當場捉獲的探子數以百計，把淮安城的大牢給塞了個滿滿當當。

最令朱八十一等人哭笑不得的是，捉獲的探子居然有三分之二以上不是來自蒙元那邊，而是來自各家紅巾軍，有濠州郭子興的手下，有洛陽布三的手下，有定遠孫德崖的手下，甚至連遠在湖廣的徐壽輝，都派了眼線前來打探火炮製造的秘密。

「不是答應出錢就賣給你們的麼？」被探子們弄得煩不勝煩，朱八十一只好從監牢裡拎出其中幾個首領模樣的人當面質問。

「這，都督您老暫且息怒！」

探子頭目們也知道自己這事幹得有些丟人，紅著臉，結結巴巴地說：

「您老那銅炮，厲害是厲害，可一千斤銅一門，價錢也太嚇人了些，所以我家主人就琢磨著看看能不能討個方子回去，自己也鑄幾門炮用，一來價錢便宜些，二來也不用老在您這裡排隊等！」

「混蛋！」朱八十一大怒，抬腳將說話者踹了個大馬趴。「老子造炮不需要給工匠發薪水？不需要柴禾和模具？老子當初為了造炮所浪費的那些功夫和材料就不算錢？給老子滾！回去告訴你家主人，如果再被老子抓到，以後甭想再從老子手裡買任何東西。朱某說話，向來是說到做到！」

「洪三，把大牢裡凡是紅巾軍的探子，全給我押到船上去驅逐出境！蒙元派來的探子也立刻押到城外斬首示眾！老子沒那麼多糧食養這幫王八蛋！」

「是！」親衛統領徐洪三答應一聲，點起幾十名全副武裝的侍衛一擁而上，將紅巾友軍的探子們趕上船，任其自行離去。那些蒙元的探子，驗明正身後，則是押到城外即刻處死。

還有一些既不屬於紅巾軍，也不屬於蒙元一方，純粹是沒事找事的江湖人物，則被押去海邊的鹽場裡服勞役，沒有個三年五載的，是別想出來給淮安軍添亂了。

而朱八十一顯然心中仍是餘怒未消，很快又下達了一道更霸氣的命令：

「傳令，從明天起，給李總管、趙長史和毛都督的火炮降價三成，優先提貨；給劉元帥的供應排在第二順位，降價兩成；其他人，凡是向淮安派過探子的，一律漲價五成，次序按被抓到的探子多寡來計算，派來的人越多，位置越靠後！」

「是！」蘇先生原就不願意將火炮賣給周圍的友軍，立刻興高采烈地答應。

將作坊的黃老歪卻有些捨不得，偷偷看了看蘇先生的臉色，小心翼翼地道：

「都督，那個降價的幅度是不是太大了些？三成，可就是三百多斤銅呢，咱們最近又是建船塢又是建水車的，還得給全軍將士打造板甲或前胸甲，若是一下子把火炮價格降得太厲害，可能會周轉不過來！」

「那對劉福通那邊就先不降價了，優先順序別提到最高，與李總管，趙長史他們同列，供應李總管和趙長史的火炮還是降價三成！」朱八十一倒是從善如流，虛心採納了黃老歪的建議，修正了命令。

黃老歪卻仍有微詞，嘟嘟囔囔地說：「那三成也有些多了，趙長史和李總管都是有銅礦和鐵礦的，並且他們賣的也不便宜！」

「炮價騰貴，有逼良為盜之嫌！」剛剛府試名列第一，成為都督府記室參軍的陳基有點受不了黃老歪的市儈嘴臉，忍不住出言道。

「是啊！黃少丞。晚輩見那火炮用料不過五百餘斤，對外售價竟在千斤銅錠之上，如此厚的利潤，自然免不了外人的窺探。」

另一名因為考試名列前茅而進入朱八十一幕府的書生葉德新也勸告著。

他們兩個是傳統的讀書人，沒什麼經營頭腦，更不懂得什麼叫做奇貨可居，見朱八十一被前來竊密的各路紅巾探子弄得煩不勝煩，因而出聲道。

誰料話音剛落，立刻遭到蘇先生、黃老歪、于常林等人的聯手痛擊。

「才賣一千斤銅錠怎麼算高？都督剛才的話你們倆又不是沒聽見，人工、火耗，難道都不算錢麼？」

「一千斤銅還算貴，有本事他們到別處買去！你知道他們私底下將火炮轉賣給徐壽輝是多少錢麼？一千貫，還要足色的銅錢，有多少，徐壽輝那邊收多少！」

「北元那邊三千貫求購呢！好在眼下臨著黃河的，除了劉福通之外，就是李總管和趙長史，否則他們都敢轉手就將火炮賣給韃子！」

「這，晚輩初來乍到，一時妄言了。」陳基和葉德新兩個被數落得滿臉通紅，趕緊向大夥賠禮。

「搞不清楚狀況就別亂說話！」

「讀書人還是安靜點跟在都督身邊多學點兒東西，然後再出頭表現！」

蘇先生、黃老歪卻不依不饒，仍是數落不停。

「君子慎於言而敏於行！」作為府試的主考官，陳、葉兩人名義上的恩師，逯魯曾也覺得二人太浮躁了，不但不出言回護，還幫著別人補刀。

陳基和葉德新愈發覺得尷尬，差點沒哭出來。

最後還是朱八十一心軟，不忍讓新人太受委屈，咳嗽了幾聲，打斷道：「嗯哼！好了，都少說幾句吧，誰沒有從新人過來的時候啊！」

「是！都督！」黃老歪狠狠地瞪了兩個書生一眼，不情願地收起了火力。

「咱們紅巾左軍的將作坊，與過去蒙元官府的作坊不太一樣！」本著培養新人的想法，朱八十一很有耐心地說：「工匠不算匠戶，與普通人一樣，工錢則按其手藝高低算，最高者稱為大匠師，每月差不多能拿到三十貫左右，所以將作坊造出來的東西，售價自然要高一些！」

「每月三十貫?!」陳基和葉德新嚇得脫口而出。

他們兩個身為都督大人的親信幕僚，每月的俸祿也不過是六貫錢，這還是都督府根據淮安城最近的物價剛剛調整過的，而一個手藝人居然工錢是謀士的五倍，這數字可真夠打擊人的。

「所以，咱們才會有火炮、火繩槍、板甲這些攻防利器！」

朱八十一知道這個時代，讀書人根本瞧不起工匠，繼續解釋道：

「所以本都督才能以區區一萬五千戰兵控制住淮安、泗州兩座大城，還有力量去支援別人，在不擾民的情況下，一天天地慢慢發展壯大。如果沒有這些能幹的工匠，就沒有火炮、火繩槍和堅固的甲冑，咱們就得像其他紅巾一樣，拼命徵兵，才能保全自己不被蒙元剿滅或者被同行吞併；然後加倍地去盤剝治下百姓，讓老百姓比恨蒙元官府還恨咱們，巴不得咱們早一天被人幹掉。所以，朱某以為，這三十貫錢給的並不算多；每門炮賣出雙倍的利潤也不算貴！」

那陳基和葉德新兩人聽了，只覺得一陣天旋地轉，彷彿有人在腦門上狠狠敲了一棍子般，腦袋裡卻同時有無數東西拼命往外擠，拒絕接受這當頭棒喝。

即便是逯魯曾也覺得朱八十一這番言語有些太驚世駭俗了。如果工匠的作用有那麼厲害，以後學子還讀什麼四書五經？早點送到將作坊做學徒就是了，**有三千大匠師足以一統中原，又何須什麼張良陳平**？

然而想要說幾句反駁的話，又無從反駁起，畢竟淮安紅巾的強大架子，全靠武器犀利，鎧甲結實撐著。否則，甭說才一萬五千戰兵，就是十五萬戰兵，用來防禦淮東各地也顯得捉襟見肘。

而那黃老歪聽了，卻當場就流下眼淚來，好一陣子才壓制住心中的激動，說道：「都督知遇之恩，黃某百死難報。都督，您放心，只要黃某一口氣在，就決不讓人把火炮的製造法偷學去；倘若有失，都督可殺黃某全家！」

「你的話別說太滿啦！」朱八十一笑著打趣，「萬一別人發了狠，買幾門炮回去，砸開了琢磨，仿製出來，到時候，你是讓我殺你全家呢，還是跑我這裡哭著喊自己冤枉?!」

「都督！」黃老歪一哆嗦，趕忙把話收了回去，拍馬道：「都督是有大智慧的人，定然不會做出這種黑白不分的糊塗事！」

「是人就有犯糊塗的時候，本都督也不會例外！」朱八十一不肯接受他的馬屁，「咱們當初造火炮，就是照著盞口銃一點點改良來的，雖然已經改進了很多，但基本原是一樣的，所以你這四斤炮還得抓緊時間製造，否則一旦別人琢磨透，仿製出來，可就賣不上現在這種價錢了！」

「是，是！」黃老歪撓撓頭，再也不敢多話。

先前最反對出售火炮的蘇先生，也覺得有些臉紅，訕訕地給自己找臺階下：「我的意思不是不賣，而是要分清楚親疏遠近，像李總管、趙長史這些不會偷咱們秘法的，就不妨多賣一些給他；布王三、孟海馬這種不要臉的，就一門都別給他，免得他們轉賣出去，拿咱們的東西賺輕鬆錢！」

「這種事，光是防，是防不過來的，說不定北元那邊早就得到咱們的火炮了，至於火藥配方，估計也保密不了太久。」知道蘇先生就是這個性子，朱八十一也不苛求於他。

「啊！」一眾人面面相覷，心中都湧起一股危機意識，如果蒙元朝廷得到火炮和火藥的製造方法，危害性可跟友軍不是同一個級別。人家蒙元官府有的是銅、錢和糧食，還集中全國最出色的工匠，用不了多久，火炮就會像下餃子般排著隊從軍器局推出來，擺在前線上，跟紅巾軍展開對壘。

「這是很簡單的道理，如果今天的情形反過來，蒙元有火炮，咱們沒有，我也會不惜任何代價去弄幾門過來仿製！」朱八十一絲毫不覺得吃驚，「咱們只能盡力拖延，卻無法阻止，所以對付的辦法只有一個，永遠比他們領先一步！他們學會造四斤炮，咱們就造五斤炮、造六斤炮。他們的火炮能打三百五十步，咱們就爭取能打五百步、一千步；讓他們在咱們身後慢慢追，只要咱們別停下來，他們就只能永遠跟在我們後面！」

「哈哈，讓他們拼命追，累死他們！」大家聽了，都揮舞著胳膊附和道。

「古人講究耕戰立國，淮泗這一帶，即便所有人都去種莊稼，糧食也未必夠吃，因此咱們只能**從鹽和武器上打主意**。這兩樣，就是咱們的莊稼，並且是旱澇保收，不受老天爺影響的**鐵桿莊稼**！」

有了火炮的助陣，劉福通一舉攻克汴梁，又與芝麻李、趙君用、布王三等人聯手橫掃了黃河沿岸大部分地區，將洛陽、汴梁、睢陽、徐州徹底連成一片。

與其相較，如今只佔據淮安、泗州以及淮河以東、黃河以南一小片沼澤區的朱八十一，就像是米粒與珍珠，螞蟻和恐龍的對比，蒙元的當政者即便再有遠見，也不會將淮安新軍當作重點消滅對象，這時，正是他們默默壯大發展的好機會。

「都督是一軍之主，您說怎麼做，咱們就怎麼做！」黃老歪毫不猶豫地表示支持。

他現在不光管新軍的武器製造，連各種手工業、造船業也一肩擔起，在淮安城裡，算得上是個跺跺腳地面都會晃的重量級人物，所以一切都唯朱八十一馬首是瞻。

「今天都督的話，大夥牢牢記在心裡就行了，誰也不准往外說！」蘇先生頓了頓金拐杖，慎重其事地交代道。

「厚積而薄發，自古成霸業者無不如此！」陳基和葉德新等新來的幕僚們，一個個頻頻點頭，「昔日漢高祖避居關中，不與霸王爭一時之短長……」

「別掉書袋，總之，我覺得讓劉福通他們打頭陣，咱們在後面悶聲發大財最好！」第二軍副指揮使伊萬諾夫最討厭別人引經據典，不待陳基等人說完，就跳出來打斷他。

他這句話，基本上代表了武將們的心聲，讓別人拼命，自己在後邊養精蓄銳，只是徐達、胡大海都十分沉穩，心裡即使這樣想，也不會把話擺到明處。

只有他，嚷嚷完了還帶著幾分洋洋得地向逯魯曾問道：「老進士，你說我這話對不對，等劉福通把元軍耗疲了，咱們再上去轟幾炮，哈哈，又是一個沙河大捷！」

「就你聰明！」老進士逯魯曾瞪了他一眼，發表他的看法：「都督見識深遠，逯某望塵莫及，然而都督此策若是施行，必然會使得各路紅巾軍中弱者越弱，強者越強，從長遠看，對我淮安未必有利！」

「是啊，都督三思！據屬下所知，那劉福通劉大帥可不是個有胸懷的人！」于常林走上前附和道。

雖然和蘇先生屬於一個派系，但這件事情上，他卻支持逯魯曾，因為逯魯曾看事情的角度的確比蘇先生仔細得多。

放眼天下紅巾，規模比淮安還大，或者跟淮安相同的，加起來有十幾路；其中實力最強，名聲最響亮的，就是劉福通為首的潁州紅巾。除了自己自立為帝的徐壽輝之外，其他如宿州芝麻李、洛陽布王三、襄陽孟海馬、濠州郭子興等，名義上都是劉福通的下屬，要受他這個自封的大元帥節制。

然而，名義只是個名義，紅巾軍實際上為一個組織鬆散的造反者聯盟。如果大夥不肯奉劉福通的命令，後者也拿大夥沒什麼辦法，所以朱八十一哪怕弄出很多前所未有的新政令來，當地的士紳百姓也只能遵照執行，想告狀都沒地方能接狀紙。

但這種組織鬆散的狀態，並非永遠一成不變。它能繼續存在的前提有兩個，第一，來自外界的軍事威脅持續不斷，第二，劉福通的實力沒膨脹到一定地步，還不能肆無忌憚的吞併其他人。無論其中哪一個條件被打破，目前淮安軍的好日子就會立刻蕩然無存。

沙河一戰，蒙元朝廷損失慘重，不經過兩三個月時間喘息，肯定沒有力氣再度揮師南下。而汴梁一戰，又使得劉福通的個人威望和所掌控的實力飛躍了不止一個臺階，把其他同盟者遠遠甩在了後面，如果朱八十一在這時大量出售火炮給劉福通，同時以竊密等理由故意消滅其他各路紅巾的火炮供應，就會促使平衡加速被打破。

可以預見，用不了太久，河南江北紅巾軍勢力範圍內，就會出現劉福通一家獨大的局面，屆時大魚吃小魚的事自然會發生。

「你們的意思我明白！」畢竟已經當了十多個月的左軍都督，朱八十一早就不是當初那個政治菜鳥，稍一琢磨，就明白了大夥在擔心什麼，略加思索後，補充道：「那就再加一條，本都督賣給友軍的火炮，是專門用來對付韃子的，如果有誰拿來對付自己人，無論他是誰，官多大，只要被本都督得知，就列入武器禁運的黑名單，從此再也別想從淮安買到任何武器！」

「都督，這……」

登時，包括老進士逯魯曾在內，所有人嘴巴都張到了地上。

武器禁運！都督這又是從哪找來的新名詞？大魚吃小魚非得用火炮麼？只要彼此間實力差距大到一定程度，可能一頓鴻門宴就把問題解決了，哪還用得著火炮對轟！

不過，對朱八十一嘴裡總是冒新名詞的事，大夥早已見怪不怪，有一定程度的免疫力了，因此震驚了一會後，便放棄了對這個名詞的刨根究底，而是小心翼翼地提醒道：「上個月劉福通將杜尊道的兵權奪了……」

「只要他們不動李總管和趙長史，咱們就當沒看見吧！」朱八十一無可奈何地說。

勢力一膨脹，內部政令統一就是順理成章的事，如果把他擺在劉福通的位置上，也不會允許杜尊道跟自己分享權力。

「上次都督封還了劉福通的手諭……」

「他不很快就加封了李總管做整個河南江北行省的平章政事了麼？」朱八十一不以為意地道：「咱們管不了那麼遠，劉福通必須保持強大，他強大了，才能頂住蒙元；只要李總管、趙長史和咱們三家能抱成團，劉福通心胸再狹窄，想動其中一家，也得想想另外兩家的態度。至於封還手諭這種小事，今後少不得還要發生很多次，劉福通不會計較，我更不會放在心上。」

上次劉福通試圖用分封的辦法瓦解徐州紅巾，在他和趙君用兩人不謀而合的反對下，最後以認輸告終。隨即，芝麻李的任命就成了河南江北平章政事，地位僅在劉福通本人之下，趙君用仍為歸德大總管，朱八十一則升為淮東大總管。二人仍歸芝麻李統屬，徐州軍的體系依舊保持著相對完整。

只要徐州軍的體系沒被打破，劉福通想要打淮安的主意，就同時面對芝麻李、趙君用和朱八十一三人的怒火。這個代價，他很難承受得起；所以，芝麻李和趙君用成了第二道擋在淮安紅軍前面的防火牆，不但遮擋著蒙元的進攻，同時還能抗住來自內部的傾軋。

兩道看不見的牆躲在裡面繼續挖金子、種地、造兵！朱八十一搓搓手，一臉得意。

「如漢卿所言，這沙河大敗也要怪在那姓朱的頭上？」

就在朱八十一和逯魯曾、黃老歪等人琢磨著如何將禍水西引，為淮安軍爭取「種田」時間的當口，大都城中，卻有幾雙銳利的眼睛緊緊地盯上了他們。

「大人還是叫我小四為好，聽著舒坦。漢卿兩個字是出去給別人叫的！」脫脫自幼的玩伴，右丞相府管家李漢卿躬著身道。

「又來這套！」脫脫看了他一眼，輕罵道：「自打弱冠之後，闔府上下，誰曾把你當作奴才看待過？」

這是一句實話，對李漢卿這個玩伴加書僮，脫脫府裡的男女老幼都對他尊敬有加；難得的是，李漢卿從來不恃寵而驕，總是心甘情願地以奴才自居，彷彿只有這樣才會讓自己感到舒坦一般。

他跪地感激涕零地道：「大人從沒把李四當奴才，但李四卻不能忘本。所以漢卿二字，大人還請千萬不要再叫了，否則李四再也沒臉留在府中了！」

「也罷，隨你！」見他說得如此情真意切，脫脫只好依他的意願，「反正名字只是個稱謂，在家裡，你是我的書僮，在外邊，你就是府上的第一管家，即使你外出公幹，無論多久，這個位置始終給你留著！」

「大人如此相待，李四若是再不湧泉以報就不是人了！」李四又磕了個頭，從地上爬起來，回道。

「你已經做得夠好了！朝廷派出那麼多探子，報回來的消息全都是賊兵勢力大，賊人來去飄忽等等廢話，只有你，能把前因後果說得這麼清楚，比也先帖木兒給我的信上說得還清楚！」脫脫讚道。

「也先主人是當局者迷！」李四不敢居功，替打了敗仗的也先帖木兒解釋道。

「什麼當局者迷啊，他根本不是打仗的料子，偏偏愛逞能！我勸過他，他又覺得我這個當哥哥的是在耽誤他的前程！」脫脫撇撇嘴。

弟弟也先帖木兒是個好文官、好御史，卻不是個好統帥，但是不把兵權交到他手上，自己的右相位置就始終不見安穩，所以當初無奈之下，只能兩害相權取輕，誰料帖木兒卻連汴梁都沒守住，丟光了三十萬大軍，只帶著幾千親信逃回到黃河北面。

這下好了，朝廷中那些短視的傢伙正瞅找不到自己的把柄呢，弄權誤國，任人唯親，養賊自重，什麼罪名一股腦全扣了過來。而陛下妥歡帖木兒自幼受盡權臣欺凌，最怕當年噩夢重現，沒吃這個大敗仗之前就想削減相權了，吃了這個大敗仗後，削起來更加名正言順。

「是紅巾賊憑著火器犀利打了也先一個措手不及！」作為忠心耿耿的奴才，李四絕不說主人半句壞話。想了一會兒，再度把話頭引到淮安軍身上。

「你說這話，我信，可我怎麼拿這個理由去說服皇上啊？」脫脫無奈地嘆道：「那淮安賊只出動了三千人，而劉福通是十五萬，芝麻李五萬，趙君用三萬。誰是主力，誰是幫手，幾乎一目了然。我去跟皇上說，劉福通的十五萬大軍不足為懼，朱八十一的三千兵馬是罪魁禍首，皇上還不當場就跟我掀了桌子？」

「可事實就是如此啊！」李四指了指自己親筆寫的密報，堅持道：「當時劉福通和也先主人隔著沙河對峙了一個半月，其實雙方都已經成了疲兵。從淮安來的那支紅巾賊，人數雖然只有三千，卻帶了四十門火炮。半夜弟兄們正熟睡的時候，四十門大夥一起轟過來，能不炸營麼？要怪，只能怪鞏卜班，他一個老行伍，居然建議也先主人將營盤紮在河岸邊上！」

「鞏卜班死了，人死了，一了百了，也先卻還活著；皇上一直不肯治他的罪，就是等著老夫認罪呢！」脫脫忿忿地說。

「人雖然死了，但罪責不能不負！紅巾賊的炮至少能打三百五十步遠，而他的營盤距離河灘只有一百五十步。紅巾賊半夜把火炮用船拉著悄悄靠岸，巡夜的弟兄根本不可能發現！皇上若是不信，大人可以帶著皇上去軍械局驗炮，即便是咱們仿製的銅炮，裝上屬下派人重金收購回來的黑色火藥，也能打三四百步遠！李四心有所感地說。

這倒是個不錯的主意，俗話說，百聞不如一見，讓陛下親眼看一看新式火炮的威力，他就會明白什麼才是朝廷下一步應該用兵的重點；而明白了火炮的威力，就知道也先帖木兒敗的其實情有可原，遷怒自己的心思也會減輕一些。

想到這兒，脫脫舒了口氣，詢問李四：「你重金收購回來的火藥還剩下多少？咱們的軍械局能仿製得出來麼？」

「已經跟製造火藥的匠戶們說清楚了，半個月之內如果能拿出配方，每人賞銀百兩；要是配不出來，耽誤一天砍一顆人頭，直到殺光所有人為止！」李四表情立刻變得冷酷起來。

「嗯！」脫脫眉毛一挑，軍器局那幫匠戶，是從全國網羅來的翹楚，沒理由徐州工匠們能配製出來的火藥，他們卻弄不出來，所差的只是對雇主的忠心罷了，相信在鋼刀之下必能逼得他們全力以赴。

「屬下派在紅巾軍裡的臥底已經打聽清楚，掌握負責配製火藥的，是幾個主將身邊的人，並不是什麼能工巧匠，所以配方肯定不會太複雜。無非是硫、硝、碳這三樣主料成分的變化，外加少許輔料而已。」

「如果真如你所說，兩個月之內，咱們的火炮也能推到戰場上了！」脫脫聽聞，精神大為振作，握緊了拳頭。

「也許用不了兩個月！」李四很有自信地回道：「軍器局的工匠們是用金鋼鋸將屬下收購回來的那門火炮從中間刨開，原樣仿製出來的，雖然造出來的比原來那門笨重了些，也容易炸膛，但屬下讓他們把名字都刻在炮身上，並且第一炮由他們自己親手點火，想必他們不會主動找死！」

「這個辦法好！」脫脫連聲讚許，又嘆了聲：「可惜你出身寒微了些，否則去做個軍器監都綽綽有餘。」

「有道是宰相家的門房四品官，軍器監也不過是正四品，說實話，李四不稀罕，寧願永遠跟著老爺，做個宰相家的門房！」李四大表忠誠地道。

他永遠做宰相家的門房，意味脫脫永遠當宰相，這個馬屁拍得水準不是普通的高啊，脫脫聽了，果然被逗得心花怒放，「你小子，這張嘴能把死人說活了。好，**我就盡力做一輩子宰相，讓你做一輩子四品書僮**，咱們主僕兩個，這輩子有始有終。」

「謝老爺洪恩！」李四再度跪下去，作勢欲拜。

脫脫一把將其拉起來，責備道：「別拜，老夫跟你自幼相交，不差你這兩個頭。對了，你剛才說咱們的炮又重又容易炸膛，到底跟紅巾賊的炮差距有多大？你說實話，別老拿好聽的安慰我！」

「這可就難說了！」李四想了想，皺著眉道：「同是四斤炮，在不同人手裡，得到的消息卻是完全兩種結果。有的紅巾賊那邊，據說發射十幾炮就會炸膛；有的卻說連續發射二三十炮都沒問題。還有人說，他們那邊就從沒炸過。另外，淮安賊的四斤炮，也做得一批比一批精良，非但越來越不容易炸膛，炮的重量也在不斷減輕！」

「哦？不斷減輕，他們怎麼做到的？」脫脫剛剛舒展的眉毛又皺成了一個疙瘩。

火炮的威力的確大得驚人，但每一門炮的造價也高得嚇人，基本上要由含銅九成左右的青銅製造。一門發射四斤彈丸的炮，需要六百多斤青銅，如果用這些銅料來鑄造銅錢的話，就算是最標準的銅六鉛四錢，都能鑄造兩百多貫了。再加上火耗，一門青銅炮的造價竟高達三百餘貫，絕對是個燒錢的大坑。

而紅巾軍卻能在加強火炮壽命的同時，不斷減輕火炮的重量，這意味著他們每造一門炮，就能少花四五貫，長期這樣下去，光是耗銀，也能把大元朝廷耗得筋疲力竭！

「屬下也不知道他們怎麼弄的，估計是熟能生巧吧！據探子們送回來的消息，上個月光是給劉福通一家，他們就提供了一百二十門炮！」

「一百二十門炮？」脫脫不禁打了個冷戰。「一百二十門炮是一個月造的？大都這邊呢？中書省的幾個軍器局加起來，每個月能造多少門？」

「大都軍器局上個月一共造了四十門，試炮時毀了五門，還剩三十五門，其他幾個軍器局全都加起來差不多是三十門左右。」李四早有準備，如數家珍般低聲回應。

「七十門！少了些，不過剛開始也算可以了，關鍵是要把火藥配方儘早弄清楚！」脫脫力圖鎮定地說。

只是一想起淮安光是給劉福通就能提供一百二十門火炮，眼神迅速又黯淡下去，「加上給芝麻李、布王三這些人的，淮安那邊一個月恐怕能造兩百門炮吧？」

「他們的可怕之處就在這裡！」李四侃侃談道：「據幾個探子的密報，上個月，淮安至少向外賣出了兩百五十門火炮，就算之前有些存貨，他們每個月所能造出的炮數，推測也在一百五十門之上。那朱屠戶下手又黑，每門炮至少賺一半的利錢，一百五十門炮少說能賺到七萬五千斤銅，折錢兩萬餘貫，光是賣炮，他就富甲天下了！」

朱屠戶向友軍出售的銅炮，價格為每門一千斤紅銅或者等值的糧食、生鐵。這個數字，脫脫早就知道。淮安炮的重量從最初的五百七八十斤降到了五百三十出頭，這意味著淮安城每向外賣一門炮，賺到的差不多夠給再造一門。

按每月一百五十門炮估計，一年以後，淮安城頭就能堆上一千兩三百門炮。到時候甭說率軍去攻城，就是連城牆根恐怕都沒人能靠近！

正是不算不知道，一算嚇一跳，脫脫約略估算了一下淮安軍的發展速度，立刻就明白李四的急切心情了，正色道：「你的話，明天老夫會如實向陛下轉述，就是拼著被人彈劾，老夫也要勸陛下**把用兵的重點指向兩淮**！」

「大人英明！」李四終於如願以償。

「英明個屁，守著全天下最好的工匠，拿著全天下最充裕的材料，居然造炮都造不過一個屠戶！」脫脫白了他一眼，抱怨道：「咱門能再快一點麼？雖然打仗未必完全依靠火炮，但咱們以傾國之力卻被賊人用一座城池就比了下去，聽起來總是讓人心裡不太舒服！」

「主要是不懂得如何造，慢慢速度就能提上去了！」李四解釋道：「小的曾經親自去盯過軍器局，發現關鍵是泥模乾得太慢，即便拿火烤，也得十天或者半個月才敢用；否則一旦築炮時，泥模未乾，水汽就會跑進銅汁裡，這樣造出來的炮根本不能用。」

「這樣啊！那能不能一次多造些泥模，分批慢慢乾著；這批用完了，下一批也頂上來了，速度自然就能趕上淮安那邊！」脫脫發問。

「大人英明！」李四又拍了句馬屁，點頭道：「大人雖然沒親眼看見他們造炮，卻比那些軍器監、軍器丞門都高明多了，一句話就說到了重點上。屬下前幾天去軍器局時，也是這麼交代的，他們已經照著做了，打算先屯幾千個泥模出來。」

「嗯！」脫脫手捋鬍鬚，滿意地點頭。

很快，他的思維又跳到了對手那邊。

「朱八十一拿下淮安多長時間了？」

「差不多三個月了吧！」李四如果放到後世，絕對是一個超級秘書，想都不想便給出了答案。

「也就是說，他在淮安城一安定下來，就立刻造了幾百個或者上千個泥模備用，然後一邊造炮，一邊再造泥模？」脫脫推測著。

「小的估計是這樣。那朱八十一小屠戶出身，向來懂得精打細算，而淮安城裡頭又有很多做首飾和各類酒器、擺件的匠人，都被他拉入軍中去鑄造火炮！」

「嗯，應該是這樣！」脫脫點點頭，「他之所以拼了命去偷襲淮安，恐怕除了看上了城裡的鹽稅之外，就是衝著工匠們去的。不過，淮安城的工匠數量再多，手藝再巧，也跟大都城這邊沒法比，你明天拿老夫手諭，把懷柔的鐵工匠戶全都調到軍器局，然後給我盯在那裡。老夫就不信，老夫集傾國之力還造不出一模一樣的大炮來！」

「是！」李四躬身領命。

脫脫繼續說道：「至於朝廷的下一步發兵方向，就交給老夫去跟皇上說，咱們兄弟倆一內一外，就是拼了性命，也要撐起大元這片殘山剩水！」

「這……是！」李四愣了愣，「殘山剩水」這四個字，可用得實在有失妥當。然而看到脫脫才四十出頭就已經花白了頭髮，他還是把話憋回了肚子裡。

他們主僕二人都是蒙元帝國的一流人物，看到了火炮的威力，試圖仿製，並且堅信大元朝憑藉著人數和材料雙重優勢能迎頭趕上。然而，他們卻不知道，工業和科技的進步並不是靠人頭就能堆出來的。

人數上的優勢只是在初期能形成一定的規模效應，但後面如果沒有技術上的進步和生產組織水準上的提高，產品數量和品質反而會呈逆向增長。

朱八十一其實對大規模生產管理懂得也不太多，然而**他所知道的那些片鱗碎甲，在這個時代卻如天書秘笈**，稍加變通，就能給淮安軍原始的工業生產帶來爆炸性的影響。

比如說一個很簡單的流水線作業，後世隨便找一家十個人以上規模的加工企業，誰都不覺得有什麼稀奇；而稍加變通之後拿到淮安將作坊，卻讓生產效率足足提高了三倍，以至於才半個月，黃老歪就逼著所有工頭拿全家老小性命起誓，如有洩漏，可被淮安軍誅殺全族，屆時絕對不喊半句冤枉。

再比如，四個時辰一班，三班輪換生產。對習慣每天一幹就是七八個時辰的匠戶們說，簡直就是消極怠工。然而當他們真的開始輪班後，竟發現這種幹活方式可以讓單日產量提高一倍不止。相對而言，四個時辰輪班幹活，比每天熬上七到八個時辰還要輕鬆不少。

再比如說非關鍵零件外包，在朱大鵬的那個時代，幾乎是所有企業的必然選擇；但是在這個時代，連焦玉這種頂級大匠師都表示無法接受。

然而當朱八十一固執己見，將火槍的木托、炮車的車輪以及板甲、胸甲上的零碎東西，都委託給城裡的手工作坊後，大夥發現這樣做，可以讓將作坊將精力放在主要零件上。產量和品質都得到了大幅提升。

林林總總，諸如此類的東西還很多。總之，在不知不覺間，**蝴蝶翅膀的煽動頻率已經逐漸加快**。朱八十一肚子裡那些東西，在不斷改變的淮安軍，改變著淮安城。而這些**看似細小且凌亂的變化，又以淮安城為中心，不斷向外擴散開去，影響著整個徐州紅巾，影響河南江北行省的各路義軍，影響著這個時代的整個中國。**

平心而論，蒙元帝國的野蠻統治，對華夏的人文精神，造成巨大的破壞。

但是蒙元帝國卻與某個時空上的辮子帝國不一樣，他們並不拒絕技術的進步，相反，他們還會將所征服地區的工藝和技術匯總起來，最大可能地應用到軍事和城市建設當中。

很多技術方面的積累其實已經到了臨界狀態。只要有人能輕輕捅破那一層窗戶紙，就能帶來天翻地覆的變化。而這層窗戶紙如果沒人去捅破的話，足以繼續擋住人類的腳步上百年。

正如淮安軍賴以成名的黑火藥，從盛唐到兩宋再到元末，被當作軍中利器用了幾百年，各類配方也是數以百計，但如果沒有朱八十一的出現，要再過十餘年才能被簡化為硫磺、硝石和炭粉三物混合；而被歸納出最接近於完美比例，還要再等到遙遠的戚家軍時代，才終於塵埃落定。

蝴蝶翅膀的輕輕煽動中，朱八十一醒來了。

蝴蝶翅膀的輕輕煽動中，朱八十一走到了淮安。

蝴蝶翅膀的輕輕煽動中，朱八十一開始施展自己最擅長的東西，將無一個巨大的手工作坊和無數個微小的手工作坊，緩緩推向工業時代。

一個前所未有的風暴眼，在黃河與淮河的交匯點上，悄悄地誕生。

第三章

千里尋夫

「啟稟都督，是個……是個女的。
她說是您沒過門的媳婦，千里尋夫來了！」
「轟」地一下，工匠們全都圍了上來，
包括一心想著升職的劉老實，也顧不上研究他的簡易鏜床了，
死皮賴臉地湊上前，想要目睹都督夫人的芳容。

「吱——」匠師錢十五狠狠地吹響哨子，黝黑的臉孔板得緊緊，彷彿眼前正面對著千軍萬馬。

四名上身精赤的鐵匠學徒躬下身，用槓子抬著剛剛鑄好的銅炮，邁動小碎步，向不遠處一個長長的石面檯子走去。

炮身還未完全冷卻，將穿過前後炮耳的鐵鍊燙得熱氣蒸騰。四名學徒大汗淋漓，卻不敢騰出手去擦，唯恐一分神，讓炮身發生傾斜，碰到自己或者同伴身上。

碰上，至少得丟半條命，銅炮的重量只有五百三十多斤，壓在人身上，未必能將人壓死，但銅炮的溫度卻高得怕人，隨便蹭一下就是一股焦糊味，若是不小心碰了個結實，一條小命就交代了，縱使是神仙也救不回來。

光是上個月，就有六名學徒因為幹活時走神被活活燙死！還有三個沒有當場死去，至今還躺在色目人開的醫館裡活受罪。

但是前來將作坊應募當學徒的人還是絡繹不絕，無他，在這裡當學徒不但管飯，還給工錢，待到兩年學徒期結束，就可以拿到正式工的俸祿。要是不小心祖墳冒了煙，被破格提拔為匠師乃至大匠師，那可是幾輩子吃穿都不愁了。

雖然做了匠師後，行動不自由些，但看看眼下淮安城裡，花錢最大手大腳的那些敗家娘們兒，有幾個不是靠著當匠師的男人？就連那些三姑六婆都眾口一詞地將匠師當作挑女婿的首選。還總結出幾個最讓女人動心的條件：第一，掙錢多；第二，吃穿都有作坊管著，花得少；第三，每天不是白班就是夜班，忙得像陀螺一樣，絕對不用擔心他們去逛賭場和窯子……

「吱——吱——！」

錢十五哨子聲又響了起來，命令學徒停住腳步。走上前，用手指蹭了一下檯面上的生鐵軌道，大聲命令：「老劉，滑車擦好沒有？上滑車，趕緊！」

「來了，來了，來了！」留著絡腮鬍的老工匠，指揮兩名學徒，將一架下面帶著四個輪子的鐵滑車快速擺在軌道上，自誇道：「擦了三遍，保證上面乾淨得能滑倒蒼蠅！」

「就你話多！」錢十五數落了一句，隨即轉向抬炮的學徒們，命令道：「趕緊把火炮放進滑車裡，快！趙大趙二，你們兩個固定前炮耳。張五、許六，你們兩個固定後炮耳！老劉，你帶兩個徒弟負責墊平車身。」

在他的指揮下，所有人手腳麻利地將銅炮放進滑車裡，用穿過炮耳的鐵鍊與滑車上的鎖孔牢牢捆死，預先做好的三角形墊塊被小心地塞到火炮前端與滑車接觸處，炮口一分分抬高，炮管與軌道盡頭的磨石對成一條直線。

工匠老劉再度目測了一次，確信沒有問題了，深吸口氣，將大團的泥巴塞進滑車與火炮間的縫隙。

「嗤——！」膠泥被燙得白煙滾滾，一股刺鼻的味道瀰漫在空氣中，刺激得人兩眼通紅。大夥兒卻誰也顧不上揉眼睛，目光緊緊盯著軌道盡處的磨石。

磨石前端呈橢圓型，最大直徑與炮膛相等，磨石後半段，被插在一根又粗又直的鐵棍上，鐵棍長約六尺左右，尾端與一根更粗的鐵棍鍛接在一起。那根更粗的鐵棍則穿過幾個精鐵支架和一堵薄薄的牆壁，通向工棚外面那輛足足有兩層樓高的大水車。

「吱——！」

錢十五的哨子又響了一聲，大夥手臂同時用力推著滑車緩緩向磨石靠去。炮口與磨石一點點貼近，突然，刺耳的摩擦聲響了起來，令所有人五臟六腑攪在一起，上下翻滾，金色的火花緊跟著從炮口噴出，絢麗奪目。

「吱——吱——吱——」

錢十五的哨子聲變了調子，短促而激越。大家緊隨著哨子的節奏，繼續將火炮向前推，全神貫注，目不轉睛。

汗水像小河般從每個人古銅色的皮膚上淌過，被火花照亮，發出魅惑的色澤。

腳下的鞋子很快被打濕了，鋪了石板的地面也開始發滑，他們卻不敢停頓，繼續用盡全身力氣將滑車向前推，面上散發著虔誠。

「咚——！」炮口與鐵軌盡頭的擋板碰了一下，發出空蕩蕩的聲響。錢十五臉色一喜，迅速將哨子掉了個頭，從另外一端吹響，「噓——噓——噓，噓——噓——噓，噓——噓——噓！」

眾人跟著哨子聲開始推動鐵車大步後退，紅星從炮口裡向外冒，但比先前黯淡了許多。

猛然間，炮口處又亮了一下，竄出一條金色的河，接著炮身與磨石脫離接觸，在慣性的作用下，向來時的位置滑去。

「老劉，測炮膛！張五、許六，去給磨石澆水，順便檢查磨石！趙大、趙二，去準備鏨印。」

「是！」眾人各自小跑著去進行下一個環節。

劉老實拿著一根牛油大蠟和木頭打造的十字架回來，舉著蠟燭，向炮口裡反覆照看了幾遍，然後將木頭十字架緩緩旋轉著向裡探去，一邊彙報著探測結果：「表面檢查光滑！前段探測沒感覺到毛刺，中段也沒毛刺，末段，靠近炮尾處，似乎有四處凸起，從炮口看不清楚，需要拿到外邊去手工打磨。」

「好，趙大，趙二，給炮管打上咱們組的編號！送到下個工棚去。老劉，你帶人繼續清理滑車！張五，許六，你們兩個去上個工棚瞄一眼，他們的下一輪炮管什麼時候開鑄？」

錢十五在本子上飛快記錄著，口中不忘繼續吩咐。

「是！」學徒們答應著，在炮尾處鏨上「二號棚、十五、錢」的字樣，然後將炮管從滑車上卸下來，裝進手推車，送往下一個工棚。

劉老實則把清理滑車的事情交給徒弟，自己悄悄湊到錢十五的面前，小聲詢問道：「您說，這個月，咱們能拿多少花紅？」

「花紅你個頭啊！」錢十五將帳本朝他腦袋狠狠砸了一下，罵罵咧咧道：「我說老劉，你多想想正經事行不行？這個月，咱們組已經被退回來三根炮管了，再多一根，我他奶奶的就得降級當普通工匠，而你，就得重新去當學徒，這麼大歲數去當學徒，你不覺著寒磣得慌啊?!」

「哎呀，那不是因為上夜班，不習慣嘛！」老劉揉著被砸的腦門辯解道：「況且咱們組雖然被退了三根炮管回來，可比別人多做了七根，扣掉那三根，還多人家四根呢！」

「我的劉大爺，跟你說多少次了，帳不能這麼算！」錢十五氣急敗壞地說：

「多做幾根，只是多賺幾根炮管錢，但萬一在試炮時炸了膛，不光咱們這個組的飯碗，連同前一班築炮的，和後一班負責手工精磨的，所有人的飯碗都會給砸了，到時候，即使我不找你麻煩，他們也得找你！」

「他們敢！三號棚的王禿子當初進作坊考試時，還是我招他進來的呢，按輩分，他得叫我一聲師父！」劉老實把眼睛一瞪，忿忿地說。

但是很快，他就像洩了氣的皮球一樣軟了下去，用更低的聲音問：「我說，黃老歪他不會真下狠手吧？咱們可是最早跟他的人！」

「重點是，人家淮安招的這批人，用起來比咱們更順手！」錢十五無奈地嘆了口氣，「您老當年是打鋤頭的，我則是跟著我爹打門環和鎖頭的，咱們手藝都不算細；而淮安這批人，要麼是打簪子、做頭花的，要不就是做金鏈子銀鐲子的，最不濟的也是做酒壺銀盞的，手下的活那叫一個細緻，再用上咱們都督和焦大匠弄出來的這些水錘、水鑽，你想想，做出來的東西能差得了麼？」

「那，咱們就眼睜睜的讓後來的人爬到腦袋上去?!」劉老實嘟囔著。

「不想讓別人爬頭頂上，咱們自個兒就得多下力氣！」錢十五又用帳本敲了他一下，訓斥道：「平時幹活認真點兒！下了班，也別老想著到處胡混，抓緊時間養足了精神等著接班。咱們都督最公道，只要你認真幹活，他絕對不會虧待你。啊，都督又來看咱們了，趕緊給我站起來，把臉擦乾淨了。」

「呃！」劉老實打了個激靈，臉上的疲態瞬間消失。

打下淮安這三個多月，幾乎每隔一兩天，大夥就能見到朱八十一那張笑臉。然而在朱八十一面前，即便是最打混的工匠，也不敢偷奸耍滑。無他，大夥能過上今天的好日子，全託了都督大人的福。

做人不能不講良心，如果不是朱都督帶著大夥一起造甲造炮，大夥恐怕忙活上一整年也落不下百十個銅子。哪能像現在管吃，管穿，每月除了工錢之外還有花紅可以拿回家！

人都有良心，從吃了上頓沒下頓的窘境一下子被升到豐衣足食的程度，如此天壤之別，他們一輩子都不會忘記這份恩情。

「都督，都督！」「都督您來了！」工匠們紛紛向朱八十一打招呼。

「大夥該忙什麼就接著忙什麼，我只是隨便過來看看！」朱八十一客氣地揮著手向工匠們致意。

「不忙，不忙！」工匠門訕訕地擺手，「不敢欺瞞都督，自打有了這水力磨床之後，磨炮的活省了至少九成，我等剛剛把手上的炮管交出去，下一批炮管送來至少還要再等一刻鐘呢！」

「噢！」朱八十一點點頭。「那大夥就坐下喝點茶，天熱，別中了暑。伙房的茶水有定時送麼？能不能讓他們弄點消暑退火的綠豆湯？」

後半句話，是對著黃老歪說的。

黃老歪立刻扯開嗓子，回道：「啟稟都督，茶水一直燒著呢。卑職按都督的吩咐，一直買的是新茶；綠豆湯沒有，如果都督覺得那東西可以解暑，卑職這就著人去買綠豆！」

「去買吧！別心疼錢。每天給大夥熬幾鍋，裡邊加上一點鹽！」朱八十一吩咐道。

這種在二十一世紀最簡單的防暑妙法，聽在工匠們耳朵裡，卻又是另外一番滋味，當即便有人屈膝跪在石板上，叩著頭說：「都督，小人是何等身分，每月在您手裡拿錢，還管吃管穿，豈敢再要綠豆湯喝？真的是折殺小人了！」

「什麼折殺不折殺的，綠豆又不算啥名貴之物！」朱八十一最不喜歡別人向自己下跪，趕緊上前將大夥挨個拉起，說道：「起來，起來，別動不動就下跪。工錢是你們該拿的，要說感激，應該我感激你們才對，畢竟每一門炮，都是你們親手磨出來的！」

「都督如此仁義，我等到死都不敢忘！」

「都督大恩大德，小人們粉身碎骨無以為報，只能……」

「都督待人如此寬厚，小人們如果再不盡心做事，就遭天打雷劈！」

工匠們紅了眼睛哽咽著道。

「大男人的，一個個哭鼻子算什麼本事！真要報答都督，就多造幾根正經貨，少出幾根次品，比啥都強！」黃老歪及時吼了一嗓子，總算讓眾人都冷靜下來。

「如果把磨石和後邊連的那根鐵棍弄一弄，也許就能讓磨偏的情況少一些！」劉老實所在的小組，這個月出的次品最多，實在拉不下臉來把責任推給鬼神，在一旁小聲插了句嘴。

「改磨床，就你？得了吧，老劉，你又在想辦法偷懶！」眾人將目光轉向他，奚落道。

劉老實是跟黃老歪同期加入將作坊的老人，但是因為性子懶散，始終達不到識字超過三百的標準，所以到現在還是個普通工匠。而與他同批的人，都通過了最低考核標準，成了匠師，所以同坊的工友們平素都不太瞧得起他，也不認為他能想出什麼解決問題的絕招來。

「誰想偷懶了！我只是覺得，光是靠手和眼睛，誰都保證不了不出歪炮！」

劉老實梗著脖子說。

「但是誰也沒你們組出的次品多！」

「就是啊，你一個人都快頂我們四個組出的次品量了！」工匠們繼續嘲笑數落著。

「我可以立軍令狀，對，立軍令狀！如果照著我的法子不成，都督可以砍我的腦袋！」劉老實被逼急了，乾脆把手舉起來，發著狠誓。

這下，眾人全都啞了火。

「都督，在下可以立軍令狀。如果我的辦法不成，浪費了材料，您就砍我的腦袋！」唬住了眾位工友，劉老實將頭轉向朱八十一，再次重申。

「不用你立軍令狀！」朱八十一笑著搖頭，「把你們的辦法說出來，咱們一起試。老黃，待會兒他負責的炮管，你另外找個人替他磨，咱們聽聽他說的有沒道理！」

「我們組的炮管，我自己來就行！」錢十五趕緊插了句，表示不需要外人幫助。

「那好！」朱八十一嘉許地點頭，隨即又將目光轉向劉老實，「咱們是在這說，還是去黃少丞那兒說？」

「就這兒吧！」劉老實知道自己能不能被破格提拔為匠師，全靠這一錘子買賣了，咬咬牙回道：「對著實物說得更清楚，都督，您跟我過來！」說罷，他走到磨床旁，指著橢圓形的磨石解釋道：

「這東西粗，後面那根鐵棍子細，本來就容易晃動，銅炮從滑車上推過來，不用力推，磨石不往裡走；用力的話，稍不留神就把磨石弄歪了。熱銅又是軟的，開始根本感覺不到，等感覺到時，管子也就差不多被磨廢了。」

「嗯！是這麼個道理！」朱八十一稍加思索，就明白劉老實點出了問題的關鍵。

「所以我琢磨在後邊那根鐵棍子上加上三排銅翅膀，跟前面那個磨石最寬處一樣寬，像人字那樣焊在上面，磨石如果走歪了，後面的銅翅立刻就會卡到炮膛中；而銅跟銅一時半會兒也蹭不壞。工匠們若是聽到聲音不對，就可以推著滑車後退，重新再找一次軸心！」

「嗯，你說得對！這樣的確能讓大夥馬上知道磨頭走偏了！」黃老歪聽了，拍腿附和道。

「還有，」劉老實見朱八十一和黃老歪支持自己的想法，指了指半橢圓形的磨石，更大膽地說：「小的不明白都督為什麼要用石頭來磨炮膛，熱銅是軟的，炮膛內的毛刺又不是很多，把這個石頭改成三片鋼刀不行麼？拿咱們最大號鍛錘砸出來的鋼片，弄成人字形焊在連桿上，只要能把刀頭對進炮口裡去就是正的，如此不容易歪掉，並且速度還快，有磨一根炮膛的功夫，夠剮三根出來了。不信，都督按我說的方法試試！要是不成，我全年的工錢都倒貼給您！」

「這……」朱八十一從錢十五手裡搶過毛筆，在紙上將劉老實說的「人字形」刀頭畫了出來。

雖然毛筆畫出來的東西有些走形，但是加上滑車和石頭底座後，大致輪廓上讓他立刻想起後世應用極為廣泛的工業利器——臥式鏜床。

「我這就找人去做。」黃老歪一把從朱八十一手中搶過草圖，飛一般跑了出去。

自從嘗到水力機械運用的甜頭後，整個將作坊裡，誰都沒有他對技術革新熱衷。因為每成功採用一項新技術，作坊的火炮以及其他武器、防具的產量，就會上升一個臺階。而作坊的產量越大，他這個將作坊少丞在淮安軍內的地位就越牢固；自家兩個兒子的前途也越來越光明。

「等……」朱八十一拉了一把沒拉住，只能任由黃老歪去了。

他正準備問問大夥有沒有其他改進建議時，黃老歪卻又拿著草圖，與胡大海一道風風火火地從門口跑了回來，嘴裡喊道：

「都督，都督，將作坊警戒區外邊有人找你。」

「讓他等著！」朱八十一最不喜歡在工作時被打擾，想都不想地回道。

黃老歪把胡大海推到前面，後者喘了幾口粗氣說道：「啟稟…啟稟都督，是個……是個女的，她說是您沒過門的媳婦，千里尋夫來了！」

「轟」地一下，工匠們全都圍了上來，包括一心想著升職的劉老實，也顧不上研究他的簡易鏜床了，死皮賴臉地湊上前，想要目睹都督夫人的芳容。

「滾！該幹什麼幹什麼去！再湊熱鬧，這個月的工錢就全扣光！」朱八十一扯著嗓子咆哮道。

千里尋夫？老子自打記事時就住在徐州，到現在活動範圍從沒超過一千里，哪裡來的千里啊？還尋夫咧?!搞錯人了吧！

眾工匠們見他動怒，立即「轟」地蒼蠅般散開，然而每個人在裝忙的同時，眼睛卻不斷地向外瞄，唯恐遺漏了什麼，沒機會跟同伴們炫耀。

「胡大海不知道，你怎麼也跟著瞎起鬨？」喝退了眾工匠，朱八十一怒衝衝地將槍口轉向黃老歪，斥責道：

「咱們沒起事前就是街坊鄰居，你覺得我當年是娶得起媳婦的模樣麼？至於起事後，這一年來，我天天忙得連口水都顧不上喝，哪有功夫去找老婆?!」

倒不是他自我標榜，自打穿越後，他真的沒把精神浪費在女人身上，一則是因為生存壓力太大，想想哪天自己也許就跟芝麻李一起成了反元大業的奠基石，就不敢再去想女人了。二來，受了朱大鵬的影響，他看女人的標準與這個時代的審美觀差距實在有些出入，普通人所謂的美女，他見了卻是就瞬間欲念全消！

這並不是說他眼界有多高，而是這個時代的「美女」都是臀大胸平外加纏足，而且年紀多在十二三歲就論及婚嫁了。這與廿一世紀強調的陽光美少女豐胸細臀的形象差了十萬八千里；更別說才十幾歲，還未成年的國家幼苗，叫他如何下得了手！

由於審美觀的巨大差異，朱八十一對別人熱心給他做媒的事絲毫提不起半點興趣。打下淮安之後，蘇先生幾次試探過他，並且信誓旦旦的保證，逯魯曾的孫女絕對具有傾城傾國的顏色，他卻都以「韃虜未滅，無以為家」的藉口回絕了，導致逯魯曾還以為是蘇先生在裡頭做了什麼，跟他畫地絕交，老死不相往來。

「胡將軍說，那女人手裡拿著徐達的親筆信！」黃老歪見朱八十一臉色越來越難看，立刻將責任往胡大海身上推。

「她是直接從泗州那邊坐船來的，身邊還帶著十幾名侍衛！」胡大海撓著頭，一臉委屈地說：「末將不知道都督您有沒有訂親，心想：那個女人帶著侍衛，又拿著徐達的手書，從泗水一路到淮安，要是假冒的，該早就被抓了吧，怎麼可能輪到末將來拆穿？」

「徐達的手書？」朱八十一聞言，皺著眉頭問：「徐達在信裡寫了什麼？」

他麾下的五支新軍，有三支留在淮安，兩支派在外面。擔負淮安南側防禦任務的，只有徐達和王弼二人所統領的第三軍，三軍指揮使徐達在他心目中的地位非同一般。

正是因為知道徐達在自家都督心目中的受重視程度，胡大海才沒敢懷疑那個女人的話，此刻聽朱八十一問起，紅著臉訕訕地回道：

「徐將軍在信裡寫了什麼，末將沒敢查驗，只是覺得徐將軍是個穩重人，輕易不會把信交到一個女人手裡！」

「你可真夠粗心的！」朱八十一撇了撇嘴，事情的來龍去脈他大致摸清楚了，這個找上門來的女人大概跟徐達很熟，也許遇到了一件不方便擅自做主的事情，想徵求自己的意見，所以央徐達替她寫了封信，讓她拿著信來淮安找自己。

「都督教訓得是！」胡大海趕忙說道：「如果都督確信她是個騙子，末將立刻出去將她拿下就是！」

「不必了，我出去看看她到底是哪路神仙！」朱八十一輕輕搖頭，「能騙到徐達的手書，她本事也不算小，值得我親自出去會上一會！」

「是，都督。末將一會兒緊跟著你，若是她敢有歹意，末將一定親手斬了她！」胡大海忿忿地說。

「那倒不必，她若是有歹意的話，徐達也不會替她寫信了！」朱八十一想了想說。

胡大海卻不敢讓他冒險行動，偷偷向徐洪三使了個眼色，示意後者加強戒備，然後提醒道：「那個女人應該練過武，但屬於花拳繡腿的功夫，但她身邊的那個侍衛，卻是個狠角色，手上至少有十多條人命，殺氣根本藏不住！」

「這你都能感覺得到？」朱八十一訝異地說。

「練武的人，骨架和普通人不一樣。」胡大海解釋道：「練武的人，從小站樁，拉筋，哪怕是花架子也會長得比一般人結實；而殺過人和沒殺過人又不一樣，只要是見過血的，再拿刀子捅人時就不會瞻前顧後，眼神也會越來越狠，常年累月積累下來，殺氣隔著幾十步遠就能感覺出來。」

「是麼？」

朱八十一側過頭，按照胡大海剛才說的理論，比較後者和黃老歪的不同，果然從胡大海的目光中發現一股隱隱的暴戾之氣，儘管胡大海在他面前盡力掩藏，但那股隨時準備給人致命一擊的氣勢根本遮蓋不住。

「都督自己其實不比胡某差多少！」胡大海被他盯得有頭皮有些發麻。

「胡說，都督這叫不怒自威！」黃老歪在一旁喝斥道。

三個人談笑間，來到將作坊的禁區邊緣。

遠遠地，就看到女人被一群士兵包圍著，雖然穿的是戎裝，卻讓人一眼就將目光落在她身上。

「三十八、二十、八十六！」朱八十一嘴裡冷不丁冒出一串數字，然後瞬間臉色漲了個通紅。

發現胡大海和身邊的侍衛們根本沒聽懂自己在說什麼，趕緊打著哈哈道：

「這個女人可真夠高的，比她身邊的那幫弟兄長得還高啊。」

「這麼高的女人，醜死了，徐達居然也敢將她往您身邊領！」

既然知道來人不是朱八十一的未過門媳婦，蘇先生開始肆無忌憚地批評起來：「您再看看她那黑勁，這要幹多少莊稼活才能曬到如此地步啊！還有，天哪，女人家的腳比男人都大，怪不得嫁不出去！我估計她是愁瘋了，所以跑到您這裡想要自薦枕席！」

「終於找到個像人樣的了，那是天然的小麥色，你懂不懂啊?!」朱八十一心裡嘀咕著：「長腿細腰，這才是真正的女人模樣！都長到一七幾了，腳大是應該的。咦？她旁邊那個人是誰，怎麼有意無意地在護著她，就像是條護食的猛獸一般。嗯，此人倒堪稱是個帥哥，就是眼神兇了些！」

「就是這兩個人！」胡大海的聲音響了起來，將朱八十一的思維拉回現實。「那個女人，就是自稱是都督沒過門兒的媳婦，她旁邊那個，比她高半個腦袋的，是她的侍衛頭目。」

「知道了！」徐洪三答應一聲，帶領親兵迅速圍成一個扇面，將朱八十一保護起來，以免那個女人和她的侍衛頭子暴起發難。

正全神戒備之時，長腿女人突然推開士兵，大步朝朱八十一走了過來，邊走邊喊道：「對面可是朱都督？你不是想要本小姐麼？本小姐親自送貨上門了！能換多少門炮，麻煩你當面給開個價！」

「我，要你？」朱八十一被問得一愣一愣，納悶道：「不知道這話從何而來？姑娘，你是不是找錯人了！」

「不是你親口跟孫二哥說：想要炮，讓郭子興拿他家的老婆和女兒來換的麼？本小姐送貨上門了，換多少門炮？姓朱的你給個準數！」

「孫二哥？你孫二哥又是哪個？」朱八十一丈二金剛摸不著頭緒。送上門來的女子長得不錯，只是這性子也實在太魯莽了些，被人隨便挑撥幾句，居然就找上門來跟自己算帳，根本不考慮考慮自己跟郭子興素不相識。

「哼！原來名滿天下的朱總管，也是個敢說不敢認的人，虧徐達還把你當個大英雄！」長腿姑娘以為朱八十一是在故意裝傻，愈發惱怒，豎起一雙丹鳳眼罵道。

「大膽，哪來的野丫頭，居然敢跟我家都督如此說話！」徐洪三等人立刻把手按到刀柄上。

「朱某是不是英雄，恐怕輪不到姑娘你來評價吧；至於你從別人嘴裡聽到了什麼話，那可跟朱某扯不上任何關係。」

雖然他很欣賞對方那副英姿颯颯的模樣，但被罵得莫名其妙，不禁心頭火起，一個軟釘子碰了回去。

「你！」長腿姑娘本來全靠著一股無名火才強撐到現在，沒想到朱八十一來了個一推二五六，瞬間委屈湧上心頭，淚水從眼眶中流了下來。

她身旁那名親兵頭目人倒機靈，閃步將長腿姑娘護在身後，對朱八十一施了個禮，解釋道：「大總管見諒，我家小姐也是聽了小人之言，所以才登門問個明白！」

「朱六十四，你不要向他示弱，孫二哥跟我從小一起長大，怎麼可能騙我？」

「呵呵呵……」胡大海等人再也忍不住，大笑了起來。

很顯然，這個腿長到嫁不出去的女子是被父母嬌慣壞了，根本沒有什麼是非判斷能力，被人隨便一挑撥，就帶著親兵上門來找自家都督算帳來了。也就是自家都督性子和善，若是換了個性子狠的，乾脆將錯就錯，不管三七二十一，人先睡了，再給來個吃乾抹淨，過後讓她哭都沒地方哭去。

「你們笑什麼？都是成名的英雄豪傑，隨便拿別人的妻女相要脅，不覺得羞恥麼？」長腿女子被笑得下不來臺，收起眼淚，氣鼓鼓地質問。

親兵隊長見此，只好又給大夥施禮道歉：「實在抱歉得狠，其實這事當面對質清楚，比雙方一直蒙在鼓裡頭強，否則，你我兩家資訊不通，難免被小人從中上下其手！」

「你們到底是哪路的英雄啊？隨便來個人就說怕跟我家都督起誤會，也不看看自己有沒有那個資格？」徐洪三等人冷嘲熱諷地說。

淮安軍雖然在眾路義軍中屬於地盤較小的一支，兵馬也只有三萬出頭，可是論戰鬥力，卻肯定排在第一，所以尋常三山五嶽的江湖痞子，還真沒資格跟朱八十一說什麼誤會。識趣的，不主動上門生事，朱都督也不跟他計較；如果惹急了朱都督，隨便派五支新軍中的一路打過去，就能輕鬆蕩平了他，哪管什麼誤會不誤會？

聽徐洪三等人說得如此桀驁，長腿女子杏眼圓睜，就要拔劍挑戰。

親兵隊長見狀，搶先一步，拱了下手，不卑不亢地回應道：

「其實剛才我家小姐已經報過名號了，只是你等沒聽清楚罷了，請容朱某再說一次，我乃濠州大總管郭公麾下親兵什長朱重八，特來護送我家大小姐前來向淮安大總管朱公問安。」

「小子敢爾！」

「小子，你是想找死麼？」

一句話剛說完，徐洪三便將刀架到了此人的脖子上。其他的弟兄也紛紛舉起兵器圍了上去，準備將面前這對不知道天高地厚的男女亂刃分屍。

「你們要幹什麼？殺人滅口麼？有本事把朱六十四放開，咱們各自拉起隊伍來，到城外見真章！」事發突然，長腿女子也被嚇得措手不及。忙拔刀護住自身，衝著眾人抗議道。

「切，你們兩個算什麼東西，值得我家都督殺人滅口?!」徐洪三刀刃壓著朱重八的脖子微微用力，喝問道：「說，到底是誰派你來送死的？居然敢把自己名字排在我家都督前頭！」

「我的名字怎麼了？」對方脖頸吃痛，卻不肯低頭，只見一抹紅色血跡沿著刀刃滲出。「我就是叫朱六十四啊！重八取的是八八六十四之意，這位將軍千萬不要誤會。」

見親兵隊長脖子上出了血，長腿女子大急，刀尖遙指著朱八十一，厲聲喝道：「姓朱的，你講不講道理！你叫朱八十一，就不許別人叫朱六十四麼？況且這個編號也是蒙元官府給的，他根本做不了主。」

「還狡辯！」淮安軍弟兄根本不肯聽他們倆的解釋，一個個怒不可遏。

朱八十一在舉事前，是個低賤的編戶，根本沒有名字，。做了徐州軍的左軍都督之後，為了和其他人交往方便，才按照九九八十一的意思，給自己取了個名字叫朱重九。

但整個徐州軍上下，包括芝麻李在內，很少叫這兩個名字，大部分人見到他，通常會尊稱一聲都督；一些比他職位高或者特別親近的人，則叫一聲朱兄弟，或者朱爺，輕易不會直呼其名。

如今突然又冒出一個姓朱的，居然大言不慚說自己叫朱重八，這簡直就是登門挑釁來了。是可忍孰不可忍？所以大夥非但要將此人剁碎了餵狗，連幕後指使他的那個傢伙，也打上門去揪出來，將他碎屍萬段。

「那是我阿爺給他賜的名！姓朱的，你到底講不講道理？莫非你姓朱，全天下人就都不准姓朱了嗎？姓朱的，你傻了麼？你倒是說句話啊！」長腿女子跺著腳質問。

「啊——！」聽到有人直呼自己的名字，朱八十一這才回過神來。

看著英俊魁梧的朱重八，他心中驚雷滾滾，暗道：「同名，這一定是他媽的同名，鳳陽小子朱重八這會兒該帶著常遇春他們幾個大鬧元順帝的武科場呢，否則至少也是明教的一方諸侯，怎麼會在郭子興手下才混了個親兵什長?!」

然而，內心深處卻有一個聲音清楚地告訴他，這不可能是同名。

第一，此人跟徐達很熟，熟到徐達肯不問清楚緣由就替他寫信，讓他拿著信來見自己的地步；而朱大鵬記憶中為數不多的歷史裡，**徐達和朱元璋恰巧是自幼一起長大的夥伴**。

第二，此人的相貌跟朱八十一自家祠堂裡看到的畫像依稀有幾分類似，後世的史料，朱元璋一直被描述的奇醜無比，而朱姓祠堂裡供奉的朱元璋畫像，卻是長得端端正正，不怒自威。

「啊，啊什麼啊！你倒是說話啊！我阿爺給朱重八賜名時，還不知道你叫朱重九呢，隔著幾百里遠，憑什麼我們就要避你的諱！」

「啊，這個……洪三，放開他，給他道歉！」朱八十一緩過神來，命令道。

「是，都督！」徐洪三不情願地收起刀，推了朱重八一下，說道：「對不住兄弟，剛才用力大了些，讓你流了點血，一會兒你隨便抹點藥就沒事了！」

「多謝這位將軍手下留情！」朱重八不卑不亢向徐洪三道謝，然後將目光轉向朱八十一，抱歉地說：「郭元帥給在下賜名時，並不知道朱都督的名諱，在下今天與我家小姐前來，也沒有冒犯之意，的確是受了妄人的挑撥，如有做得不對之處，還請總管大人海涵包容！」

「好說，好說！」朱八十一木然的擺擺手，心中卻仍是波濤滾滾。

對面這個小夥子，居然就是朱重八，朱大鵬那一輩的十六世祖宗：面這個被他寧死也要護在身後的野蠻美女，想必就是赫赫有名的大腳皇后——朱大鵬的十六世祖奶奶。

老天爺，這是什麼劇情！別鬧了好嗎！原本他還打算去抱朱元璋的粗腿呢，現在，他的大腿都比朱重八的頂頭上司郭子興的腰粗了，究竟是誰該抱誰?!

「好說？好說是什麼意思？是你覺得你手下的人做得有理？還是覺得本小姐不該來找你核實？」見朱八十一直心不在焉的模樣，長腿女子不滿地說。

「名字不過是個稱謂，朱某原本就沒資格要求別人避諱，今後也不會在乎這些！」一想到她是他的十六世祖母，就再也沒心思多看了。

他從懷中摸出特製的金瘡藥，隨手扔給朱重八，「先在傷口上抹一點，等會兒到城裡，我再找大夫替你看傷。」

「這個……」朱重八接住裝金創藥的瓷瓶，心中頗感震驚，淮安大總管專用的金創藥，當眾拿出來跟他一個小小的牌子頭分享。不說別的，光是這份平易近人的態度，就甩了自己見過的其他英雄好幾十條街。

「朋友那裡淘來的，比市面上常見的好用一倍！」朱八十一笑了笑，隨即將目光轉向同樣震驚的長腿女子，說道：「朱某又不是禽獸，怎麼可能做那種辱人妻女之事？姑娘你不妨打聽打聽，朱某怎樣對待淮安城那些敵方將領的女眷的。連她們朱某都不願意多碰，又怎麼會侮辱濠州郭總管的家人？」

「是我等魯莽了，請大總管見諒！」長腿女子尚未說話，朱重八又主動站出來，替她給朱八十一賠禮。

受草原習俗的影響，打敗對手後，將對手的妻子女兒納入後宮，在當時被視作是天經地義的事，一手將草原各部整合起來的成吉思汗就曾經宣稱過，人生中最大樂趣，乃是「勝敵、逐敵、奪其所有，見其最親之人以淚洗面，乘其馬，納其妻女也。」

所以眾紅巾豪傑打破城池後，很自然地先把地方官員們的妻女挑揀一番，老醜的賞給手下，年輕貌美的則據為己有。即便如芝麻李、郭子興這類很強調軍紀的，也不能完全免俗。

但朱八十一在這方面的名聲好過其他任何紅巾統帥，非但淮安軍上下都知道自家都督不好女色，就是外界談起他善待敵人和敵人家眷的事，都會挑起大拇指讚一聲「仁厚」。

那長腿女子聽朱八十一回答得坦誠，稍加琢磨，明白自己出了大醜，便在朱重八之後，向朱八十一施了個禮，道：

「你說得沒錯，我不小心上了別人的當，實在對不住，先在此告個罪，等我回去把那挑撥離間的人抓了，再押著他來，任你責罰！」

「那倒不必！」看在對方是十六代老祖母的份上，朱八十一擺擺手道：「剛才聽你稱那人為二哥，想必在濠州也不是個籍籍無名之輩，你若隨便去處置了他，恐怕郭總管面子上會不好看，這件事就算了吧，姑娘以後多留個心眼兒，別再被人當槍使就是。」

「當槍使？」長腿女子喃喃自語，費了好大的勁，才明白這個新鮮比方的真正意思，點點頭道：「你說得對，我的確是被人當槍給用了。孫二哥這個妄人，虧我一直拿他當自己親哥哥看待！不過你這人也是，他在你這兒無論犯了什麼錯，你打他罰他都行，怎麼也不能把他丟到韃子那邊，害他差點被韃子給抓走，拼了命才逃回來！」

「我把他丟到韃子那兒？」朱八十一滿臉困惑，不禁將目光看向徐洪三和黃老歪。

徐洪三這才吐實道：「前段時間不是抓了一批來偷造炮技術的人麼？其中甘心給韃子做狗的，末將按照都督的命令全給殺了；另外那些來自友軍的探子，都督下令將其驅逐出境，末將當時沒吩咐清楚，所以朱強的水師就偷了個懶，就近將這些人給扔到黃河北面去了！」

「去！」朱八十一感到有些哭笑不得。

到此刻，事情來龍去脈已經完全弄清楚了，自己當時不願意殺紅巾軍的探子，就吩咐將這些人驅逐出境了事；既然是驅逐出境，當然是離開淮安軍控制範圍就算完成任務，所以徐洪三和朱強等人就耍了小心思，將這些探子統統丟到了黃河北岸。

黃河北岸目前還屬於蒙元朝廷的控制範圍，那一帶的官兵雖然沒勇氣主動挑起戰事，卻日日小心提防著紅巾軍突然打過去，猛然間看到戰船丟下百十號人，豈能不派遣兵馬過來查看一下狀況，於是雙方廝殺起來。

倉促間，死的死，逃的逃，那長腿女子口中的孫二哥，是少數僥倖逃出生天的，心中咽不下這口氣，就在自家主帥面前無中生有，試圖挑起雙方的爭端。

然而以淮安軍的實力，周圍還真沒人敢貿然刀兵相向，於是郭子興惱怒歸惱怒，卻不得不強壓下這股怒氣，以大局為重。馬長腿作為他的養女，決定替父出頭，所以找了個機會，撲到淮安城裡頭來找朱八十一理論。

明白了前因後果，朱八十一狠狠瞪了徐洪三一眼，接著鄭重聲明自己的立場：「這件事朱某的確做得過了些，不該將他們丟到黃河對面，但他們也是自己作死在先。我淮安軍的造炮術乃鎮國之寶，輕易不可示人，他們卻千方百計去探聽竊取，朱某無法確保這些人裡面到底有沒有藏著蒙元的探子，所以才一併都趕了出去，不准他們再踏入我淮安一步。」

長腿女子的臉瞬間紅到了耳根，激動地說：「孫二哥怎麼會偷你的造炮秘法？他只是說，因為你們想獨霸火炮之利，所以將火炮的價格翻了一番，雙方談不攏，才起了衝突……」

說到後面，她也知道自己的話完全站不住腳，如果淮安軍準備獨享火炮之利，當初就一門火炮都不會賣給友軍，怎麼可能賣了頭幾批之後，再突然宣布加價一倍？那不是純粹自己敗壞自己的形象麼？從自己在路上看到的情景推斷，朱八十一現在富得流油，根本不差這幾個錢。

正尷尬間，又聽朱八十一身邊那個又醜又兇的老頭子說道：「姑娘回去之後，最好讓郭總管查一查帳，你那位孫二哥到底貪墨了多少軍弩？在他偷造炮秘技被抓到之前，我們淮安軍對外出售火炮，無論對誰價格都是一樣的，一千斤純銅，或者等值的糧食和生鐵。貴軍多花的冤枉錢，最好找正主去要！」

這一刀補下去，羞得長腿女子恨不得立刻找個地縫往裡頭鑽。

貪墨軍資，偷師，蓄意挑起兩軍爭端，這三項罪名，無論哪一項坐實了，都足夠那個孫二哥被砍腦袋的；可她偏偏糊塗地跑來替他出頭，還試圖在換了火炮後，找機會把朱屠戶給幹掉，替養父和整個濠州軍出一口惡氣。

這是出惡氣麼，這分明是助紂為虐！

想到自己差一點釀成大錯，再想到即便真相被揭開，孫二哥憑藉他老子孫德崖的庇護，也絕不可能受到任何懲罰，她頓時覺得無地自容，強笑著向朱八十一行了個禮，說：「此事的確是馬某做錯了，我們濠州軍也的確對不起朱都督在先，一人做事一人當，馬某這就以死謝罪。」

說著話，便從腰間拔出刀子，朝自己脖子上抹去。

第四章

朱重八

他跟朱重八一見如故，覺得對方的觀點想法跟自己不謀而合，
代溝彷彿根本不存在一般，朱八十一甚至覺得，
自己是不是真的跟朱重八有著血緣上的關係，
否則兩人的感覺怎會這般接近？！脾氣如此相投！

朱重八對自家小姐的性子瞭若指掌，早就戒備著，發現情況不對，立刻將胳膊擋在到刀刃處，叫道：

「小姐，你這又何必！朱總管他大人大量，不會追究此事的，話說清楚就行了，你要是今天死在這裡，反而會給朱總管惹來大麻煩！」

他忍著切膚之痛，清楚陳述了此舉的利害關係。

長腿女子一刀沒切到自己脖子，卻被濺了滿臉的血，迅速清醒過來，丟下刀，抱住朱重八的胳膊，一邊慌亂地用手指去堵住傷口，一邊哭喊著道：「你傷得怎麼樣？來人，快幫忙給他止血啊！他都快死了，你們愣著幹什麼？」

「啊？」朱八十一等互相看了看，嘴巴個個張得老大。

那朱重八身上穿著皮甲，刀刃根本抹不了多深，只是點皮肉傷而已。長腿女子卻是心疼得花容失色，顯然一顆芳心早就繫在了這個朱侍衛身上，只是她自己渾然不覺而已。

既然看明白了，便更沒人肯上前幫忙，只是把吳家秘製的金創藥又拿出一瓶，丟到長腿女子身邊，由她自己去給朱重八療傷。

朱重八發現眾人目光都落在自己和長腿女身上，漲紅了臉，將胳膊從女子懷裡掙脫出來，又從裡衣的袖子上撕下布條，捆住手臂止血，極力安撫道：

「沒事，這麼小的刀口，血馬上就會止住。你看，已經不流了，這裡還有上好的金創藥……」

「哎呀，那可不好說，刀劍傷，傷口越小，感染七日風的可能性越大！」徐洪三存心搗蛋，咧了下嘴，在旁邊促狹地道。

「七日風？重八哥，你得了七日風可怎麼辦？我，我……」長腿女子大急，眼淚劈哩啪啦地掉了下來，撿起地上的刀，一邊朝傷口上比劃著，一邊認真說道：「我幫你把傷口割大些，那樣就不會得七日風了。哎，你別躲啊！」

「光弄大傷口不行，要想保住他的命，得把整條胳膊切下來！」胡大海也是個唯恐天下不亂的主，繼續煽風點火。

「啊？」長腿女子愣了愣，淚水噙在眼裡，舉起刀子來，不知道該不該當機立斷。

「沒事，真的沒事！」朱重八即便心裡再愛慕對方，也不肯讓長腿女子拿鋼刀砍自己一隻手臂下去，趕緊把胳膊藏在身後，說道：「他騙你呢！七日風要刀子有鏽，傷口夠深才行，我這只是淺淺的一條口子，怎麼可能得七日風！」

「真的？」長腿女子將信將疑。

「他說得沒錯！」朱八十一回道。

如果身上隨便被割一道口子就會得破傷風，那他早死二十回了，根本沒機會站在這裡看兩位老祖宗秀恩愛放閃。

「你軍中可有郎中？」長腿女子立刻收起淚，卻仍舊不放心，瞪圓了哭紅的眼睛追問道。

「城裡有個色目人開的醫館，手段還不錯！」朱八十一回：「裡邊還有我們淮安軍專門配製的烈酒，用來清洗這種傷口，可以把化膿和感染的機率降低八成。」

「那咱們快去！」長腿女子催促道。

「路有點遠，需要騎馬，洪三，你去當值弟兄那邊借幾匹馬過來！」朱八十一命令著。

他不介意請對方去城裡坐坐，順便確定一下徐達那封信到底是怎麼一回事。

「不用那麼麻煩了吧！既然誤會解開了，咱們把徐大哥的信交給朱總管，馬上坐船回濠州去吧！」朱重八不想繼續被大夥看笑話，試探著說。

然而，雖然是他的胳膊，卻輪不到他做主，長腿女子豎起眼睛道：「有什麼麻煩的，讓郎中處理一下，總比回去之後剁你一條手臂省事。走，咱們也順便去城裡轉轉，我有好幾年沒逛過淮安了，這次剛好看看城裡變成什麼模樣。」

此刻，她是郭家的大小姐，而朱重八只是一個小小的十夫長。當然只能聽憑大小姐做主，於是一行人從巡邏兵那兒借了馬匹，跟在朱八十一身後，信馬游韁朝淮安城行去。

時間已經到了金秋八月，道路兩邊，桂花飄落如雨。

三個月前的那場戰鬥雖然激烈，卻只持續了一天，對淮安城，特別是城西側夾在運河與淮河之間的這片三角地帶，影響簡直可以忽略不計。因此沿途風景極其秀美，炊煙飄飄，牛鈴陣陣，跟剛剛經歷過戰亂的濠州、懷遠一帶比起來，簡直就是世外桃源。

濠州總管郭子興起義前，是當地少有的富豪，作為他的掌上明珠，長腿女平素也不乏看風景的閒情逸致。走著走著，便暫時忘掉了心中的恐慌，向朱八十一問道：「朱總管，這裡的老百姓好像不怎麼怕你？見到你的護衛隊，居然連躲都沒有躲一下！」

「他們為什麼要怕我？」朱八十一笑呵呵地回道：「我又不吃人肉。」

「你是淮安大總管啊！」長腿女被他的回答逗得莞爾一笑，秋光頓時平添幾分嫵媚，「雖然不吃人，他們見了你，總應該有些敬畏之心吧，否則你的命令貼出來，他們怎麼肯聽？」

「敬畏不敬畏，要看心裡，臉上表現出來的，未必是真的。」朱八十一心有所感地說：「如果我的政令能給他們帶來切實的好處，他們怎麼可能不聽？如果我的政令要靠刀子來逼著執行的話，他們表面上聽了，心裡恐怕也在恨我。還不如不執行！」

他身體裡屬於朱大鵬的那部分，深受廿一世紀人人平等理念的薰陶，無論對手下弟兄，還是對轄區內百姓，都非常隨和，與其說是個大總管，還不如說是個有擔當，有威信的鄰家大哥，讓人對他的親近遠遠多於畏懼。

「可總有些養不熟的白眼狼！」長腿女子平生還是第一次聽到這種理念，本能地就想跟朱八十一辯論一番，卻又找不出哪裡不對，只覺得對方的思維方式和自己接觸過的任何人都不一樣。包括自己的養父，雖說有著「禮賢下士」之名，可那全是裝出來的，一旦不刻意偽裝，身上的王霸之氣立刻暴露無遺。

正困惑間，朱重八替朱八十一解釋道：「朱總管待民以仁，將士和百姓自然報之以義，你說的那種雜碎畢竟是極少數，即便偶爾出了一兩個，自有官員去料理他，無須勞煩大總管費神！」

這幾句話完全脫胎於儒家理念，遠比朱八十一信口說的那些更容易被接受，非但長腿女子聽了輕輕點頭，就連胡大海、黃老歪等人也將目光轉過來，重新打量此人，心中暗暗感慨：「那濠州總管郭子興好生厲害，麾下隨隨便便拉一個牌子頭出來，都能有如此見識，其麾下的重臣大將想必更是了得。」

那朱重八卻不知道自己隨便兩句話已經吸引了眾人的注意，繼續侃侃而談道：「淮安介於運河與黃河交匯之處，可向往來船隻收稅，其東又是淮鹽的產區，不愁沒有商旅往來，因此民不加稅而軍用自足，鄉野間當然看起來一派盛世氣象！」

這番話又令大夥眼前一亮。淮安軍之所以能做到對百姓秋毫無犯，除了規模較小之外，另一個因素就是商稅和鹽稅十分充裕，大夥犯不著再朝原本日子過得就緊兮兮的農人下手。否則，即便朱八十一再心存仁厚，為了自家的生存，也不得不把百姓們逼得流離失所。

而淮安軍幾近壟斷地位的大炮和板甲生意，儘管給總管府帶來了滾滾財流，只是這筆錢轉眼間就變成新的水車、新的工坊和更多的板甲、長矛、火槍、大炮，並沒有用於日常政務的運轉之中。

「那朱將軍以為，眼下淮安之政可通行全國否？」聽朱重八說得似模似樣，朱八十一有心考考這個歷史上赫赫有名的開國帝王。

「不能！」朱重八回答的非常快，好像心中早有定論。

「其他地方沒有這麼豐厚的鹽利和商稅，放眼整個河南江北行省，能適合淮安之政的，也不過是揚州、高郵兩地，往北的徐州都不能，更甭說是推行到全國。」

「噢？」朱八十一微微皺起眉頭。

拿下淮安後這幾個月，他一直試圖尋找適合整個華夏的發展道路，以便將來趕走蒙古人之後，讓百姓們不會覺得漢家的統治其實和異族沒什麼兩樣。誰料自己剛開了個頭，朱重八就大潑冷水，心中未免有些惱怒，臉色的表情也陰沉起來。

朱重八非常有眼色，看到朱八十一神色不佳，趕緊拱了下手說：

「大總管的問題，小可若是曲意逢迎，才是對大總管的失敬，大總管既然有志救民於水火，當知道『耕戰立國』四個字，眼下淮安之所以不缺糧，是因為可以向其他地方源源不斷地收購；萬一總管治下之地超過了一省，糧食不能自給自足的話，光憑買，何以供養十萬大軍？若無十萬大軍，又如何能誓師北伐，驅逐韃虜？所以小可為大總管計，若想以淮泗為基業，興農才是第一要務，其他即便紅利再高，也只是一時繁華，轉瞬便成了過眼雲煙！」

這幾句話，令所有人都刮目相看。自打徐州起兵以來，大夥無時無刻不為生存而擔憂，幾乎所有努力都是圍繞著如何讓軍隊變得戰鬥力更強，規模更龐大而運轉，卻沒來得及去想更深更長遠的問題。

包括老進士逯魯曾給朱八十一的發展大計，也只是取淮泗之精兵、吳越之糧秣，伺機逐鹿天下，至於具體如何去逐鹿，打下地盤後要怎樣治理，卻沒有詳細考慮過。而朱重八以一個小小的牌子頭，卻從眼前的景象迅速想到了這一層，一語道破淮安軍眼前最大的軟肋，缺農！

運河以東，田地以鹽鹼灘居多，原本就不適合耕種，百姓們發現能從城中找到更好的營生之後，也不願意繼續在土地裡刨食，所以淮東一帶向來糧食就入不敷出，全靠從外地購買。

朱八十一佔領淮安後，取消蒙元朝廷大部分的苛捐雜稅，讓利於民，令市井在極短時間內加速繁榮，導致糧食的缺口變得更大。

雖然採用食鹽運出與糧食運入掛鉤的互補方式稍微緩解，但是沒有充足的糧食儲備，終究是個隱患，非長久之計。

一支軍隊戰鬥力再強，兵器和鎧甲再精良，沒有飯吃也打不了仗，武器更當不了飯吃，即便開始時能夠勢如破竹，萬一對手採取堅壁清野的戰術，長時間無法繼續前進，戰鬥力便會迅速被削減。

當隨身攜帶的糧食消耗一空後，除了撤退之外，別無其他選擇，否則只有坐以待斃。萬一對手再狠狠心，武力禁止糧食向淮東流動，或者因為災變之年，糧價飛漲，淮安軍必然會遭受前所未有的重大打擊。

就算上述情形僥倖逃過，淮安軍也不可能取得太大的發展，因為淮安軍的財富過分依賴於商稅與鹽稅，其他地區卻沒有同樣豐厚的商稅和鹽稅可收，所以如果淮安軍將來只圖割據一地，或者說把揚州、高郵都收在手裡，只足以做一個勢力強大的諸侯。

若是想北伐中原或者逐鹿天下，不改變目前的執政方式，隨著地盤擴張得越厲害，氣數反越變單薄，直到自己把自己活活拖死。

雖然這番話未必完全準確，卻是**第一次有人從如此深的角度跟朱八十一探討這個問題，讓他怎能不悚然動容**？何況，**這位老祖宗還是元末農民起義的最後勝利者，此人的話怎能不重視！**

想到這兒，朱八十一整了整衣冠，當著所有人的面，在馬背上衝著朱重八鄭重施禮，感激萬分地說：「今日聽聞將軍之言，宛若當頭棒喝！將軍既然能夠看出我淮東的不足，可有妙策教我？若有，請當面賜教，朱某自當重謝！」

「大總管言重了！『賜教』二字，小可萬萬不敢當！」

見自己短短幾句話就將名聞天下的朱都督給說動了，朱重八自己也覺得很是意外。他想了想，作了個揖，猶豫地道：

「大總管一日下淮安，攻勢是何等的犀利！不知為何，下了淮安之後卻突然收斂起爪牙？小可百思不得其解，還請大總管指點迷津？」

「這個啊，我當日能拿下淮安，純粹是冒險！隨後便不敢再故技重施，以免萬一落敗，前功盡棄！」朱八十一尷尬地說出真相。

這三個多月來，淮安軍只在家門口打轉，沒有一鼓作氣向外拓展地盤，一方面是因為朱八十一手中兵力實在過於單薄，還有另外一個因素，也是最重要的，那就是這廝戰略思維使然。

事實上，除了接納逯魯曾的指點之外，他的大部分戰略想法都來自朱大鵬，以朱大鵬的宅男思維，有了一片根據地後，接下來自然就應該埋頭種地挖金子，積聚力量。等力量積聚到足夠強大時，再給對手致命一擊。

顯然這個策略有些過於一廂情願了，即便朱重八不問，聽了他先前那些話後，朱八十一也猛然意識到了這個問題。

你想慢慢發展，對手卻不是傻子，絕不會站在原地等著你慢慢發展，他們會想盡一切辦法，包括軍事和非軍事手段，遏制你的發展，進而把你活活扼殺在淮東這塊流著銅錢和食鹽卻唯獨沒有米糧的金色土地上。

果然，朱重八聽了他的解釋之後，立刻搖頭，「既然故技重施是冒險，焉知守在淮安不動就不是冒險？以小可淺見，大總管既然舉了義旗，就無時無刻不是在冒險，只是冒險的方式不同，每次的結果也不盡相同而已！」

「這——」朱八十一兩眼直勾勾地望著朱重八，恨不得將對方的腦袋割下來，敲開看看裡邊到底是什麼構造！

妖孽，這人絕對是個妖孽！自己的逆天，是因為融合了朱大鵬這個後世人的靈魂和思維，而朱重八眼界卻比自己這個靈魂融合者還要寬闊，目光還要長遠！這打擊不可謂不夠沉重。

「小可路過泗州時，曾有幸看到徐達將軍麾下的虎賁！」彷彿對朱八十一的打擊不夠大，朱重八繼續說道：「徐將軍麾下的戰兵絕對是天下至銳，即便是輔兵，也不比蒙元那邊的戰兵差多少。聽說大總管麾下這樣的虎賁之師有五支，大總管不拿來開疆拓土，卻拿來守家門，未免太暴殄天物了些！莫非大總管以為您在養精蓄銳之時，蒙元各地的官吏還會像原來那樣繼續醉生夢死麼？自大總管奪下淮安後，哪個蒙元高官還敢繼續酣睡？他們如果只懂得醉生夢死，又怎麼可能在官場中沉浮數十年？」

這話問得更為犀利了。你淮安軍在發展，別人也沒有原地踏步，特別是靠近淮安軍這些地方，如高郵，揚州等，既不缺錢，也不缺兵，缺的只是一顆進取之心而已。如今淮安軍在旁邊虎視眈眈，當地官員就算再傻，也知道要想盡各種手段自保了，怎麼可能繼續喝酒聽戲混日子？

無論清官還是貪官，在官本位社會裡，能爬上高位的，肯定個個都是人精。蒙元的官吏多為貪佞之輩的確不假，卻沒有一個是傻子。是傻子的，早就被官場自我清洗掉了，根本不會爬到掌控一府一路的重要位置上。

朱八十一額頭上的冷汗頻頻冒出，他拱起手，再向朱重八深施一禮，「聞君一席話，勝讀十年書。重八兄高見，朱某這廂受教了！」

「不敢，不敢！」朱重八趕緊跳下坐騎，長揖及地，「小可狂悖，在大總管面前信口開河，大總管不怪小可已經是仁厚至極，小人豈敢再受大總管之禮。」

「行了！你這個人講究可真多！」朱八十一哈哈大笑，也從馬背上跳下來，拉住朱重八的手，「反正此處離城門也沒多遠了，不妨你我一起走幾步，邊走邊聊，朱某還有很多事情想向重八兄討教一二！」

「小可何德何能敢跟大總管稱兄道弟！」朱重八卻堅持不肯平輩論交，誠惶誠恐地說道：「大總管有事儘管問，小可自當知無不言，言無不盡！」

兩人都很佩服對方，儘管不完全認可對方的觀點和做法，卻不妨礙兩人的交談，越聊越是投機，不知不覺間，彼此都有種相見恨晚的感覺。

不多時，二人走進了淮安城內。

朱八十一打住話頭，「重八兄就先去大食醫館把傷口處理一下吧！然後咱們再去總管府用飯，左近沒多遠，轉過一條街便是！」

「大總管賜飯，小可按理不該推辭，只是……」朱重八回頭看了看長腿女，猶豫地說。

這時代雖然民風豪放，卻也不像後世那樣，女孩子可以隨便到別人家裡做客，更何況以長腿女和朱重八二人的身分，一道進了朱八十一的府邸，外界只會說某年某月某日，郭子興的養女獨自去了淮安朱總管家，絕對不會提她身邊還有朱重八這個侍衛頭目，所以，為女方的名節著想，朱重八也不能接受這個邀請。

「無妨！」朱八十一立刻明白了對方的難處。「通甫，你去找逯長史和蘇長史來，大夥一起去城內最大的酒樓裡吃上一頓便是。」

「是！」胡大海領命而去。

叫上逯魯曾這老頭子，憑其當世大儒的身分，自然可以減少許多閒話。朱重八明白對方是真心相邀，拱手道：「那小可就恭敬不如從命了，大小姐，你看……」

「你都答應人家了，又何必問我！」長腿女子白了他一眼，隨即大方地道：「去，當然要去，某人手下不講道理，害得你脖子上白挨了一刀，這頓飯，就算他給咱們賠禮了！」

「不是我手下人不講道理，是重八兄脖子太硬！」朱八十一自然不會跟一個被慣壞了的女人較真，笑道：「走吧，先去醫館，再去酒樓。醫館我也有些日子沒去了，剛好去跟伊本打個招呼！」

「你跟館長很熟麼？」長腿女見朱八十一說起醫館來，就像說自己的總管府一樣隨便，皺了下眉頭，低聲詢問。

「醫館是我幫他開的，淮安軍總管府占了一半的乾股！」朱八十一順口答道。

「一半的乾股，敢情你這個大都督除了賣火炮之外，連病人那點診金也不肯放過？」長腿女很是鄙夷地說道。

「住口！我家都督怎是那種人！」

「小姐慎言！朱總管不是那種人！」

徐洪三和朱重八異口同聲地替朱八十一辯解。

長腿女被二人反嗆，想要發作，又不願在這麼多人的面前失了朱重八的臉面，憋得臉色發黑，粗氣連連。

朱八十一見狀，解釋道：「這間醫館裡的郎中大部分都是色目人，他們當初開這個醫館的目的，不光是為了治病活人，而是為了傳教。朱某不能阻止他們救人，卻也不能放任他們的教眾在城裡一家獨大，所以想了這麼一個辦法，出五千貫本金，再加我淮安軍獨家秘製的烈酒，算作五成乾股，平時施捨的藥材錢算一家一半，病人被治好後的答謝金，也算一家一半！」

感激這東西，是看不見摸不到的；換句話說，這間醫館十有七八做的是賠本生意，長腿女心知自己又以小人之心度君子之腹，紅著臉，吶吶道：

「原來是這樣，本姑娘沒看出來，你居然也有不愛錢的時候，既然如此，為什麼五百多斤重的銅炮要一千斤銅的價錢往外賣，並且還坐地起價？」

「第一，朱某麾下的工匠也得吃飯。第二，如果別人不窺探我的造炮之法，我也不會故意刁難他！」看在朱重八的面子上，朱八十一耐著性子道。

長腿女的面孔又漲成了茄子色，哼了聲，將頭扭到旁邊，沒一會兒，她又指著一棟尖尖的建築問道：「那是什麼，為何上面還頂了個十字？」

「那是東正教的教堂！」朱八十一順著她的手指看去。

「你不是彌勒教的堂主麼？怎麼准許別人還有那個色目回回在你的地盤上傳教？」長腿女繼續刨根究底。

「當初做彌勒教的堂主，只是為了糾集人手造反，實際上，我不信任何神仙！」朱八十一最不願意人提的就是自己冒充彌勒教堂主的事，無力地回道。

「噢，原來是用過了就扔！」長腿女不客氣地下了結論。

「怎能這樣說總管？」眼見著她的無禮發言又要犯眾怒，朱重八趕緊圓場道：「那些神棍們平素幹的欺男霸女之事還少麼？大總管早點兒跟他們脫開干係，總比一直供著他們強。否則，遲早會生出禍端來！」

這句話，算是說到了重點上。最初郭子興起事，明教在其中出力甚多，但打下濠州之後，這些教徒們，特別是一些所謂的堂主、香主，便開始居功自傲，光天化日之下也敢做一些欺男霸女，奪人錢財的事情，並經常不把郭子興這個大總管的命令放在眼裡。但因為他們人多勢大，佔據了濠州軍很多要害職位，所以郭子興只能乾生氣，卻拿這些人一點辦法都沒有。

作為郭子興的養女，馬大腳對明教當然也不會有什麼好印象，聽朱重八替淮安軍說話，非但不惱怒，反而立刻換了一種語氣，順著對方的口風說道：

「我不是說朱總管做得不對，只是覺得他做得太乾脆了些，難道他就不怕彭和尚和劉福通兩個聯手找他的麻煩麼？」

「彭和尚立了徐壽輝當皇帝，劉福通則在四處尋找小明王的去向，他們兩家馬上要打起來了，誰還顧得上我！」朱八十一接過話頭。

明教乃白蓮教、摩尼教和彌勒教三家合併而成，原本組織就極為混亂。眼下彌勒教在襄樊一帶勢力大盛，就直接立了自己的頭目徐壽輝做皇帝，國號「天完」，刻意比「大元」兩個字各多出一筆。

身為白蓮教大頭目的劉福通當然不能承認這個天完皇帝，所以發誓找遍天涯海角，也要把當年第一次起義失敗時失散的小明王韓林兒給找回來，做天下紅巾的共主。於是乎，兩大紅巾主力還沒將蒙元驅逐回漠北前，彼此間已經劍拔弩張，要不是前一段時間蒙元在汴梁一帶陳兵三十餘萬，說不定兩家早就打了起來。

如果兩大紅巾主力發生火拼，無論是濠州郭子興、宿州芝麻李，還是淮泗朱八十一，都不可能置身事外，真正坐收漁翁之利的，只有蒙元朝廷，所以大夥平素不提這個則已，提起來就心情極其鬱悶，說出的話也立刻沒了精神。

長腿女見狀，輕輕吐了下舌頭，趕緊東張西望，試圖尋找新的話題。

還甭說，這淮安城內，新鮮的風物的確數不勝數，才看了三兩眼，就又指著一個三層樓高的古怪建築，問道：

「那是什麼？怎麼上面有很多木頭扇子，還不停地轉啊轉的！」

「那是風車！」朱八十一瞄了眼，「磨麵粉用的，用風力帶動下面的磨盤，不用牲口，就能把麵粉磨好！」

「這個東西真新鮮，重八哥，你會做麼？」長腿女見獵心喜，帶著幾分期盼問向朱重八。

「以前當小和尚四下化緣的時候，曾在別處見過，但具體怎麼做，可能要再琢磨一番！」朱重八摸了摸自己的頭盔，笑道。

「哦！」長腿女興奮地說：「那回去之後，你幫我也做一個。這樣，咱們濠州軍就省得讓弟兄推磨子了！」

「行！」朱重八想都不想便點頭答允。

長腿女左顧右盼，又看到一件新鮮事物，「那輛馬車真大，居然是四個輪子！朱總管，你們這邊的馬車，都是四個輪子麼？」

「是大食人帶來的造車辦法，我讓人將它放大了，在城裡當公共馬車使！」朱八十一看了看，解釋道：「但只能在城裡跑跑，出城後一到差些的路面上，就立刻歇菜（按：指沒有辦法）了。」

「公共馬車，那是什麼意思？」

「就是大夥都可以坐，只要交得起車錢就行！」

「居然還收錢，你們淮安這邊有很多戰馬麼？奢侈到隨便給人拉車用？」

「跟阿速軍打仗的時候，繳獲了一些，我養不起那麼多騎兵，只好把多餘的戰馬用來拉車。」

「這是暴殄天物！自己養不起，你不會分給別人麼？」長腿女聽得心疼，抨擊道。

但轉念一想，眾豪傑跟朱八十一非親非故，還打過人家造炮秘笈的主意，自己這番指責就顯得半點道理都不占了，趕緊說道：「我是說，你這裡有多餘的戰馬賣麼？我們濠州可以按市價購買。」

「我不管這些事，你得去問蘇先生！」朱八十一被她問得有些頭大，只好將禍水引向別人，「對外做生意的事，通常我都交給他來管。」

「那一會兒你找個人帶我去見他！」

長腿女很快目光又被其他東西吸引，像個好奇寶寶般，一路上問個不停：

「那是做什麼的，怎麼塗得比新娘子的吉服還要豔麗？旁邊那些水桶，還有竹管又是幹什麼的啊，怎麼擺了一大堆？」

朱八十一一開始還能硬著頭皮講解一番，到後來，實在是說得口乾舌燥，只好把黃老歪拉出來頂缸。

那黃老歪只要長腿女不會嫁給自家都督當老婆就不覺得她煩。非常耐心地接過話頭，把沿途看到的新鮮玩意，像獻寶一樣，從馬路上顯擺到醫館，再從醫館顯擺到酒樓，直到大夥最後在淮安城最大的酒館落了坐，才意猶未盡的停住了嘴巴。

直到此刻，朱八十一才終於有機會向朱重八詢問徐達的事。

朱重八從懷裡取出一個用火漆密封著的信囊，雙手捧著呈上說：

「啟稟大總管，這便是徐將軍託小可帶給您的手書。小可跟徐將軍乃總角之交，他不相信總管會口出惡言，又怕小可在淮安人生地不熟，闖了禍沒人管，所以借託小可代為捎信之名，給了小可一份護身符。如今誤會既然已經解開，這護身符就請都督先收回了吧！」

一番話把徐達寫信的原因，以及自己跟徐達的關係說了個清清楚楚。當然，徐達擔心闖禍的自是另有其人，只是大夥不便當面拆穿罷了。

「好說，好說，無論怎麼著，我也該多謝你替徐將軍帶信！」朱八十一對朱重八愈發欣賞，將信接過。

信的漆封很完整，顯然沒有人打開過。內容基本上跟朱重八所說一致，徐達不相信那些惡言出於自家都督之口，有鑑於眼下韃虜尚未被驅逐，徐達委婉地替郭子興的女兒美言道，無論此女做了什麼出格之事，都請都督念在她本質不壞的份上不要追究。

信的最後，語氣則變得十分鄭重，顯然，這些才是徐達真正想告訴朱八十一的事：「重八兄見識才能勝末將十倍，故末將斗膽，請都督收其於帳下委以重任，末將願將第三軍指揮使之位讓之於他，甘為其副。末將才疏學淺，惶恐不知所言，只請都督慎重考慮，切勿錯失管樂之才。頓首，再頓首！第三軍指揮使，徐達。」

管樂之才？管仲和樂毅怎麼能跟他比?!他可是中國歷史上僅有的兩個農民起義皇帝之一，蒙元統治的終結者！看著徐達的親筆信，朱八十一不禁暗道。

他跟朱重八一見如故，總覺得對方的很多觀點和想法跟自己不謀而合，即使偶有爭執，也是看問題的角度不同所致。這種情形，還是他穿越後第一次出現，在此之前，就算是跟最淵博的逯魯曾也從沒聊得如此投緣過，畢竟雙方隔著一條六百多年的代溝，逯魯曾知識再淵博，也無法一步跨越過去。

而**他跟朱重八之間，這條代溝彷彿根本不存在一般**，朱八十一甚至覺得，自己是不是真的**跟朱重八有著血緣上的關係**，否則兩人的感覺怎會這般接近?!脾氣如此相投！

但他知道血緣關係是肯定不存在的，且不說朱大鵬那個朱元璋第十六世孫的身分真假尚且存疑；即便是真，眼下他從身體到靈魂還是屬於朱老蔫多一些，朱大鵬少一些，而朱老蔫從記事時起，就只有一個姐姐相依為命，從沒有被其他親戚尋找過，也沒聽自己的姐姐說起過在兩淮各地還有別的親人。

這樣難得的好幫手，朱八十一怎麼可能不想招攬?!事實上，在沒看到徐達的信之前，他便不斷地主動向朱重八示好，試圖拉攏對方，只是眼下他能拿出的手段實在不多，對方要麼根本沒察覺，要麼是故意裝傻。

「朱兄弟遠來是客，咱們不能慢待了人家，都督且看信，老夫代都督先敬朱兄弟一杯！」

不愧為朱八十一麾下第一狗腿，蘇明哲從自家都督招待客人的隆重程度和看信時的臉色上，就猜出了一些端倪，率先舉杯，向朱重八示好。

蘇明哲是淮東大總管府的長史，整個淮安軍的第二號人物，剛才已經有人向朱重八介紹過，由他來代替朱八十一向客人敬酒，這份禮遇不能說不夠重。

朱重八當即站起身子，雙手捧著酒盞道：「不敢不敢，小可此番前來淮安，是為了保護我家大小姐，實在算不得什麼客人，更當不起長者之敬，這一杯，小可借花獻佛，為朱總管，為在座諸位前輩壽！」

說罷，舉起酒盞一口乾盡。

「爽快！」眾人見朱重八如此知道進退，齊齊扯開嗓子讚了聲，一道舉杯相陪。

朱重八拱了拱手，將空杯放下，順手抄起長腿女面前的酒盞，說道：「此番來得倉促，我家小姐忘了給諸位前輩帶禮物，就再借一杯水酒，祝諸君在朱總管帳下百戰百勝，平步青雲！」

說罷，又是一杯下肚，絲毫不拖泥帶水。

眾人能夠百戰百勝，平步青雲，那作為大總管的朱八十一自然更是龍躍潛淵，一飛衝霄了，因此大夥聽了十分高興，便又舉杯陪了第二杯。

長腿女見朱重八問都不問就搶了自己的酒，皺眉嗔怪道：「我自己能應付得了！」說罷，她請伺候酒席的親兵給自己斟了滿滿一盞，站起來，紅著臉道：

「小女子此番來得魯莽，多虧朱總管大人大量，不予計較，這一杯，小女向朱總管及諸位賠禮，今日做錯之處，還請諸位多多包涵！」

「無妨，既然是誤會，說開便好，沒必要揪住不放！」眾人此刻心思都在朱重八身上，才沒工夫跟一個女子計較。

長腿女將自己杯中的酒一口乾了，然後又要了第二杯，舉在眉間，向朱八十一謝罪道：「先前孫家二哥做了對不起大總管的事，這是他一個人的主張，實際上，家父對此並不知情，但無論如何，他是我濠州軍的人，這筆帳我濠州軍賴不掉，小女子今天就代家父向朱總管賠罪，接下來該如何補償大總管，家父半個月之內必有答覆！」

「好！」即便是先前再不喜歡長腿女的人，此刻也對她的爽快暗挑了一下大拇指，心中暗道：「這郭子興倒是個人物，不光麾下的親兵牌子頭了得，連養的義女都巾幗不讓鬚眉！」

長腿女已經點明這杯是向主人賠罪，朱八十一當然不能不理會，將信紙折起來，小心收回信囊中，將酒乾了下去。

「大總管果如徐家哥哥所說，是個難得的爽利人！」見朱八十一肯接受自己的道歉，長腿女很是滿意，露出了甜笑。

這一笑，頓時令整個房間為之一亮。

老狐狸蘇先生暗道一聲不好，心中偷偷合計：「怪不得一個小小的親兵牌子頭，那朱重八也做得有滋有味。郭子興倒是會養女兒，老夫要是再年輕個二十歲，恐怕也捨不得離開，要怎麼樣才能讓都督如願以償呢？可惜我沒有這樣年紀的女兒，如果拿高官厚祿誘惑的話，未免有失下乘，況且當著這大腳女人的面，朱重八即便心動，也肯定抹不開臉面，要不然……」

正冥思苦想間，忽然看到胡大海站了起來，舉著酒盞說道：「重八兄，剛才聽你一席話，令小弟眼前竟有撥雲見日之感，這一杯，且為濠州郭公賀，連麾下一個親兵牌子頭都如此了得。他將來想不成就一番霸業都難！」

幾句話故意繞著彎子將朱重八目前在濠州軍中有才卻不得重用的事實給點了出來。

長腿女聽了，眉毛向上一挑，就想反駁，不料卻被朱重八搶先一步，回道：「謝通甫兄吉言，他日我主郭公如若得成霸業，必揚今日通甫兄鐵口鋼牙之威！」

「噗哧！」長腿女被逗得抿嘴而笑，看胡大夥如何還嘴。

好個胡大海，一招走空，反被朱重八給調侃了，也不覺得羞惱，笑著把杯中酒先乾了，然後又倒了一盞，說道：「呵呵，以重八兄大才，如果郭公知人善任，成就霸業不過是反掌之間的事。屆時，你我兩家便可以連袂北上，一道驅逐韃虜，恢復華夏河山，這是何等快意之舉！屆時，胡某願為前驅，替貴我兩家弟兄開路搭橋，直搗黃龍！」

「多謝通甫兄吉言，若真有那麼一日，朱某也願意持一桿長纓，為我濠州大軍馬前之卒！」明知道胡大海在暗示郭子興不能知人善任，朱重八依舊不動聲色地回應。並且很清楚地告訴對方，我不在乎官職大小，哪怕是給郭子興當個馬前卒，也甘之如飴。

沒想到對方如此沉得住氣，胡大海徹底沒招了，先將酒盞跟朱重八手中的酒盞碰了碰，笑著喝完，然後偷偷在桌子下拿腳踩徐洪三的腳。

徐洪三自認不擅長嘴皮子功夫，但被踩得難受，只好舉杯站起來，說道：「剛才聽朱兄說我淮安有缺糧之隱憂，又說我淮安軍不該過早自斂爪牙，小弟雖然聽不太懂，卻見我家都督在頻頻點頭，想必朱兄的那些見解，甚得我家都督之心，只是小弟不知道，接下來我淮安軍該怎樣做，才是最恰當選擇？如果朱兄能指點一二，小弟將不勝感激！」

「是啊，是啊！」黃老歪聞聽，也趕緊在一旁幫腔。「朱兄弟已經為我家都督獻過一次計，不妨好人做到底，把你現在想到的全都說出來，讓大夥參詳參詳！」

這等同於替朱八十一禮賢下士了，既然郭子興只把你當個親兵小隊長，我淮安軍上下卻視你如張良、蕭何一樣的謀士對待，到底哪邊對你更重視，不用比也清楚。

朱重八何嘗不知道自己在郭子興帳下無足輕重，只要加入淮安軍，鐵定會脫穎而出，但是，一想到身邊的馬大腳，埋藏在內心深處的情感便使他的頭腦立刻清醒了過來。他舉杯喝了一口，侃侃說道：

「先前朱某說的，不過是旁觀者清而已，或者說是無知者無畏，一旦站在淮安城中，朱某未必還敢如此大膽地口吐狂言。不過，既然徐兄弟問起來，朱某就再大著膽子給朱總管一個建議：及早興兵南下，攻取高郵和揚州。大總管若能飲馬長江，蒙元便再無機會切斷大總管的糧道，那時淮安軍是繼續養精蓄銳也好，還是南下攻取蘇浙也罷，都可進退自如！」

順著運河一路南下，攻取與淮安一樣富庶的高郵和揚州，將戰線一直推進到長江邊上，如此，淮安軍控制的地盤就成了夾在長江與黃河之間的一塊半封閉所在；此刻西側卻盤劇著徐州趙君用、宿州芝麻李、濠州郭子興和定遠孫德崖，蒙元想從西側發起攻擊，就必須先從這四者之一的地盤上走過去。

而長江之南，便是蘇杭這個大糧倉，即便淮安軍無力過江作戰，蒙元朝廷也無法阻止百姓們將糧食賣到江北來。更何況，溫州那邊還橫著一個大海寇方國珍，如果他想賣糧食給淮安軍，蒙元的那點水師想阻止都阻止不了。

正所謂**一子落地，滿盤皆活**。如果淮安軍真的能做到朱重八所說的這樣，就不必擔心再有糧食危機，而治下多出高郵府和揚州路兩塊地盤後，淮安軍的戰略縱深將會擴大三倍，即使在沙場上偶有失利，也不會立即面臨不生即死的險境。

只是，這樣一來，就得徹底打亂淮安軍原本的戰略部署，眼前這般世外桃源般的寧靜生活也將不復存在。此外，高郵和揚州的城牆比淮安還高還結實，上次攻打淮安時，大夥有排水溝可鑽，這次不可能故技重施，想破城而入，只能憑自家的實力硬啃。屆時，恐怕每一堵城牆下都將是屍骸枕籍。

想到剛擴編不久的新軍為此至少要付出半數以上的傷亡為代價，在座眾人都十分猶豫。攢這點家底不容易，從淮安府庫裡撈到的錢，除了分給芝麻李和趙君用兩人之外，幾乎全砸在這三萬新軍身上了，甚至那還不夠，得從武器銷售和鹽稅上挪錢來填補。

「朱兄弟此計甚妙，只是我淮安軍剛剛擴建三個月而已，現在就南下，未免倉促了些！」總管府長史蘇明哲不禁搖頭道。

「是啊，兵如果不練到位就上戰場，等於讓弟兄們去送死，兵力再多，也是任人宰割的羔羊！」胡大海也抱持審慎的態度，幫腔道。

他當初帶領鹽丁跟徐州軍作戰，可是吃足了訓練不精的虧，儘管他和耿再成兩個武藝出眾，往來衝殺，四處去堵窟窿，可個人勇武卻挽回不了全軍的頹勢，被打得兵找不到將，將找不到兵，沒到半炷香功夫，全線潰敗。

「兵精不精，是相對而言！」彷彿對眾人的反應早有準備，朱重八解釋道：「來的路上，我看過徐指揮使的新三軍，雖然組建不久，裡面八成以上都是新兵，但比起淮河兩岸任何一家豪傑麾下的兵馬恐怕強悍了五倍不止，和朝廷放在地方上的駐屯軍也強悍兩倍以上。」

這話倒不完全是拍淮安軍馬屁，相比起周圍紅巾群雄招募流民入伍，隨便往手裡塞一根竹竿就朝戰場上趕，目前已經訓練了兩個半月的淮安新軍，的確要優秀得多。而比起蒙元朝廷在各地的駐屯兵馬，他們在士氣和武器配備方面也佔了極大的優勢，畢竟鑄炮和冷鍛鎧甲技術都是朱八十一帶領工匠們摸索出來的，高郵和揚州兩地的蒙元官府既仿製不出來火炮，也買不到冷鍛鐵甲。

「嗯！」蘇先生手捻鬍鬚，很是認同地點著頭。

「朱將軍過獎了，請接著往下說！」逯魯曾難得給了朱重八一個笑臉，伸手示意他繼續。

第五章

時空悖論

朱八十一發現自己陷入了一個怪誕的時空悖論當中。
殺掉朱重八，就等於抹去了現在的自己；
如果他不殺朱重八，時空就會沿著原來的軌道運轉，
自己早晚會被朱重八抹除，
現在所做的一切，都可能沒有任何意義。

「官軍在汴梁新敗，折損兵馬三十餘萬，錢糧輜重損失殆盡，雖然蒙元朝廷兵多將廣，還沒到傷筋動骨的地步，可想要再集中起三十萬兵馬來，並給他們備齊足夠消耗三個月以上的錢糧，預估也得到冬初才行。」

見在座眾人都被自己說動，朱重八將目光轉向朱八十一，進諫道：「在此之前，高郵、揚州兩地就不得不獨自面對大總管的兵威，而黃河北面的元軍，也很難鼓起渡河的勇氣！」

「嗯！的確如此！」朱八十一想了想，佩服地說。

朱重八所提的這條建議，實際上並沒脫離逯魯曾和自己當初在徐州擬定的框架，只是逯魯曾和自己都認為拿下淮安之後需要穩紮穩打，循序漸進，直到實力足夠時才進攻高郵和揚州，不過朱重八的建議更靈活了些，主張只要機會合適就該馬上動手，不用管準備是否充足。

但朱重八的提議，完全建立在對高郵、揚州兩地敵軍實力的蔑視，和對蒙元朝廷反應速度的推測上，所冒的風險非常大，萬一判斷出現失誤，淮安軍久攻高郵不下，損兵折將，眼前的大好局面就要付之東流，弄不好，連淮安城也丟了，再去寄人籬下都有可能。

「大總管可是擔心自家的兵馬太過單薄？」見朱八十一誇了自己一句就沒了

下文。朱重八把心一橫，忍不住問。

這話問得就有些不禮貌了，徐洪三等人勃然作色。

朱重八卻毫不理會大夥的不滿，繼續問道：「抑或大總管在擔心攻城時傷亡過重，導致實力受損，無法保住淮安這個財稅重地？若是如此，朱某這裡還有一策，不知大總管可否願意聽上一聽？」

「放肆！」

「大膽！」

「小小牌子頭，大總管待你以禮，你居然敢蹬鼻子上臉！」呵斥聲此起彼落響了起來。

「喂，你們這些人怎麼不講理啊！」長腿女站了起來，針鋒相對，「是你們讓他出謀劃策的？這會兒又怪他問得直接！朱總管，你平時就這樣請客吃飯麼？」

「讓他說！」朱八十一制止麾下的文武，把目光轉向朱重八，問：「朱某願聞其詳。」

「先前劉大帥與也先帖木兒對峙不下，曾經請李總管、趙總管和貴軍前去助陣。」朱重八拱了拱手，不慌不忙地說：「過後四家按出力大小瓜分俘虜和輜重，隨即李總管退回宿州，趙總管退回徐州，貴軍一部則返回淮東，當時所打下的地盤，包括汴梁在內，都交給了劉大帥治理。此刻大總管欲順運河南下，何不效仿劉大帥，請周圍的友軍前來幫忙？只要各方事先約好戰後利益分配，相信周圍沒一家友軍會拒絕大總管的邀請！」

「你是說，郭總管和孫都督也願意前來助陣？」

朱八十一悚然動容，趙君用剛剛吞下睢陽、睢州和鹿邑，眼下正忙著消化戰果，肯定無法出兵幫忙；芝麻李在汴梁之戰時肩膀被硬弩射穿，至今尚未痊癒，估計也無法領兵參戰。

所謂的周圍友軍，眼下最為積極的，就是濠州郭子興和定遠孫德崖這兩位。一則這兩位距離淮安軍最近，隨時可以趕到；二來，這兩人所佔的都是窮地，手頭很不寬裕，偏偏招兵買馬時又缺乏節制，眼下窮得軍糧都成問題了，剛好通過拿下高郵和揚州來彌補。

「小子，你剛才向我家都督獻策時，心裡存的八成就是這個主意吧？」

「嘿！朱兄弟，你對你們家郭總管可真夠忠心的，連吃飯的時候，不，是無時無刻都在替他打算！」

蘇先生和胡大海等人反應過來，紛紛調侃道。

「驅逐韃虜乃是大義，如果大總管有邀，小可願意替大總管向郭帥和孫都督傳話！」朱重八沒有反駁眾人的話，向朱八十一示意。

「光是拿一份錢糧，恐怕無法酬勞郭總管和孫都督出兵助陣之功！」朱八十一的反應也不慢，笑道。

「先前孫都督之子妄圖竊取貴軍鑄炮秘術之罪，希望大總管不要再繼續追究！」朱重八立即進入外交使者的角色，替濠州軍提出要求。

「可以！」朱八十一點頭。反正人都回去了，他即便想追究，也不能直接帶兵登門討要，所以答應不答應沒任何分別。

「我濠州軍購買火炮之事，還請大總管多為看顧，價錢好說，但交貨時間切勿延後！」朱重八抓住機會，再次提出要求，談判道。

「也可以！」朱八十一想都不想就點頭。

今天解決了炮管問題之後，黃老歪那邊的火炮產量和成品率必將更上一個臺階，眼下有效射程只達到三百五十幾步的四磅炮，已經可以量產；正在試製中的五磅炮和六磅炮，也有望因為鏜床的發明而提前誕生。

如此，四磅炮對外賣得越多，資金和原料回籠就越快。資金和原料越充足，射程更遠的火炮和身管更為結實的火槍越容易儘早在幾支新軍中亮相。

「既然大總管答應得痛快，小可也不藏著掖著，高郵和揚州已是大總管碗中之物，我濠州軍無力窺探，但拿下高郵和揚州之後，如果蒙元朝廷還沒傾力來攻的話，小可斗膽，請大總管派遣一支偏師陪我濠州軍去廬州走一遭。不敢勞煩淮安軍的弟兄打頭陣，只要帶足了火炮和彈藥，壓得住城頭的守軍就行！」

他想要廬州！郭子興想要借我淮安軍之手奪取廬州！無論是逯魯曾還是蘇明哲、胡大海，都將眼睛睜得滾圓。

眼下淮東路在黃河以南的全境都為淮安軍所有，其他勢力想攻打高郵和揚州，只能跟淮安軍或者濠州軍借道。而以濠州郭子興和定遠孫德崖二人眼下的實力，根本不可能攻下這兩座大城。

換句話說，高郵和揚州早就被視作淮安軍的禁臠，其他豪傑再眼饞，想將這兩片膏腴之地拿到手，也得先問問朱八十一的態度。

而朱重八今日一個合兵作戰之計，就將原本濠州軍不可能拿下的地盤送了順水人情，還試圖以這兩座不屬於自己的城池做籌碼，來換取淮安軍配合他們奪取廬州。**這買賣做得也太精明了些！精明到了幾乎是無本萬利的地步！**

非但如此，拿下廬州後，濠州軍也就等於得到窺探江南的機會，因為對江南水鄉的氣候不適應，蒙元精兵幾乎都駐紮在北方，萬一郭子興搶先一步渡江，淮安軍的發展大計就要受到嚴重影響，甚至連蘇杭二地都有被對方搶下的可能。

唯一不覺得朱重八異想天開的，只有朱八十一一人！

自打他確定眼前這位就是未來大明朝開國皇帝時起，他就不相信對方會沒有任何條件地替自己出謀劃策；因此朱重八所做所言，他絲毫不覺得驚詫，反而朱重八不借機為濠州軍爭取好處，才會令他感到吃驚。

「這條，也可以答應你！」

他雙手下壓，示意逯魯曾等人稍安勿躁，然後對朱八十一說道：「但是拿下

廬州之後，如果貴部窺探江南，雙方如何劃分勢力範圍？」

「眼下江南大部分地區還在蒙元朝廷手中。」朱重八笑了笑，不卑不亢地回道。

既然江南大部分地區還被蒙元朝廷所控制，那麼，無論哪家義軍去攻打，都是為華夏光復故土，都名正言順，所以大義方面，淮安軍沒任何資格要求別人不准動手。

「不過，既然大總管今天提了出來，小可一定會將大總管的意思轉達我家總管！反正雙方聯手南下肯定要訂約，訂約這等大事，亦不可能交由小可來完成，所以眼下提這些言之尚早，不如待大總管與我家總管碰了面，雙方再商量此事。

不知道大總管意下如何？」朱重八又說道。

好個朱重八，一句資格不夠，就將極為關鍵的問題敷衍過去，既然你資格不夠，那剛才是誰大言不慚地說三家合力攻取高郵、揚州兩地來著？又是誰大言不慚地請求淮安軍出動火炮幫他們攻打廬州?!

當即胡大海等人又變了臉色，看著朱重八微微冷笑，後者卻根本不把他們放在眼裡，只一眨不眨地看著朱八十一，靜待他給自己一個明確的答案。

「好，我就在淮安城裡恭候郭總管大駕！」

出乎所有人的意料，朱八十一只稍作沉吟，便爽快地答應了對方的提議。

「都督！」蘇明哲騰地一下站起身，勸阻道，唯恐朱八十一因為性子仁厚而上當受騙。

「都督請慎重考慮！」胡大海也提醒道：「即使無他人幫忙，我軍攻取高郵和揚州也不過是遲早的事，而郭子興若是得了廬州，簡直是如虎添翼！」

「哼，好像沒你們幫忙，我們濠州軍就打不下廬州一樣！」聽大夥指責朱重八佔便宜，長腿女按捺不住，大聲反駁道。

「既然有能力去打，何必跟我淮安借兵？」徐洪三一直就看這長腿女人不順眼，忍不住回嗆道。

「是你們先跟我們濠州軍借兵，然後才還的人情好不好？」長腿女還擊說。

「那是你們家朱兄弟的提議，我們這邊還沒答應！」

「既然還沒答應合作，還扯個廬州不廬州作甚？」

「你這女人簡直強詞奪理！」

「女人怎麼了？在座諸君，哪個不是女人生的？」

「麻煩姑娘說話莊重些，莫非郭子興就是這麼教女兒的麼？」

「我阿爺教我，在文雅人面前就文雅，遇到不講理的粗胚就沒什麼顧忌可講！」

「你這……」

「我怎樣……」

「行了！都給我閉嘴。這是酒樓，別給客人看了笑話去！」

眼看著酒桌上就要亂成了菜市場，朱八十一氣得將杯子朝桌案上狠狠一放，大聲喝道。

「是！」蘇先生等人面紅耳赤，喘著粗氣答應。

「朱某馭下無方，讓朱兄弟和郭小姐見笑了！」朱八十一呵斥完自己的手下，向朱重八和馬大腳兩個拱了拱手，「郭小姐說得極是，既然合作尚未達成，就沒必要在沒影子的事情上爭執。來，喝酒。朱某且以此盞向二位貴客賠罪！」

「不敢！」朱重八拉了馬大腳一把，雙雙站起身，舉著酒盞回敬道：「願以杯中酒為大總管壽！」

「為郭總管壽！」朱八十一將杯中酒一口灌進肚子裡，立刻有股火燒火燎的感覺從嗓子眼直達小腹。不僅僅是因為酒烈，也因為麾下的心腹們今天的表現實在差強人意。

取廬州也好，下江南也罷，都是取了高郵和揚州之後才可能發生的事，為了三五年後的衝突現在就爭執起來，這與兩個獵人因為一隻天空中正飛著的大雁該烤還是燉而打架又有什麼分別？有那個力氣，還不如趕緊舉起弓，看誰能先把大雁打下來才是正經！

「朱兄弟此番回濠州，不知道要多久才能請郭總管前來一晤？」看出朱八十一心情不佳，逯魯曾岔開話題。

「從淮安坐船回去是逆流而上，大概需要三天左右的船程，我家總管把手頭事情安排妥當，大約也要三到四天，加上乘船的時間，最快也是十天之後的事了。雖然小可不敢保證確切的日子，但我家總管願意合作的話，半個月內，他老人家一定會親自來淮安一趟！」朱重八慎重其事地說。

「嗯，合兵南下，是對郭總管、孫都督和我們淮安軍三家都有好處的事，想必郭總管能看得清楚！」逯魯曾嘉許道：「三家若是達成一致，郭總管以後也不會再把朱兄弟只當一個親兵牌子頭來用了。來，老夫今天借我家大總管一杯酒為朱兄弟道賀！」

「不敢，不敢！」朱重八連忙端起杯子，誠惶誠恐地說道：「小子何德何能敢受長者之敬，這杯請為長者壽！」

「呵呵，好個心思機敏的後生！但願你這份心思，某些人過後能感覺得到！」逯魯曾不能以古稀高齡欺負一個二十出頭的晚輩，點到即止，將酒水一飲而盡。

「哦，原來這小子背地裡還打著這主意！」蘇明哲等人眼睛一亮，如夢初醒。無論雙方之間的合作最後達沒達成，能將淮安軍的善意帶回去，朱重八都等於替郭子興立了大功；而相比淮安軍的善意，長腿女不問青紅皂白親自跑到淮安軍這邊問罪的魯莽舉動，也就是有功無過了，裡裡外外，姓朱的小子都把便宜占了個十足！

朱重八畢竟只是個二十四五歲的年輕後生，甭看剛才在涉及到濠州軍的整體利益時能夠據理力爭，寸步不讓，現在有關自家和長腿女的一番小心思被逯魯曾戳破，立刻臉紅了起來。又端了一碗酒，扭捏著說道：

「老人家這是何等話來？小可是出於一番公心，畢竟天下紅巾原本一家，如果能捏成一個拳頭，驅逐韃虜的速度也會更快一些！」

「公心，公心！」

眾人舉著酒杯哈哈大笑。自打碰面那一刻起，大夥始終被姓朱的什長牢牢地壓了一頭，如今能看到他受窘，豈能不痛打落水狗。

「這個……」聽眾人笑得曖昧，朱重八愈發覺得尷尬。口齒亦不似先前便給，原本古銅色的面孔幾乎要滴下血來。

坐在他旁邊的長腿女不明就裡，見心上人受窘，義憤填膺地回護道：「怎麼了，他說得有錯麼？難道大夥都是紅巾軍，不該聯合起來一道對付韃子朝廷麼？」

「應該，應該！」眾人邊笑邊點頭附和。

「既然應該，你們為什麼……」

長腿女還欲再爭論，手指卻被朱重八悄悄地握在掌心處，她宛若觸電，後邊的話再也說不出口，一抹紅暈染上臉頰。

「哈哈哈哈！」眾人繼續大笑著喝酒。轉眼之間，先前因為爭論而引起的一些隔閡，也隨著笑聲飛出了九霄雲外，再也沒人願意主動提起，更沒人再試圖將朱重八拉入淮安軍中。

既然大夥都心照不宣，接下來的酒宴終於有了幾分熱鬧的樣子，賓主轉著圈互敬，氣氛越來越融洽，不知不覺間都喝了個酒酣耳熱。

朱重八忙著回去撮合淮安軍和濠州軍聯手事宜，酒宴一結束，就跟大夥提出告辭。

長腿女卻是難得有機會跟自己喜歡的人單獨出來一趟，借著幾分酒意，非要在淮安城裡頭逛個痛快。

這種爭執，向來是女方贏得最後勝利，放在此刻的朱重八頭上也不能例外，勸了幾句沒有結果，只好跟主人說聲「叨擾」，準備陪長腿女在城內走馬觀花。

「那就讓徐千戶給你們當個嚮導，本總管不勝酒力，就不相陪了！」朱八十一交代徐洪三陪著兩人。

眼下淮東路的軍務、民政剛剛步入軌道，**他沒時間繼續耗在朱重八身上。哪怕對方是臥龍鳳雛，如果無法收到自己麾下，便不值得他浪費更多力氣**。

「多謝大總管招待！」朱重八客氣地施禮道。

有徐洪三這個「御前侍衛統領」陪著，也能避免走到了不該走的地方，引起誤會。

朱八十一目送著朱重八和馬大腳身影走遠。輕嘆了口氣，然後吩咐逯魯曾：

「善公，麻煩你幫我給趙長史和李總管寫一封信，邀請他們下月初發兵攻打高郵！」

「趙長史和李總管？」逯魯曾微微一愣，旋即道：「趙長史恐怕無暇分身，而李總管剛剛受了傷……」

「他們兩個不能親自來，各派一支兵馬來就行！」朱八十一擺擺手，像是下了決心道：「朱重八說得對，那是蒙元朝廷的地盤，朱某沒資格把它視為自己的盤中餐。善公，咱們先前的眼界有些窄了！」

「這……」逯魯曾也不禁覺得臉上發燙。

他和朱八十一都犯了同樣的毛病，總想防著這個，防著那個，跟這個爭，跟那個奪，卻沒有細想，此刻**全天下實力最強大的，依舊是蒙元朝廷，紅巾軍將領之間算計來算計去，只會便宜了韃子**。

「跟李總管和趙長史聯手，總比便宜了外人強！」同樣的話聽在蘇先生耳裡，則完全是另外一番含義。「好歹大夥同屬於徐州一脈，互相幫襯一下也是應該的，郭子興和孫德崖，他們兩個算什麼東西！」

「把他們兩個也算上，如果他們肯出兵的話，就是五方聯手！」朱八十一吩咐道：「打下高郵之後，所得財貨按五方出力多少來分；如果能順利打下揚州，飲馬長江，就把高郵府和揚州路在運河以西的地盤全都交給李總管治理。」

「啊，那可是──」

蘇先生大驚失色。如果把一府一路在運河以西的地盤全交給芝麻李的話，有機會窺探江南的勢力就又多出了一家。芝麻李的勢力範圍，也從宿州、蒙城一帶直接擴展到了長江以北，轉眼間就增加一倍有餘。

「交給參謀部，照這個計畫做一個方案出來，朱某原本就是李總管的部將，打下地盤沒有不交給他的道理。」朱八十一淡淡說道。

沒見到朱重八之前，他心裡有「天下英雄不過如此」的想法，今天與朱重八碰了面，才發現自己跟真正的英雄差距有多大，且不說權謀方面，對方一個頂自己倆，就是眼界和心胸氣度，也甩了自己好幾十條街。

「就這樣吧，都督所言沒錯！」沒等其他人反對，逯魯曾率先表態。「江南眼下是蒙元朝廷的地盤，咱們防得了郭子興，不可能防得住全天下的英雄。況且，徐壽輝的兵馬一直在長江以南活動！」

這下，眾人誰也不再勸諫了。老進士雖然領兵打仗的本事一塌糊塗，看事情的眼光卻是他們當中最長遠的。連老進士都覺得大總管的安排對，大夥跟著執行就是。

「都督，有句話，老夫不知道當不當講？」逯魯曾面色凝重地說。

「說吧，您老也知道，咱們沒那麼多顧忌！」朱八十一看著他。

「都督，請看老夫掌心！」

逯魯曾忽然走到桌案旁，用右手的食指沾了幾滴酒，在自己掌心匆匆寫了一個字，然後背對著眾人，將掌心舉到朱八十一眼前。

「殺！」花雕酒在乾瘦的掌心上留下的痕跡，竟是耀眼的紅！

「殺！」朱八十一的身體晃了晃，瞳孔縮成兩根細針。

「殺！」殺掉朱重八，永絕後患。

古人云，既然人才不能被我所用，就一定要被我所殺，否則放他回郭子興那邊去，等同於放虎歸山。

「殺！」此子才是一個牌子頭，就能讓整個淮安軍上下縛手縛腳，若是將來他有了自己的隊伍和地盤，必是淮安軍的大敵。

「殺！」除了朱重八以外，目前天下英雄沒一個猜到淮安軍的下一步發展方向是江南；殺掉他，就能保證大夥渡江後少一個競爭對手。

「殺！」某時空的歷史上，朱重八可是最後一統江山的那個，跟他做對的陳友諒、張士誠，無一不是以粉身碎骨而收場。現在就殺了他，今後的歷史就沒有了發展方向，誰能說笑到最後的不是朱八十一！

「殺！」現在不殺掉朱重八，日後他發展起來，雙方如何相處？淮安軍已經自成體系，放到誰手下，對方能夠安枕？

萬一真的如歷史發展，朱重八最後做了皇帝，自己這些人將要往何處容身？就算自己帶著人馬向他歸降，以朱重八的性格，能給大夥留一條活路麼？

「殺！」「殺！」「殺！」「殺！」一個個猩紅色的殺字，在朱八十一眼前來回閃動。

無數個理由，每一條都足以讓他下定決心立刻置朱重八於死地，然而，內心深處卻有一個非常微弱的聲音在抗議著：「他可是我的十六世先祖啊！殺了他，哪還會有我？」

不能殺，他是朱大鵬的十六世先祖。**殺了他，世間便再也沒有朱大鵬！**沒有朱大鵬的靈魂融合，朱八十一就還是原來那個殺豬漢朱老蔫。芝麻李八人奪徐州的傳奇就不會出現第九個變數，就不會有徐州左軍，不會有將作坊，不會淮安大捷，更不會有眼下的淮安軍，不會有眼前的一切一切！

殺了他，等於殺了朱八十一自己。

那個來自心底的反對聲音雖然微弱，邏輯上卻無懈可擊。恍惚間，朱八十一發現自己陷入了一個怪誕的時空悖論當中。殺掉朱重八，就等於抹去了現在的自己；如果他不殺朱重八，時空就會沿著原來的軌道運轉，自己早晚會被朱重八抹除，現在所做的一切，包括自己的存在，都可能沒有任何意義。

除非……除非朱大鵬的那個朱元璋十六世孫的身分是冒認的！

猛然間，心頭又閃過一道電光，讓他眼前迷霧盡散。

朱大鵬的血統百分之九十九屬於冒認，滿清入關後，明朝皇室子孫怎麼可能還留在世上？中國人向來有編造家譜的習慣，假托自己是某某名人後代的事司空見慣，並不稀奇。

「殺！」朱大鵬跟朱重八也許根本沒有任何血緣關係，即便有，已經融合在一起的靈魂也未必就能因此而崩潰。

下一個瞬間，所有困惑和迷茫統統消失，朱八十一忽然變得無比輕鬆，手不自覺便朝腰間的刀柄摸去，感受到刀柄處傳來的冰冷，殺氣瞬間從頭到腳瀰漫而出。

「祿大人，你掌心上寫的是什麼？」

就在他即將把殺豬刀抽出來，下令將朱重八就地斬殺的時候，胡大海忽然走上前，一把拉住了逯魯曾的胳膊。

「沒什麼！通甫，你輕點。老夫可不是什麼赳赳武夫！」老進士迅速翻過手背，掌心處用酒水寫的字跡早已混成一團，消失不見。

「你不是赳赳武夫，但你心中卻藏著一把刀！」

憑著對老進士性子的瞭解，胡大海雖然沒看清掌心上的字，卻也猜了個八九不離十，急喊道：「都督，別聽他的！這老東西鼠目寸光！」

鼠目寸光？蘇明哲、黃老歪等人不明就裡，忿忿想道：如果替自家都督定下發展大計的逯魯曾是鼠目寸光之輩，那其他人豈不全是傻子了？

在逯魯曾獻策前，大夥可是誰也沒想到要飛奪淮安，然後取淮泗之精兵，江南之糧秣，以圖天下！

正待發作時，卻看到逯魯曾一把推開胡大海，咆哮道：「胡大海，你要效當年項伯故伎麼？今日不除此人，十年之後，老夫早就化作一坏黃土，而大總管和眾人必將死無葬身之地！」

不殺此人，日後大夥必將死無葬身之地！朱八十一打了個冷戰，握住刀柄的手又緊了些。

「鴻門宴」是朱大鵬高中時背誦過的，昔時亞父范增建議項羽殺劉邦，項莊舞劍，項伯卻用身體給劉邦做了掩護。後來項羽兵敗，項莊、項伯這些人是什麼結果，朱大鵬沒記住，但劉邦麾下如韓信、英布這樣的功臣都不得好死，與項羽有血緣關係的項伯自然也不可能善終。

殺！必須現在就殺掉此人！歷史上的朱元璋可是個大殺功臣的主，連追隨他起家的老弟兄都留不得，更何況曾經的競爭對手？

朱八十一的心猛的一抽，全身的血液都湧到右臂上。

然而，還沒等他將殺豬刀拔出來，卻聽胡大海厲聲喝道：「胡某將來會死在誰手裡不知道，但是胡某卻知道，此刻韃子還沒被趕走，大都督不能給人看笑話！」

「笑話?!古來成大事者，豈有拘泥小節之輩？況且他今天來的原本就很無禮，都督殺一個牌子頭，有誰會知道真正原因是什麼！」

逯魯曾被胡大海逼得連連後退，嘴裡湧出來的話卻是寒氣四冒。

這句話算是陰到了極處，朱重八有本事，這一點朱八十一知道，胡大海知道，在座眾人知道，但外邊的英雄豪傑們卻是誰也不知道；包括朱重八的主公郭子興都只拿此人當牌子頭用，根本沒意識到他是個了不起的人物。

外人只看到朱重八和郭子興的養女此番到淮安是興師問罪而來，十分無禮，朱八十一出於惱怒，殺一個牌子頭洩憤，絲毫無可指摘之處，包括郭子興都只能自認倒楣，絕不敢說半點質問的話來！

「天下人不知道，但都督自己知道！」胡大海向前緊逼一步說道：「況且，就算都督今天殺了朱重八，誰能保證日後不會出現另一個李重八、張重八？如果只因為對方稍有些本事就必須殺掉，天下豪傑那麼多，都督殺得過來麼？」

「是啊，殺得過來麼？」朱八十一愣了愣，掌心處的刀柄熱如火炭，「今天殺了朱重八，明天就得去殺張士誠，然後再去殺陳友諒，還有劉福通、芝麻李、布王三，這些人都是潛在的威脅，也不能留；既然如此，自己何不去當二韃子？反正蒙元朝廷的目標也是殺光這些豪傑，自己跟蒙元朝廷的目標完全一致！」

「朱重八虎視鷹盼，日後必將龍遊九天！屆時，爾等必將追悔莫及！」老進士被胡大海問得氣奪，將身體倚在牆上，喃喃地道。

「你又怎麼知道咱家都督必不如他？」胡大海瞪著老進士追問：「那朱重八再有本事，可曾練出了新軍？可曾鑄出了火炮？可曾獨創以燒酒洗傷之法令麾下弟兄不再因為傷口潰爛而死？可曾以風車推磨，以水輪鍛鐵？可曾精兵簡政，讓百姓得意休養生息？可曾興辦學校，讓讀書聲朗朗於耳？既然這些他都沒做過，你又怎能認定咱們家都督一定就比他差？」

「這…這，老夫……」逯魯曾頓時語塞。說朱八十一不如朱重八，恐怕淮安軍上下都不會答應；而說朱八十一一定強於朱重八，今日所獻殺計就徹底成了笑話，自己的老臉實在有點沒地方擱。

「都督！」胡大海猛的衝朱八十一長揖及地，「今日不妨且放他一條生路，讓他去對付韃子，待日後驅逐了蒙元，胡某願陪著都督和此人一較短長！」

「是啊，**即使他真的像歷史上那樣雄才大略，安知我朱八十一就比他差？」**朱八十一伸手托住胡大海的胳膊，心潮澎湃想道：

「他再強，也不過是個古代英雄，而我，卻是一個融合兩世智慧的人，如果多了這六百多年的知識積累還輸給他，那我朱八十一本事也太爛了些，還有什麼存在的必要?!況且我麾下還有徐達、胡大海、陳德、逯魯曾這麼多人齊心協力幫襯我，又何懼一個還沒有長滿羽翼的朱重八？」

想到這兒，朱八十一的思緒瞬間恢復了清明，將殺豬刀拔出來，狠狠朝桌上一刺，下定決心道：「胡通甫，立即點五十名弟兄暗中保護朱重八，在他離開之前，若有任何閃失，唯你是問！」

「是！」胡大海領命應道。

「都督！」逯魯曾大驚，看著朱八十一，一臉豎子不相於謀、恨鐵不成鋼的表情！

朱八十一誠摯地對老進士拱手道：「善公見諒，朱某沒想過做楚霸王，但朱某亦不信我這個重九比那個重八差；江南之鹿，還請善公教我如何逐之！」

不想做楚霸王，卻有著和楚霸王一樣的傲氣！鴻門宴上，項羽堅持不殺劉邦，不就是因為心中那股強大的自信麼？結果呢，最後兵敗亥下，自刎烏江，連心愛的女人都沒能保住。

幾乎是剎那間逯魯曾就想甩袖子請辭，然而想到那日與朱八十一論及楚漢舊事時，對方有關亞父范曾的那幾句歪評，已經到嘴邊的話又給硬生生地憋回了肚子裡，喟然長嘆道：

「也罷，祿某已是七十多歲的人了，哪還管得了十年後的事？咱們先顧眼皮底下這些吧，但願你將來不要後悔！」

「朱某不會後悔，也不會讓善公做另外一個范曾！」朱八十一文縐縐地接了句。

當日他罵范曾那句「驕傲自大，目光短淺，把自家臉面放於楚國整體利益之上的傢伙，怎麼好意思做人家的謀士？」不料歪打正著，剛好應了今天的景，老進士如果辭職，就是另外一個老范曾，非但起不到任何刺激效果，反而會被大夥所不恥，所以此刻肚子裡的火氣再大，他老人家也只能強忍著，無論如何都無法做出撂挑子的事情來。

逯魯曾悶哼一聲，氣得鬍子上下亂跳。

「小子，先別得意。祿某將來如果見你不爭氣，少不得也要學那伍子胥，死後將眼睛挖出來，掛在這淮安城門上！」

「放心！」朱八十一哈哈大笑，「您老一看就是高壽模樣，活一百歲都不成問題，到時候，陪著朱某和另外一個姓朱的疆場爭雄，不亦快哉?!」

「哼！」逯魯曾滿腔怒氣無處發洩，走到桌案邊，端起一盞殘酒朝自己嘴裡猛倒。

「來人，叫店小二再溫一罈花雕，撿些拿手菜隨便端上幾樣，咱們今天要喝個痛快！」朱八十一不讓老進士一個人喝悶酒，上前一把搶下杯子，朝門口的親兵喊道。

「喝酒，喝酒！」

蘇明哲和黃老歪雖然從頭到尾都沒弄明白到底發生了什麼事，卻從自家都督身上感覺到一股久違的朝氣，興奮地跟著嚷嚷道。

很快，之前的殘羹冷炙都被撤了下去，酒水和菜肴重新擺到桌上。

受北方游牧民族習俗的影響，此刻兩淮的酒樓裡，吃飯不是分席食之，而是所有人圍著一張大八仙桌，眾人推杯換盞，喝得好生痛快，不知不覺間就喝了個酩酊大醉，靠親兵攙扶著才歪歪斜斜地爬上坐騎，一路由人牽著馬回到住處休息。

花雕酒喝起來雖然綿軟，卻頗有後勁，第二天早晨起來，朱八十一還覺得頭暈暈的，看著身邊的桌子腿也覺得歪歪斜斜。

他努力回想昨天的事，卻發現腦袋一片空白，只隱約記得自己喝了酒後，好像一直在叫囂著將來要和天下英雄問鼎逐鹿之類；蘇先生和黃老歪等人也跟著起鬨，說要做什麼開國元勳。至於除了朱重八外，自己都點了哪些英雄的名字，透露沒透露真實的歷史走向，卻是一點都想不起來了。

「好在當時沒外人！否則傳揚出去，才得了一個淮安就想染指天下，那可就糗大了！」

朱八十一接過親兵遞來的毛巾，在臉上抹了幾把，心中默默自我安慰道。

這年頭距離拿破崙說出那句「不想當元帥的士兵不是好兵」還有好幾百年，

東方傳統講究的還是謙虛謹慎，紅巾群雄中，除了徐壽輝那個粗胚，剛打下幾個縣城就忙著選妃子當皇帝之外，其他人都相當低調，包括威望最高，實力最強，地盤也最大的劉福通，都只是自封一個丞相兼天下兵馬大元帥而已，如果昨天大夥的酒後胡言被傳開，不被外邊的人笑做一群沒見識的鄉巴佬才怪！

正暗自慶幸時，就見徐洪三滿臉堆笑地走了進來，衝自己拱手道：

「報主公，第一軍劉副指揮使；第二軍伊副指揮使、余長史；第四軍吳指揮使、陳副指揮使；第五軍吳指揮使、耿副指揮使，還有將作坊黃少丞、焦大匠、總管府蘇長史連袂求見！」

「等等，你剛才叫我什麼？」朱八十一聽得眼前金星直冒，扶著自己的腦門追問。

「除了第二軍的胡指揮使和第三軍的兩個指揮使，一個長史之外，其他文武差不多都來了！」徐洪三笑呵呵地回道：「末將剛才稱您為主公，是蘇長史昨晚特意吩咐大夥改的口，他說是您昨天下午答應改的。都督，難道您一點都不記得了麼？」

「主，主你個……」

朱八十一費了好大力氣才壓制住罵人的衝動。完蛋了，這幫馬屁精連主公都叫出來了，估計昨天的酒後之言已經在軍中傳了個遍。

「都督，您有功夫見他們麼？」徐洪三被弄得一愣，連忙躲開幾步，試探著問。

「見，老子倒要看看到底是誰帶的頭！別讓老子抓到他，否則……」朱八十一又羞又急，喘著粗氣回應。

猛然間，發現前來求見的名單中好像少了幾個人，詢問道：「胡通甫呢，這麼熱鬧的事，他居然沒跟著一起攙和？」

「不關末將的事！」徐洪三嚇得連連擺手解釋，「末將只是負責替大夥傳話，不知道他們究竟為什麼而來。至於胡大海，您昨個不是派他去護送朱重八了麼？這會兒不可能趕回來！」

「哦！」朱八十一晃了晃腦袋，這才想起來。「老進士呢？你們怎麼把他老人家給落下了？」

「大概是昨天喝多了吧！」徐洪三目光四處游移，敷衍著道。

「這幫傢伙肯定沒安著好主意！」看他賊眉鼠眼的模樣，朱八十一就猜到其中必有貓膩。

然而，既然昨天的話已經被傳開了，再躲也沒意義，無可奈何地嘆了口氣，大步流星朝門外走，交代道：「讓大夥去議事廳等我，難得人這麼齊，剛好把如何攻打高郵的事謀劃一番；還有，給李總管和趙長史的信抓緊時間派人送去，別耽誤了戰機。」

「是，末將遵命！」徐洪三抹了把頭上的汗，慌慌張張地跑去傳令了。

朱八十一忍不住搖頭，「這幫兔崽子，想當開國元勳想瘋了，也不想想，這中間還有多遠的路要走！也罷！有這份心思，總比整天窩裡互相算計強，反正那天還遠著呢，先走一步看一步再說！」

本著躲不過索性就不躲的原則，他朝前院走去。

來到議事廳，只見人頭攢動，淮安軍中只要有資格出席的文武官員，除了趕不回來的之外，幾乎全都到了。大夥一個個滿臉喜色，交頭接耳，熱鬧得像是過年一般。

「嗯哼！」朱八十一重重地咳嗽一聲，走到帥案後坐下，問道：「不是每三天才議一次事麼？怎麼才隔一天大夥就又跑來了，手頭事情都不忙麼？還是北岸發現了大股敵軍？」

話音剛落，蘇先生便越眾而出，走到帥案前，躬身施禮道：「都督，有件要緊的事，需要請都督您儘早定奪！」

「啊！什麼事？你儘管說！」朱八十一被他一本正經的模樣嚇了一跳，趕緊坐正身體。

蘇明哲又行了個禮，嚴肅地說道：「眼下淮安城內諸事已定，唯獨都督內宅尚空，故而屬下斗膽，請都督早覓佳偶，以安軍心！」

「請都督早覓佳偶，以安軍心！」眾文武官吏彷彿事先排練過一般，齊齊躬身下去，大聲應和道。

「等等，等等！」

朱八十一在帥案底下連掐了自己大腿好幾次，才確定自己不是在做夢。這也太荒唐了，自古以來，有下屬逼宮的，有下屬拎著黃袍往主將身上套的，卻從沒聽說過還有聯合起來逼著主將找老婆的！還急成這副模樣，彷彿不馬上給主將塞個老婆，天就會塌下來一般。

「你們居然是為了這事而來？我成不成親，跟軍心有什麼關係？莫非你們都閒壞了不成？」

「非也，非也！」蘇明哲眼下雖然處理政務越來越力不從心，在做媒方面，卻是熱情高漲，「都督乃一軍之主，哪裡還有什麼私事？我等不是閒壞了，而是擔心都督的內宅繼續空下去，難免引得某些居心叵測之人窺探。萬一有妲己、褒姒之流竊據此位，則我淮安軍危矣！」

「等等，再等等！」朱八十一用力晃動腦袋，以保證自己的確睡醒了。「娶錯老婆，我就變成商紂王和周幽王了，本都督的人品那麼差麼？還有，居心叵測之人窺探，除了你們幾個整天催著我找老婆外，哪裡還有什麼居心叵測之人？」

「都督說笑了！」蘇明哲也搖了幾下頭，一臉嚴肅地說：「昨日那郭子興之女是因何而來？萬一那郭子興真起了心思，託人向都督提出兩家聯姻之意，都督是拒絕還是不拒絕？」

「當然是拒絕啦，那馬大腳跟朱重八是命中註定的一對，本都督可沒有奪人所愛的癖好！」朱八十一想都不想便回道：「原來你們是擔心這個啊！放心，本都督絕不會娶她，她也看不上本都督！」

「都督此言大謬，婚姻講究的是父母之命，媒妁之言，與她看沒看上誰有何關係？」蘇先生搖頭晃腦，憂心忡忡地說：「那郭子興如果試圖要與都督結成秦晉之好，自然不會管他家女兒的想法，直接託人去找李總管，向都督提親就是。屆時，李總管見此事對反元大業有利，肯定會代都督答應下來，都督如果再想拒絕，恐怕就於禮不合了！」

「這……」朱八十一嘴巴張得老大，頓時啞口無言。

第六章

新「昏」之夜

朱八十一悲哀的發現，接下來該怎麼辦根本沒人教過自己，
他喉嚨動了幾下，咽了口吐沫，起身走到桌旁，
先給自己倒了滿滿的一杯茶，大口灌了進去。
卻依舊覺得口渴難當，再倒了第二杯，第三杯，
卻越喝越沒有主意。

受朱大鵬那個靈魂的影響太重，他把這個時代的規矩給忘了個一乾二淨，這時候，男女之間可沒多少機會在婚前談一場山崩地裂的戀愛，基本上，媒人拿著雙方的八字和條件找彼此的家長約定好，就算是完成彼此的終身大事了，至於當事人自己的意見只能作為參考，甚至直接被無視了。

馬大腳的養父郭子興恐怕巴不得與淮安軍將關係搞得更親密些，自己的頂頭上司芝麻李估計也十分樂意看到他早點討個老婆。更重要的是，雙方看起來還那麼的門當戶對：淮東大總管朱八十一娶濠州大總管郭子興的女兒，無論怎麼看，都比牌子頭朱重八娶郭家大小姐般配得多。

正呆呆發愣時，又聽蘇明哲繼續沒完沒了的囉嗦道：「有女兒的可不止是郭子興，定遠孫德崖、洛陽布王三、襄陽孟海馬，看年齡，應該膝下都有差不多及笄的女兒；即使沒有，也可以臨時認領一個，不管怎麼說，一旦人家主動提出聯姻之事，都督拒絕的話，必然會傷了盟友之誼，接納的話，可就是引狼入室，不！是引個陌生人進家門了。」

「這麼複雜？那我現在就當眾宣布，誰都不想娶行不行？」朱八十一被說得心煩意亂，借著幾分未散的酒氣嚷嚷道。

「不可！」

「都督何出此言？您如果真的看上那長腿女人，直接派人搶了來就是，何必如此自暴自棄！」

「主公萬萬不可！主公若是沒有子嗣，百年之後，將置我等的子孫於何地？」下面立刻響起一陣嘈雜的勸阻聲，一聲比一聲惶急。

「百年之後？」

朱八十一循聲望去，正好看見試圖朝人群後頭躲閃的第五軍一團長劉魁。

「那個誰，劉煥吾是不是，你躲什麼躲？剛才就數你的聲音最大！連我百年之後的事情都想到了，你想得可真夠長遠的啊！敢情本都督娶不娶老婆，不光影響到你們，連你們兒孫的利益都會受影響！」

由於不是正式議事，他又宿醉未醒，說出的話難免隨便了些。

那劉魁聽得臉色一紅，隨即大起膽子回道：

「都督，末將也是實話實說。末將追隨都督，一方面是感於您的大義，願意陪著都督一道驅逐韃虜；另外一方面，也有那麼一點點個人的私心，那就是豁出性命去搏個封妻蔭子。都督昨天既然已經起了問鼎逐鹿之心，那日後打下江山來，自然要當皇帝的；若是都督百年之後沒有太子即位，我等子孫該去輔佐誰？」

「這……」朱八十一完全語塞，宿醉初醒的腦袋像刀扎一樣疼得厲害。

他昨天不過是被朱重八給刺激到了，酒後說了幾句豪言壯語。對一個十幾歲的年輕人來說，這再尋常不過，誰料想居然被整個淮安軍上下當了真，一個個都跟注射了半斤雞血一般興奮。

帶著大夥打江山，然後自己當皇帝，然後太子和太子黨們仗著父輩的餘蔭巧取豪奪，把整個國家搞得烏煙瘴氣；然後就是官三代，官四代，官五代……數代之後，底層百姓再承受不住，揭竿而起，然後異族大舉入侵，然後是留髮不留頭，「吃糠喝稀」的盛世，然後是人人想當奴才的輝煌時代，官二代、官三代繼續揮霍……

想到歷史上這個無法擺脫的宿命輪迴，朱八十一就覺得眼前一陣陣發黑。然而，看到滿臉殷切的劉魁和他身邊同樣熱切的蘇先生、黃老歪等人，他又忍不住想要搖頭大笑。

「哈哈哈哈，哈哈哈，哈哈哈……」

誰說古代就一定比現代差，古代也有古代的好處，比如說官二代，放在現代人人側目，在古代可是天經地義！**什麼逐鹿中原，什麼封妻蔭子，不就是打下江山然後分紅的文雅說法麼？**要是誰敢不分，就是獨夫民賊，死後還會被口誅筆伐五十年，甚至被踏上一隻腳，永遠不能翻身。

「都督，末將說的都是肺腑之言，絕不是有意干涉都督的私事！」見朱八十一突然笑得好生癲狂，劉魁小心說道。

「不是！我知道你出於一番公心，我也沒打算怪你！」朱八十一收起笑聲，無奈地搖頭道。

領先半步是聖賢，領先一步是火刑柱上的死屍，特別是人類思想發展史上，悲劇的例子比比皆是。朱大鵬乃為一個適應不了社會就躲在家中逃避現實的宅男；而他的前身朱老蔫，也同樣不是個敢於特立獨行的真英雄，想改變歷史上的無奈輪迴，首先他得保證自己能活下去，活得夠精彩，否則，哪怕知道得再多，也無法對眼前世界產生任何影響。

「我只是覺得此事頗為有趣！」看看忐忑不安地眾人，朱八十一搖頭笑道：「反正這裡也沒外人，咱們就關起門來自己臆想一下，假設將來取得天下的是咱們，我當了皇帝，你們都是文武百官，咱們治理下的國家，老百姓的日子就更好過麼？」

「那當然！」眾人想都不想，七嘴八舌地回道：「都督心存仁厚，老百姓的日子肯定比現在好過十倍。」

「淮東路的變化可以證明，才三個多月，老百姓的日子就好了許多，眼下只有從黃河北面朝南逃難的，從沒聽說過咱們淮東路的老百姓往蒙元那邊跑的！」

「可不是麼？咱們這兒，商稅只交一次就不用再交了；蒙元那邊，要是沒後臺，來來回回不知道要交多少次呢，要是販運的貨物利薄，到頭來把貨物賠光了都不夠繳稅的！」

「是啊，在我們老家，有人去城裡賣燈芯草，走到城門口瞧了瞧，乾脆將燈心草一把火全給燒了。」

你一言，我一句，話裡話外都透著難以掩飾的自豪與自信，朱八十一根本得不到自己想要的答案，只好咳嗽幾聲，繼續問道：「好吧，假設我是一個合格的帝王，你們怎麼能保證我的兒子一定合格？」

「那還不簡單麼？龍生龍，鳳生鳳，老鼠的兒子會鑽洞。都督英明神武，生下的兒子怎麼可能是個昏君？」眾人又是想都不想，一副理所當然的樣子。

「那可不一定吧，照你們這麼說，商紂和夏桀是誰的兒子？富不過三代又怎麼說？」朱八十一搖搖頭。

「這……」

大夥被他問得愣住了，半晌給不出一個答案。

有亡國之君，自然就有開國之君。開國之君想必也是個英雄豪傑，奈何幾代之後，怎麼就會養出一個亡國昏君來？而富不過三代，也是民間常見之事，第一代創業，第二代守成，第三代敗家，興衰更替不過是百年內的事情，按照他們先前龍生龍的說法，第三代豈不全是抱來的，沒有一個是骨肉親生？

「大總管這兒跟別處不一樣！」

好一陣沉默之後，還是記室參軍陳基知識最為淵博，看了看大夥的臉色，回道：「大總管是天縱之才，所選給太子輔政的臣子，想必也都是老成可靠之人，太子即便真的一時有所言行不檢，他們也會直言而諫，避免有損國運之事發生。如此，子傳孫，孫傳子，一代代下去，必將達到萬世之治！」

「是啊，只要大總管能夠選賢臣，遠小人，自然可以避免苛政擾民，必然會國運永昌！」眾人眼睛頓時一亮，紛紛建言。

「可歷史上幾曾有過不敗的帝國？」朱八十一斟酌著措辭，感慨道。

他現在腦子裡頭非常亂，不知道哪些是對的，那些是錯的，只覺得腦子裡好像有人持著根長戈，跟外邊的世界打了起來，頭斷，則以手代眼，繼續持戈而舞，直到粉身碎骨。

天下沒有不敗的帝國，也沒有不老的英雄。歷史上的開國之君無論如何勤政愛民，頂多到了第三代，子孫就個個變得驕奢淫逸，比起前朝的昏君不遑多讓。而朝廷中那些勳貴子孫，也早就忘記了自家祖輩當初為何要造反，一個比一個貪婪，一個比一個視百姓如草芥。

朱大鵬那個時代曾經有個著名的疑問，如果當年那些曾經為國家拋頭顱灑熱血的先烈們發現他們的子孫比自己現在正要推翻的人還要不如，他們是否還能視死如歸？

答案很簡單，也很淒涼。此時此刻的朱八十一，就處於這種淒涼心境之中無法自拔。

他的歷史知識雖然大部分還給了老師，然而卻清楚的知道，元朝之後接下來的朝代叫做大明。大明在朱元璋活著的時候，貪污六十兩就剝皮實草。朱元璋一死，貪污就不算啥事情了。到了明末，滿朝已經沒有不貪之官，腐朽之處，比元末的官場有過之而無不及。即便換了他去做皇帝，也不過是將朱重八改成了朱重九，其他全都是換湯不換藥。

論及對百姓的態度，朱重八當政時，老百姓受了委屈能隨便進北京告狀，沿途官員誰攔阻誰入罪；而朱元璋一死，進京告御狀者立刻變成了刁民。等到了明末，士大夫已經大言不慚地宣布災荒期間不肯在家裡等著餓死的百姓都是暴徒了！

有時候，無知未必不是一種幸福，正因為知道，所以才覺得恐懼，才會覺得艱難。**我推翻了一個暴虐的王朝，然後我的子孫對待百姓比我現在推翻的王朝還要暴虐，既然如此，我還費這麼大力氣幹什麼？既然同樣是當奴隸，給蒙古人當奴隸和給漢人當奴隸又有什麼分別?!**

朱八十一不知道，也回答不上來，一句「幾曾有過不敗的帝國」問罷，他覺得自己全身的力氣都消失殆盡，彷彿整個人被綁在一架水車的輪盤上，周而復始一圈又一圈，沒完沒了。

蘇明哲等人被問得愣了片刻，很快，大夥就都發現了自家都督的不對勁。

「壞了，都督又被彌勒菩薩附體了！」老長史打了個哆嗦，彷彿找到了問題關鍵所在。

「難怪都督今天的話從一開始就像打禪機，原來是彌勒菩薩又下來了。快，快擺香案，趕緊給菩薩磕頭！」

「怕是都督昨天說他不信神，讓彌勒菩薩聽見了！哎呀，這可怎麼好！」

黃老歪的反應也不慢，立刻想到自家都督跟朱重八的談話內容。

不信神，對大光明神的態度和其他什麼佛祖、天帝什麼的沒啥兩樣，如此囂張的話，彌勒菩薩聽見了，豈能不嚴懲？況且都督大人還當過一陣子彌勒教大智堂堂主，吃光了飯就舔碗底，罪不容恕！

「快，快想辦法！讓都督還魂！」陳基、葉德新和吳良謀等讀書人雖然平日「不語怪力亂神」，卻也覺得自家都督今天從頭到腳沒一處正常，跟在蘇先生身後，像沒頭蒼蠅一樣四下亂跑。

「別擺香案，得趕緊送菩薩走！」

還是劉魁劉煥吾見識多，忽然想起鄉下對撞了邪的婦人是如何應付，扯開嗓子道：「彌勒菩薩是金仙，都督是肉體凡胎，時間長了肯定受不了！別多事，請神容易送神難，趕緊送菩薩走！」

「你說得容易，怎麼送啊！」蘇先生急得跺著腳嚷嚷。

別人沒了朱八十一，到其他豪傑麾下，好歹還能謀個一官半職，他這個淮安軍的第二號人物，要能力沒能力，要韜略沒韜略，資格偏偏又老得嚇人；若是朱八十一真的有個好歹，他最後連性命都未必保得住，還奢談什麼當新朝宰相的黃粱美夢？

「看都督最怕什麼，您老就趴他耳朵旁大聲喊什麼！」有個新來的幕僚也是出身於鄉間，憑著以往的經驗，大聲給蘇明哲出主意。

「都督他連死都不怕，還能怕什麼啊！」蘇明哲一把鼻涕一把淚地說。

突然間，他福靈心至，走到朱八十一身側，用盡全身的力氣喝道：「朱老蔫，這個月的磨刀錢又該交了！再不交，就跟老子去衙門裡頭蹲號子！」

「啊?!」朱八十一的思緒正陷入宿命輪迴的怪圈裡無法自拔，猛然聽見有人勒令自己交這個月的磨刀錢，不禁打了個哆嗦，手按在殺豬刀的柄上，長身而起，質問道：「誰？老子看哪個還敢收老子的磨刀錢！」

「都督，您終於醒過來了！哇！」蘇明哲「噗通」一聲跪在地上，咧開嘴大哭道：「我以為您再也醒不過來了呢，嗚嗚，您剛剛又被彌勒菩薩上了身，屬下沒辦法，才故意嚇唬您。都督，您要打就打，要罰就罰，可千萬別讓彌勒菩薩祂老人家再回來了！」

「剛才我被彌勒上身了？你確定?!」朱八十一費了好大力氣才弄明白自己剛才短暫的恍神，給眾人造成了多大的困擾，氣得一腳將蘇明哲給踢了個跟頭，罵道：「滾，給我滾遠點！你才又被彌勒佛上了身呢！本都督是被你們給氣糊塗了，你們懂不懂？」

「啊！是，是！都督是氣的！」眾文武官吏互相看了看，一起心照不宣的點頭：「都督切莫生氣，成親的事，咱們稍後再議也行！」

「是啊，是啊。都督當不當皇帝，也是以後的事，眼下的關鍵是咱們淮安軍上下齊心，先打下一片基業出來！」

「對，吳指揮使說得對，到時候您想當皇帝，就當皇帝，想行那魏武之事，把小明王找出來當傀儡，我等也都聽您的，反正我等這輩子只聽都督的號令，其他人的號令一概當它是耳旁風！」

「敢情我說真話，就根本沒人信！」朱八十一看眾人這副模樣，就知道大夥在敷衍自己，嘆了口氣，無奈地道：「既然你們今天提出來了，也不用再拖了，誰家的閨女看著合適，你們不妨說出來讓我聽聽，不過……」

他目光掃過眾人欣慰的面孔，「本都督的終身大事都被你們給包辦了，將來當不當皇帝，如何當皇帝，總得聽聽本都督的意見，別動不動給本都督來個勸進什麼的，本都督可未必會吃那一套！」

「應該，應該！」眾人見他說話終於恢復了正常，趕緊連聲應道，心中卻悄悄嘀咕道：「這會兒自然是聽你的，將來的事將來再說，大不了給您來個黃袍加身，屆時看你到底還裝不裝得了清高！」

「呼——！」朱八十一長吐了口氣，不用再考慮什麼輪迴不輪迴了，自己剛才差點被大夥給當成了瘋子看，好在還有個彌勒附體的藉口，否則真不知道會出現什麼事。

「剛才的事，還有我那些話，誰也不准外傳！」朱八十一特意交代：「連劉福通劉大帥都不敢現在就稱王，咱們別做出頭的椽子，至於以後，走一步看一步吧，誰知道咱們今後走到哪一步！」

感嘆一番後，他少不得要跟現實妥協，著手彌補自己捅出來的窟窿。

「是，都督放心。如果誰敢將今天都督的話向外洩漏半句，屬下第一個去找他的麻煩！」蘇明哲帶頭說道。

「都督放心，我等非那不知輕重之人！」眾文武各自拱手，發誓會把今天看到和聽到的一切都爛在肚子裡，絕不外傳。

秘密這東西，向來就保不住，朱八十一也明白這一點，但好在他於這之前就以言辭狂悖，做事與常人迥異而著稱，倒也不怎麼害怕關於皇帝的論述被傳出去後可能給自己招惹來的麻煩。

況且以他現在的實力，幾乎等同於一個小軍閥，除了芝麻李的帳偶爾需要買一下之外，其他豪傑怎麼想，怎麼看，還真沒必要太在乎。

想到這兒，他心裡又是一陣輕鬆，對大夥兒說道：「行了，這話咱們都別再提了，說正經事！你們剛才不是要給我安排個老婆麼？到底是誰家姑娘這麼出色，值得你們如此興師動眾！」

「這……」眾人被問得有些不好意思，齊齊將目光轉向蘇明哲。

眾目睽睽之下，蘇先生拿手在自家老臉上抹了抹，湊上前，涎著臉道：「其實都督也知道的，屬下跟您提過，放眼淮安城中，配得上都督的，除了祿老夫子的孫女之外，恐怕別無他選。都督切莫生氣，聽我把話說完，外邊的人都說咱們淮安軍粗鄙，若是您連祿大儒的孫女都娶回家了，看誰還敢再拿這話說您！」

「敢情學問這東西還能靠結婚增進的！」朱八十一橫了蘇明哲一眼。

「此外，逯家是書香門第，所教出來的女兒，自然氣度雍容，是最佳的大婦之選！」

見朱八十一有些不以為然，蘇先生繼續鼓動如簧脣舌，「有個知書達理的主母坐鎮，都督的後宅不會不安寧。那郭子興即便將女兒送上門來，也只能為側室，影響不到都督今後的霸業！此外，早點把內宅的正主定下來，都督若日後再有新歡，儘管吩咐一聲便是，不會導致次序上的麻煩！」

「等等！」朱八十一越聽越不對勁，詫異地問，「這又怎麼跟郭子興的女兒扯上了？本都督不是跟你們說過了麼，本都督對她不感興趣！」

「呵呵呵呵……」

四下裡立時響起一片心照不宣的哄笑聲。特別是劉魁、吳良謀等年輕人，邊笑還邊互相擠眼，彷彿看穿了什麼秘密一般。

「笑什麼笑，都給我閉嘴，不准笑！」朱八十一被笑得渾身燥熱，在桌案上拍了一掌，怒道：「徐洪三，你說，這到底是怎麼回事？」

「都督恕罪，末將真的不知道！」

徐洪三分明笑得眼淚都淌出來了，卻裝得一臉無辜的樣子。

「您還是去問別人吧，有道是：當局者迷，旁觀者清！」

「旁觀者清個屁！」朱八十一大罵了句，看向劉魁，「劉煥吾，你來說！」

「末將是看到大夥笑了，所以跟著笑的！」劉魁捂著肚子，一邊咳嗽著敷衍道。

「不說是吧，好，那一會兒校場上見！本都督需要活動筋骨！」朱八十一惱羞成怒，只好祭出殺手鐧。「徐洪三、吳良謀、劉魁，耿再成，你們幾個一起去！」

「都督，不關末將的事，真的不關末將的事啊！」吳良謀臉色開始發綠，大聲求饒。

陪都督校場活動筋骨，那不是純粹找虐嘛！眾將膽子再大，也沒勇氣拿兵器朝都督身上招呼，哪怕是木頭刀劍，也怕一時失手，釀成千古大禍。

可別人不敢下死手，姓朱的卻從來不管三七二十一，上了場就跟個瘋子一般，把一身蠻力發揮得淋淋盡致。兩百斤的生豬隨便伸手一拎就能扔上案板的角色，一場比試下來，沒死也脫層皮。

「慌什麼，我又沒說關你們的事！」朱八十一撇撇嘴，「就這麼定了。咱們到第五軍的校場上比去，把你手下的弟兄們都叫出來看熱鬧。」

這一招可比殺了吳良謀還管用，吳良謀立刻舉起雙手，苦著臉道：「末將認輸還不行麼？都督喜歡長腿女，昨天大夥都看出來了，您是跟朱重八惺惺相惜，所以才忍痛割愛，但是您後來可是喝了一下午悶酒！」

「看我不好好揍你一頓！」朱八十一打得吳良謀抱頭鼠竄。「有那功夫不好好練兵，把心思浪費在這上面！我喝酒，是因為惋惜沒能留下朱重八，並不是因為喜歡那個長腿女人！」

「是，是，都是因為朱重八，都督說了算！」眾人不敢還嘴，望著他的拳頭，連聲附和。

「沒事都給我滾回去練兵！」朱八十一越描越黑，只好自認倒楣，沒好氣得罵道：「滾，全給我滾！本都督明天要親自去各軍校閱，哪個被我挑出毛病來，你們自己知道後果！」

「是，末將這就告退！」眾人亂哄哄地答應，撒腿朝外逃去。不能再說了，再說都督大人就真的惱羞成怒了，大夥見好就收吧，反正今天最重要的目的已經達到，沒有必要在一些小節上過多糾纏。

「按禮，逯大人這樣的門第嫁女，應該要有四個丫頭陪嫁的！」蘇先生卻不能跟大夥一起逃走，必須留下來繼續趁熱打鐵。

「祿小姐平素伺候起居的丫頭頂多是兩個，另外兩個，則可以根據都督喜好，在族人或者母族的近親家中尋找。」

「四個？」

朱大鵬生活在一夫一妻時代，不懂古人的成親細節，而朱老蔫雖然是如假包換的古人，卻是底層中的底層，這輩子能娶上媳婦都要燒高香了，更不可能知道大戶人家的規矩，聽的是一個頭兩個大，兩眼直冒金星。

「是啊，都督雖然行事低調，但大小也是一方諸侯，他祿老夫子再不講究，也不可能讓孫女孤零零一人坐著花轎進門，四個丫頭是最少的，如果他心疼孫女兒，至少應該陪送八個。」

「等等，您老人家等等！」朱八十一揉著太陽穴，盡量使自己保持清醒，

「我這到底要娶幾個老婆啊？」

「一個啊！」蘇先生被問得一愣，信誓旦旦的保證道：「就一個，都督您放心。除非您自己提出來，屬下保證不給您再安排第二個。」

「那另外的八個女人呢？」他覺得自己正一點點往陷阱裡頭掉。

「那都是妾，幫逯家小姐固寵的，順帶給您開枝散葉的。」

「固寵？」朱八十一又聽到個新鮮名詞，腦袋一陣陣發懵。

他發現花雕酒這玩意兒可真不是個東西，喝的時候熱乎乎頗為舒服，可後勁兒從昨天晚上一直延續到現在，讓他的頭腦反應速度和對語言的理解能力幾乎降到平時的三分之一。

「是啊，都督怎麼也是一方霸主，正妻雖然只娶一個，但側室是不能少的。逯小姐從娘家帶過來的，無論是貼身丫鬟也好，同族姐妹也罷，好歹都是她自己的人，將來生下兒女，也跟她有血脈相連；若是都督另選的側室，就完全不同了，每個人身後都站著不同的一大家子，要爭鬥起來，激烈程度不下於兩軍相交！」

蘇先生雖然也出身底層，好歹做過弓手，沒吃過豬肉卻見到過豬跑，根據道聽塗說來的傳聞，煞有介事地說著。

拉幫結派，還要宮鬥？朱八十一越聽越覺得前途一片黯淡，怪不得那些古代帝王裡頭罕見有高壽者，換了誰，天天都在刀光劍影裡頭打滾，如何能不早死！

正倉惶間，又聽蘇先生振振有詞的補了一刀：

「都督不必擔心，以逯魯曾的權謀本事，教出來的孫女肯定不會太差。正所謂娶妻娶賢，納妾納容，這管家的大婦，容貌、性情是次要，最重要的一項，就是要能鎮得住後宅，讓宅子裡什麼山精水怪都規規矩矩！」

蘇先生把明媒正娶進來的大婦說的像是鎮宅怪獸一般，朱八十一忽然覺得頭頂打了個炸雷，眼前一片漆黑，無邊的黑暗中，一個殭屍面孔的女鬼，露出詭異的冷笑向自己走來……

「都督，都督——！」

蘇先生見他的眼神又開始迷離幻散，像失了魂般，抬起手探向他的額頭，關心地問：「您該不是又被彌勒菩薩給附體了吧？都督，都督，朱老蔫！這個月的磨刀錢……」

「滾！」朱八十一及時緩過神，怒喝一聲，打斷了蘇先生的話。

「是，都督，您儘管歇著，其他的事全交給我！」

蘇先生連滾帶爬地向門口逃去，走了幾步，又回過頭來，試探地道：「都督，您剛才不是故意嚇唬我的吧？成親的事，大夥可都聽見您親口答應啦，如果您反悔的話……」

「滾！老子幾時說話不算過？」朱八十一怒吼著，恨不得將蘇先生當場給掐死。

「那，都督您儘管休息，這些雜事交給屬下去張羅。事不宜遲，這個月十八就是個黃道吉日，宜嫁娶，喬遷，破土……」蘇先生又絮絮叨叨地說著。

「隨便你去安排，反正老子這身就交出去了，你們愛怎麼折騰怎麼折騰吧！」朱八十一順手抓起一個茶杯，將蘇先生砸出了門外。

「嘩啦！」茶杯落在地上，摔成四分五裂。

朱八十一的心情卻沒有因為蘇先生的離開變得有一點兒好轉，像隻困獸般在議事廳裡來回踱著步。

自己的婚姻竟被一群古人給包辦了，連新娘子的面都沒見過。

眾侍衛第一次見他如此煩躁，嚇得大氣都不敢出，身體貼著牆壁悄悄向外挪動。剛挪到一半，耳畔便響起一聲晴天霹靂：「徐洪三留下，其他人都給我滾外邊去！」

「是！」大夥同情地看了看徐洪三，如蒙大赦般的逃了出去。後者小心翼翼地縮在一根柱子旁，茫然不知所措。

「過來，躲那麼遠幹什麼，我又不會揍你！」看到對方那副受氣包模樣，朱八十一就覺心頭火焰翻滾不止。

「是，都督！」徐洪三低聲答應著，小步朝前挪移，「都督，您的頭還疼麼？要不，末將命人給您弄碗醒酒湯來？」

「怎麼不疼，我看到你們頭就立刻疼了！」朱八十一瞪著眼說：「說，今天的事，到底是誰挑的頭？趁著我還有耐心，好好答話！別想敷衍我，否則咱們就校場上見。」

「都督息怒，真的不關末將的事啊！」徐洪三求饒道：「其實也沒人挑頭，只是蘇先生、逯老先生，還有大夥都覺得，不能給那個姓郭的長腿女機會，所以酒宴散了後一核計，就把這事給定下來了！」

「怎麼你們老愛把我跟她扯一起？」朱八十一聽得一愣，皺著眉問。

自打昨天見了朱重八兩個，他身邊的事就越來越邪門，每個人都變得稀奇古怪，緊張得好像天要塌下來一般。

「都督，您不記得了麼？」

反正已經「出賣」同道了，徐洪三索性「出賣」到底。

「昨晚屬下陪著朱重八來向您辭行，您酒宴還沒散。硬拉著姓朱的對乾了三大碗，然後又令胡指揮使帶著一個營的弟兄，將姓朱的和那個長腿女人護送到泗州。」

「有這回事？」

朱八十一再次揉著自己的太陽穴，發現記憶裡真的是一片空白。花雕酒的後勁實在太強了，以後還是少喝為妙，否則真弄出個「悔不該酒後錯斬鄭賢弟來」，麻煩可就大了！

「嗯！」徐洪三拼命點頭，「朱重八走了之後，您還跟大夥說，那個朱重八是什麼『心有猛虎，趴在什麼花上嗅啊嗅的』，說甭看此人現在性子寬厚穩重，將來卻會變得極為狠辣。還說，那個長腿女人雖然現在看上去很不懂事，卻有著菩薩心腸，她活著，朱重八心裡的那頭老虎才不會跳出來吃人。如果哪天她死了，朱重八就會變成一個古今罕見的暴君，把身邊的弟兄殺個乾乾淨淨。」

「啊？這都是我說的?!」

朱八十一張大嘴，他再也顧不上追究到底是誰帶頭要給自己包辦婚事了，酒後失言，把「天機」都給洩漏了出去，怪不得會把蘇先生等人給嚇成這樣緊張兮兮的。

「是啊！」徐洪三繼續說道：「您還說，如果沒有您，將來得天下的肯定是朱重八，但是您偏偏不信這個邪，要跟跟朱重八比上一比！」

「啊！我居然會這麼說？」朱八十一拼命揉自己的腦袋，悔得腸子都快發青了。「那祿老進士和蘇先生他們呢，他們怎麼說？」

「蘇先生說您是喝多了，所以口不擇言，逯老先生卻說您昨天的表現，跟戲文裡頭那段什麼青梅煮酒論英雄有得一拼！就是不知道誰是您眼睛裡的孫伯符？」

「還好！」朱八十一長出了口氣，心中暗暗慶幸，還好自己當時還沒完全失去理智，沒說朱重八當皇帝才是正史，自己和淮安軍原本不該在這世界上存在！

「然後，您又一個勁地說郭大腳是個好女人，無論誰娶回家都是福氣，說那個女人能保持良善本性到終，不會因為地位的改變而改變；還說只有像她那樣身子骨結實，大腳能跑能跳的女人，才會生出結實的孩子，批評小腳女人大門不出，二門不邁，見識有限。非但生不出好孩子，也教不出好孩子來。」

見朱八十一不是想找藉口收拾自己一頓，徐洪三膽氣漸漸恢復，像竹筒倒豆子般，把自家都督昨晚的胡言亂語全給抖了出來。

「您還說，好女人被朱重八給娶走了，但這片江山，您無論如何都要爭上一爭，不能讓老朱由著性子來！有些東西，他根本看不到，但是您至少比他能多看好幾百年！您還趁著酒興，給大夥念了一段詞。祿先生說，詞做得極好，就是只有下半闕，問您上半闕，您卻說沒記住。問您哪位做的，您說不告訴他們！」

「什麼，我還背了古詞給他們聽？」朱八十一額頭冷汗滾滾，用顫抖的聲音問道：「我背了哪幾句，你念給我聽聽。」

徐洪三將手直接指向牆壁，「逯先生怕大夥記不住，當場命人取來紙筆，將您的大作寫了下來，就在那兒掛著呢！」

「啊？怎麼會是我的大作！」朱八十一又愣了愣，哭笑不得地朝徐洪三手指方向看去。

「當然是您的大作了，逯先生說，非都督這等胸懷霸圖者，定然寫不出此等氣魄的好詞來！」徐洪三興奮地說道，朱八十一卻是充耳不聞，緊緊盯著牆上逯魯曾謄抄的半闕古詞，淚如泉湧。

「江山如此多嬌，引無數英雄競折腰。
惜秦皇漢武，略輸文采；唐宗宋祖，稍遜風騷。
一代天驕，成吉思汗，只識彎弓射大鵰。
俱往矣，數風流人物，還看今朝。」

暈！誰的詞不好念，仗著幾分酒膽，居然念的是這闕〈沁園春〉！

事到如今，朱八十一想否認這半闕詞不是自己所寫都不可能了。

秦皇漢武，唐宗宋祖，再加一個成吉思汗，把歷史上數得著的帝王挨個給貶低了個遍。除了他這個大反賊之外，尋常書生誰有膽子敢寫這種反詞？一旦被「有心人」給告了官，全家的腦袋加一起都不夠砍！

既然穿越了時空，朱八十一倒是不怕被人追討版權，但紙上空著的上半闕，讓他拿啥來頂帳？

不過，他很快就顧不上再為詞的上半闕而煩惱了，因為黃道吉日馬上就要到了，他，兩世處男朱八十一要大婚了。

雖然蘇先生和祿老夫子本著「只爭朝夕，能從簡就從簡」的原則，婚禮的當日，大總管府邸依舊是熱鬧異常。

因為男方家中沒有長輩，所以芝麻李拖著病體趕了過來，為自己麾下的愛將主婚。

女方則由逯魯曾的兩個弟子出面，與男方答禮唱和。附近的紅巾各路諸侯，凡是得到消息能趕得及者，都派人送來了厚禮。甚至連遠在汴梁的劉福通，都特遣愛將關鐸押送了一船金銀珠寶從黃河趕了過來。

據說婚禮的一個重大作用是，耗盡新郎新娘的勇氣，讓他們輕易不敢再結第二次。今日輪到他自己，他發現這豈止是一場磨難，整個人猶如行屍走肉般任由賓客隨意擺佈。

好在這個時代風俗保守，不流行鬧洞房，新郎官跟賓客應酬到半夜，被大夥開上幾個善意的玩笑，然後就有長者出面，與男賓客們繼續開懷暢飲，新郎官則由男方的人將他簇擁著送進新房，大夥就哄笑著退去，將空間留給一對新人。

當洞房終於安靜下來，朱八十一才恢復了幾分清醒。同時，他悲哀的發現，接下來該怎麼辦，根本沒人教過自己……

蠟燭很亮，是淮安城的手藝人用大食國販運過來的鯨蠟，混了龍涎香和蜂蠟做的，點起來還帶著一股淡淡的甜味，很是提神醒腦。

在燭臺下，有一個紅漆托盤，上面擺著一雙鍍金的長筷子，一個小巧的酒壺，還有一對精緻的鴛鴦杯，左右剛好是一對，一雌一雄，含情脈脈。距離托盤更遠的地方，則是一個漂亮的茶壺，和幾隻乾淨的杯盞，也由朱漆托盤盛著，精緻中透著幾分奢華。

他喉嚨微微動了幾下，咽了口吐沫，起身走到桌旁，先給自己倒了滿滿的一杯茶，大口灌了進去。卻依舊覺得口渴難當，再倒了第二杯，第三杯，卻越喝越沒有主意。

「夫君，能給妾身也倒一杯茶水麼，妾身蒙著頭，看不見路！」

一個比蚊蚋大不了多少的聲音從喜床上響了起來，嚇得朱八十一手一哆嗦，半杯茶都潑到前襟上。

「好，好的！」深吸了口氣，他倒滿一杯茶，給對方遞了過去。

「謝謝夫君！」女子道了聲謝，起身來接。不料視線被紅蓋頭所阻擋，腳下絆了下，跌跌撞撞向桌角栽了過去。

「啊——！」

「小心！」

朱八十一手疾眼快，立刻一把抱住新娘子，溫香軟玉摟了滿懷，紅蓋頭滑歪到一旁，露出一張布滿紅暈的姣好面容，睫毛很長，鼻子有點小，掛著耳環的耳垂紅得透明，宛若兩粒晶瑩的瑪瑙。

「夫君，蓋頭要用金筷子掀下來，否則不吉！」女子羞得不敢睜眼，用手捂住另一半蓋頭，小聲提醒道。

「啊，還有這規矩！」朱八十一的心神瞬間從不可知的二次元世界被拉回，托著女子走向床榻，將對方小心放好，然後走到燭臺下，抓起金筷子。

再回頭，對方已經坐得像先前一樣端正，大紅色的蓋頭也嚴實地蓋在頭上，彷彿剛才的一切沒發生過一般。

這麼快？朱八十一感覺到哪裡好像不太對勁，大步走回床邊，把心一橫，用金筷子挑起大紅蓋頭。

眼前的世界頓時一亮，依舊是那張圓圓的臉袋，略帶一點嬰兒肥，長長的睫毛在燭光下緊張地顫動。如果用朱大鵬的那個世界眼光看，她只能算一個長相甜美的初中生。

「初中！」朱八十一的手又是一哆嗦，有種罪惡感在心底油然而起。

可不是麼，及笄是十六歲，這個女孩剛剛及笄，可不是初三或者高一的學生麼？

感覺自己像是猥瑣的怪叔叔，朱八十一趕緊將目光從對方的臉上移開，有意無意間，卻看見對方鼓起的胸脯，纖細的腰肢，還有裙緣露出少許的一雙繡鞋。

腳不大，但也跟三寸金蓮扯不上半文錢干係，只是顯得略瘦，不知道是被繡鞋襯托的，還是其他原因，纖細中透著幾分誘惑。

「夫君，妾身口渴！」蚊蚋般的聲音再度傳來，隱隱帶著幾分嬌羞。

「哦，水在這兒！」朱八十一趕緊將目光從繡鞋上收回來，重新倒了一杯茶，小心地遞給對方。

新娘子接過茶杯，如飲瓊漿般喝了下去，儀態非常斯文，但看得出她十分口渴。

朱八十一抓起茶壺，給新娘子又倒了滿滿一杯，看著對方小口喝水的模樣，愛憐地問道：「你，他們沒給你水喝麼？」

「胡家嫂子說，今天要坐床，不能多喝水！」新娘子不敢抬頭看他，紅著臉，用極低的聲音解釋。

「坐床是什麼意思？」朱八十一又問了個傻問題。

「就是進了門後，要一直坐在這裡，直到夫君進來前不能離開，否則會不吉利！」新娘子的臉紅得快滴出血來。

「那你吃東西沒？餓不餓？我馬上讓人送東西來給你吃！」朱八十一關心地問。

花轎入門講究在中午陽光最強的時候，眼下已經是半夜。整整十幾個小時水米不沾，這結婚對女方來說，更是一場折磨。

「別！」新娘子騰出一隻手，拉了他一把，然後又將手指如觸電般縮了回去。

「我不餓，胡家嫂子傍晚偷偷餵了我兩塊糕。」

朱八十一憐惜地說：「那你慢慢喝，我再給你倒一杯！」

「不用了，已經不那麼渴了！」新娘子慢慢將茶水喝光，抬頭偷看了一眼，小聲說道：「夫君，我想站起來走一走！坐得時間太長了，腿有點兒麻！」

「好，我扶你！」看到對方那小心的模樣，朱八十一立刻雄性保護欲發作，抬手扶住對方的一隻胳膊，緩緩將新娘子扶起。

「慢點兒，別急，腳用力往下踩，這是血脈不通的緣故，用力踩幾下，讓血液循環開就好了！」

「唔！」新娘子答應著，把手搭在他的小臂上，一步一步慢慢挪動。

大概是腳麻得厲害，她走得很慢，完全靠朱八十一的胳膊支撐，才不至於倒下去。

但是走了四五步後，卻又主動將手從朱八十一小臂上挪開，一邊搖搖晃晃地努力恢復平衡，一邊用略帶焦急的語氣解釋道：「妾身是腿麻，所以才走不穩當，不是因為腳小，也不是因為腿上有殘疾！」

「我知道，你不用怕。不，我的意思是，我知道你的腳沒毛病。」朱八十一趕緊澄清。

自己喜歡大腳的名聲算是徹底傳揚開了，以至於她還要專門解釋。天可憐見，我只是說不喜歡纏足的女人而已，可沒說過喜歡一尺八寸長的大腳，怎麼傳來傳去就完全變了味了。

他心裡小聲嘀咕著，目光卻不由自主地朝女人的繡鞋上瞄去，越看越覺得她的腳纖細得有些不成比例。

「妾身的腳，是不是很難看？」新娘子敏銳地感覺到朱八十一目光所在，將繡鞋朝裙子下迅速藏了起來，有些惶恐地說。

「不，一點都不難看。」聽對方聲音裡帶著顫抖，朱八十一趕忙將目光收回來，解釋道：「我只是覺得鞋子很小，你不覺得夾腳麼？」

「我的腳是纏過的，不過已經放開了，不影響走路！一點兒都不影響！」新娘子帶著哭腔道，唯恐被新婚夫婿嫌棄。

朱八十一眼前閃過一張醜陋的纏足圖片，安慰道：「你年紀小，放開後，骨架還有機會恢復，否則真的成了三寸金蓮，就徹底殘廢了，神仙都救不回來！」

「妾身已經放開了好幾年了！」新娘子抬起淚汪汪的大眼睛，委屈地說：「誰家纏足一直纏到老啊，只纏上一年半載，不讓腳長得太寬就行了。還三寸金蓮呢，要是真的只有三寸長，那怎麼可能站得穩？」

朱八十一像是聽到什麼天方夜譚般，好奇地說：「不是纏成這麼大一點兒麼，整個骨頭都折斷了，像個驢蹄子般！」

「噗哧！」新娘子被他打的比方給逗樂了，臉上灑滿了燭光。

「都是親生女兒，誰家爺娘捨得下那麼重的狠手？隨便纏上幾下，不顯胖就行了。夫君都是從哪裡聽來的這些，真是怪誕的沒邊兒。」

「這個……呵呵，道聽塗說，道聽塗說！」

朱八十一當然不能說是他從網路上看來的知識，撓撓頭道：「你知道，我從小就沒了父母，唯一的姐姐還被人搶了去做妾，所以從來沒人給我解釋這些。」

「夫君的身世真是可憐！」新娘子顧不上委屈，看著朱八十一面孔，同情地說：「不過老天也算看顧夫君，讓你於困厄之中得遇良師，畫沙習字，照雪夜讀……」

「等等，等等……」

朱八十一越聽越不對勁，舉起手制止她再說下去，問道：「這些都是誰跟你說的啊？我自己怎麼都不知道？」

「夫君難道連妾身也要隱瞞麼？」新娘子睜著無邪的大眼，佩服地說：「若是沒有十年寒窗苦讀，夫君怎麼能寫出那闕曠絕古今的詞來？神授之說終是虛妄，且那彌勒菩薩念的是佛經罷了。」

「這闋詞，真的是別人寫的，我只是聽過幾遍就背了下來！」朱八十一心虛的說。

論起詩詞來，新娘子立刻一改先前嬌羞脈脈的模樣，非常自信地說道：「夫君莫要忘了，妾身的祖父可是天曆二年的榜眼，天下的詞，他老人家沒讀過的還真不多，偏偏夫君突然冒出來這半闋，除了夫君這等豪傑，尋常人誰也寫不得！」

「這個……」朱八十一急得額頭直冒汗，長著嘴卻解釋不清楚詞的來源。

新娘子沉浸在自己塑造出來的英雄世界裡，眼中盡是星星，傾心不已地說道：「有蘇詞之豪邁，辛詞之激越，卻無蘇辛兩位大家的悲苦鬱抑，幾可自成一家，開宗立派。夫君勿急，夫君的師父就是妾身的師父，夫君不想給他老人家帶來麻煩，妾身定然會竭力替夫君保守秘密，絕不讓外人知道夫君其實早有師承！」

「嗯，也罷！你說什麼就是什麼吧，隨便你！」朱八十一實在無法跟對方解釋，只好聽之任之。

「什麼叫妾身說什麼就是什麼？」新娘子用力搖搖頭，糾正道：「夫君的恩師，自然也是妾身的長輩，夫君怕給他老人家帶來災禍，不肯透露他的姓名，等將來夫君趕走了蒙古人，妾身自然要隨夫君一道，去給他老人家敬一盞水酒，感謝他老人家對夫君的點撥教化之恩。」

「好吧，到時候我帶你一起去找他！」朱八十一有氣無力地答道，徹底放棄了。

「就是不知道屆時他老人家能不能認可我這個兒媳！」嬰兒肥忽然又紅了臉，低下頭，顧自嘀咕著。

「這……」朱八十一不知道該如何回答，看著對方吹彈可破的面孔，心裡的欲望越來越強烈。

「啪！」鯨蠟跳了跳，濺出幾點火星，龍涎香和蜂蜜的味道混合在空氣中，令人血液不知不覺間流速加快，一股曖昧的氣氛瀰漫著。

「夫君，妾身的腳真的不難看麼？」偏偏有人不知道危險，帶著幾分期盼地問。

「嗷嗚——」朱八十一忽然聽到一陣狼嚎，渾身上下一片燥熱。

「夫君，你脫妾身的鞋子幹什麼？」

「夫君，還沒喝合衾酒呢！」

「夫君，先熄了蠟燭！」

「夫君……」

「啪！」鯨蠟又跳了跳，紅色的燭光搖曳，照得整個世界春意盎然。

第七章

悲傷茱麗葉

「為夫給你說一個西方故事。
從前，西方有兩個家族，凱普萊特和蒙太古，
這兩大家族有著難以解開的世仇，經常械鬥不已。
蒙太古家有個兒子叫羅密歐，十七歲，
他喜歡上了凱普萊特家的獨生女茱麗葉……」

第二天早晨，半夢半醒間，朱八十一覺得臉上癢得厲害，猛的睜開眼，看見另外一雙眼睛貼在自己鼻尖上，瞳孔裡倒映著瞳孔。

「啊！」朱八十一打了個激靈，立刻睡意全消。伸手在身邊連摸幾下沒摸到殺豬刀，這才想起自己是在什麼地方。

「你怎麼這麼早就起來了！」見對方如受驚的小鹿般，朱八十一心頭立刻變軟，掀起被子蓋住女孩的雙腿，嗔怪地道。

「妾身得叫夫君起床。」女孩把自己裹成蠶繭般，小聲說道。

「起床？這才幾點啊！」朱八十一看了看窗外。

「夫君問的是時辰麼？」女孩被問得一愣，想了想，「應該是卯時一刻，外邊的雞已經叫過頭遍了！」

「我的天，才五點半！」朱八十一心中嘀咕了一句，看著忐忑不安的娃娃臉，憐惜地道：「你不睏麼？睏就再睡一會兒。」

「不睏！」娃娃臉輕輕搖頭，但眼睛裡的紅絲卻出賣了她，「嫂子說，以後每天早晨，妾身都得叫夫君起床。」

「我今天不想早起！」朱八十一打了個哈欠，「你也再睡一會兒，起那麼早幹什麼？家裡又沒公婆等著你去倒茶！」

還帶著體溫的床鋪，絕對是一種難以抗拒的誘惑。然而娃娃臉卻搖頭，「妾身不睡，夫君如果還累的話，就自己睡吧，妾身在旁邊看著。等再過半刻鐘，再叫人進來伺候夫君梳洗！」

「為什麼？我不是跟你說今天不用早起了麼？」看她那副認真的模樣，朱八十一覺得好生有趣，用胳膊將頭撐著，盯著娃娃臉說道。

娃娃臉趕緊將距離稍稍拉開一些，紅著臉說：「夫君不能賴床，否則別人會說是妾身的錯，讓夫君貪戀美色，荒廢了政務！」

「這都什麼歪理！」朱八十一好笑地說：「如果因為娶了你，我就把正事給耽擱了，那我的自制力也太差了點兒吧！況且底下人各管一攤子，哪有那麼多政務需要我親自處理啊！趕緊躺下，小心著涼！」

「夫君說的是真話？」

「我沒事糊弄你幹什麼？」

「真的不需要早起？」

「不需要！淮安不過是一個府，如果小小府尹每天都忙得連個睡覺功夫都沒有，那當皇上的，不得活活累死！躺下睡覺，再囉嗦，小心家法伺候！」

「唔！」這句話比前面所有話都好使。娃娃臉「哧溜」一聲鑽進被窩裡，將頭埋在被子下再也不肯露出來。

娃娃臉的絲質睡袍又涼又滑，隔著衣物，別有一份柔軟透過來，令朱八十一有些心猿意馬。想想昨夜的荒唐，再看看被子上某處高高的隆起，他心裡舉棋不定，思考著要不要再禽獸一回，可這小小的骨頭架子，萬一給折騰散了……

正猶豫間，女孩忽然窸窸窣窣動了起來，彷彿在尋找什麼東西，又好像想要遮掩什麼，每一次動作都讓朱八十一覺得心癢難搔。

「你在幹什麼啊？」終於，他忍不住伸手將被子掀開一條縫隙。

「別看！」娃娃臉被嚇了一跳，將手裡的東西迅速向身後藏去。

「到底是什麼，神神秘秘的！咱們都夫妻了，還有什麼不能讓我看見的！」

朱八十一好生奇怪。

「這是……」娃娃臉的面孔紅得就像被蒸熟的螃蟹嬌豔欲滴，手中的東西藏了片刻，終於無法躲避朱八十一的目光，只好乖乖地交了出來。

「是，是要交給婆婆的，都是夫，夫君昨天惹的禍……」

話說到一半，再也說不下去，頭向被子裡縮去，恨不得有個地洞可以逃走。

「這是？」

朱八十一借著窗戶紙透過來的微弱光亮，看清楚眼前是一片厚厚的白布，被折疊得方方正正，但被蓄意藏起來的位置，有一團刺眼的紅。

「都怪夫君！」娃娃臉渾身滾燙，再顧不得往下鑽，舉起兩隻小拳頭朝朱八十一身上猛捶，「壞死了，壞夫君，昨天晚上弄得人家好疼！啊——不要——！」

「啾啾啾！」早起的鳥兒紅著臉拍動翅膀，不好意思繼續偷聽屋裡的聲音。清晨陽光透過雲幕，將厚厚的紙窗鍍上一抹桃紅。

……

當朱八十一第二次醒來，已經是天光大亮。

他將胳膊探出被子伸了個懶腰，正準備翻身起床，腿還沒等著地，耳畔已經傳來一連串銀鈴般的問候聲：

「老爺醒了！」

「老爺，您不多歇息一會兒了麼？」

「老爺你慢點，妾身伺候您更衣！」

朱八十一坐了起來，瞪圓眼睛，望著眼前一群鶯鶯燕燕，滿臉難以置信。

這一驚，比前次醒來時更大。那時他雖然睡得迷迷糊糊，好歹面對的只是一個女人，很容易就想起其中因果來。而現在卻是，三、四、五、六、七，八，整整八個，年齡都在十四到十八歲之間，每個都陪著笑臉，小心翼翼地侍候著。

第九個女人緩緩走過來，娃娃臉調皮地說：「妾身見夫君睡得沉，就把姐妹們都叫進來提前做準備了，沒吵到夫君您吧？」

「姐妹？」

朱八十一發了好半天呆，才想起來蘇先生曾經給自己灌輸過的婚姻知識，一個正婦，八個陪嫁侍妾。環肥燕瘦，各有特色。

天，這該死的古代，怪不得男人的平均年齡都過不了三十歲。再勤快的牛，同時耕這麼多畝地還不得活活累死……

正不著邊際地胡思亂想著，又聽娃娃臉溫柔地說道：「夫君不用動，讓姐妹們伺候您就好，哪裡伺候得不合夫君的意，您就直接說，今後大夥要在一起過一輩子呢，彼此間不必太客氣！」

「啊，呃，那好吧！」朱八十一大窘，滿臉通紅地擺手道：「其實，這些事我自己來就行，我又不是沒手和腳，幹什麼要別人伺候。」

「夫君日理萬機，妾身伺候夫君是應該的！」眾女立刻滿臉惶急地回道：「如果妾身伺候的不好，夫君儘管責罰，妾身們絕不敢有怨言！」

「這又是哪跟哪啊？」見眾人嬌怯怯的模樣，朱八十一求救般看向娃娃臉。

「大夥都起來吧！夫君不是嫌你們伺候得不舒服！」娃娃臉促狹地笑了笑，對手足無措的眾女說道：「咱家夫君是大英雄，大英雄行事，當然跟尋常人不同。今天是第一天，把大夥一起叫進來，主要是為了跟夫君碰個面，見個禮，以後早晨洗漱，我一個人伺候就行，需要勞煩眾姐妹的時候，自然會叫大夥進來！」

「是！夫人！」眾女答應一聲，向娃娃臉行了個禮，然後才慢慢站直身體。

朱八十一茫然看著眼前發生的事，如墜雲霧。

娃娃臉是當家大婦，其他八個妙齡少女是陪嫁，從法律上說，他們從今天起就成了一家人。雖然到現在，他還不清楚她們叫什麼名字，各自喜歡什麼，脾氣性情又是如何。

知道他以前過的是清苦日子，娃娃臉也不多來煩他，指揮著眾女將他的裡衣、外衣、襪子、鞋子從上到下收拾了個乾淨，然後將他請到梳妝檯前，一邊幫他梳頭，一邊說道：「夫君別煩，這是第一天，情況有些特殊。以後不會每天都是這樣。」

「我知道！」畢竟是融合了兩個靈魂都沒瘋掉的人，朱八十一的適應力極強，短短一刻鐘功夫，已經從最初的困惑恢復了幾分神智。

「夫君知道什麼？」娃娃臉映在鏡子裡的大眼睛忽閃忽閃地眨動著。

「知道很多！」朱八十一衝著鏡子呲了下牙，笑道：「後宅是你的勢力範圍，我不干涉！」

「夫君在說什麼呀？妾身根本聽不懂。」娃娃臉臉上又佈滿了紅雲。

「你今年多大了？」朱八十一愛憐地接過梳子，自己對付亂蓬蓬的頭髮。

「十七，再過兩個月就十七了！」鏡子裡的娃娃臉蚊蚋般回道。

「小小年紀，別學那些費力的事，老得快！」朱八十一輕輕說道。

娃娃臉在未雨綢繆，努力管理好一個大大的後宮！

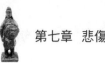

「為夫我事情很多！」朱八十一嚴肅地說道：「短時間內沒功夫娶別的女人，大家既然住進了一間屋子，就是緣分。我不希望家裡搞什麼宮鬥之類的事，弄得像個戰場般，那樣，你會很累，我也會很累，鬥來鬥去，家就沒有家的味道了！」

「啊！」娃娃臉愣愣地看著他，吶吶地道：「人家沒有那個意思，人家第一次有這麼多姐妹，所以根本不知道怎麼辦才好！」

朱八十一看著眾女人，面色嚴肅地道：「剛才我的話，你們都聽到了，在咱們家，不准互相算計，否則一旦被我抓到，第一次打板子，第二次關小黑屋，第三次就逐出門去，任其自生自滅！」

「是！老爺！」眾女齊聲應道。

「聽到了就先下去等著，過會兒大夥一起吃早飯。」朱八十一虎著臉又吼了一嗓子，斥退眾女。

娃娃臉不解地問：「為什麼第一次打板子，第二次才是找間黑屋子關起來？難道關黑屋子比打板子還可怕麼？」

「這是軍中的規矩！」朱八十一耐心地道：「軍中那些弟兄皮糙肉厚，打一頓板子等於撓癢，但找間黑洞洞的屋子往裡頭一關，再刺頭的傢伙三天下來也得脫層皮，所以關小黑屋肯定比打板子可怕得多！」

「誰家軍中的規矩，妾身以前從沒聽說過！」

「淮安軍！為夫獨創的手段！」

「是夫君的師父教夫君的麼？他老人家可真厲害，什麼事情都懂！」

「是啊！」朱八十一順口答道。

「那鑄炮、造水車，還有城裡那些稀奇古怪的東西，是不是也是師父偷偷教你的？」娃娃臉求知欲十分旺盛，又問道。

「嗯！」反正有個不知所蹤的師父，肯定比穿越容易理解，朱八十一乾脆一股腦地都推到假師父身上。

「怪不得淮安城在短短三個月內變化會這麼大。」娃娃臉崇拜地說：「原來師父是隱居的大賢，修的是濟世活人之術。他老人家早就看出天下將亂，所以提前把一身本事都傳授給夫君，再假夫君之手惠及天下蒼生！」

「嗯嗯，師父的確有這個意思，但是他當時沒有明說！」朱八十一為妻子替自己杜撰出來的師父好生臉紅，嗆了口吐沫回應。

「那師父還教了夫君什麼？」娃娃臉絲毫沒察覺到朱八十一神情透著尷尬。

「那可多了去了！」朱八十一搖頭晃腦地胡編道：「讓為夫想想啊，語文，數學，物理、化學、地理、生物、外語這六門是基礎科！」

「語文、數學？」娃娃臉帶著一臉問號，天真地道：「夫君說的是如何寫文章和明算麼？」

「噢，差不多吧！數學可能比明算更複雜些！」朱八十一想了想道。

「那，物理是不是就是東吳楊德淵所書的《物理論》？化學又是一門什麼學問啊？」

「古代就有物理這個詞？」這下，換朱八十一傻眼了。

「當然有啊，難道師父教的不是這本麼？」

娃娃臉顯然有當學霸的潛力，低聲背誦起來：「夫蜘蛛之羅網，蜂之作巢，其巧妙矣，而況於人乎。故工匠之方圓規矩出乎心，巧成於手，非睿敏精密，孰能著動，形成器用哉？夫君精於制器，難道不是源於德淵前輩一脈麼？」

「嗯嗯！」朱八十一差點被自己的口水給嗆死，咳嗽著說：「算是吧，但比那更複雜些！」

這就是娶女博士的壞處了，當丈夫的壓力很大啊，斟酌再三，才道：「德淵先生畢竟是東吳時代的古人，而物理一道，講究的是探詢宇宙中萬物的運行規律，不怎麼講究師古，所以越是往後，學問越是博大精深；至於化學麼，就是萬物創造變化之學，像火藥怎麼造，為什麼會爆炸之類的，就屬於化學範疇！」

「天，師父他老人家果然是一代宗師！」娃娃臉上的崇拜之色不亞於後世的腦殘追星族。「那生物呢？生物是什麼學問？還有外語，好端端的，學番語做什麼？」

朱八十一被她的模樣逗得莞爾，笑道：

「生物就是一切有生命的東西，包括草木和禽獸。至於外語麼，師父說，他去過一個奇怪的地方，你可以什麼都不會，就是不能不會番邦人說的話。否則，學問再好也沒人承認，只當你是個白丁！」

「夫君又糊弄妾身，天底下哪會有這種荒唐的地方？你當掌管學政的官員都是傻子麼？」娃娃臉覺得不對勁，反駁道。

哥今天說的唯一的實話，居然沒有人信！朱八十一急得只想撞牆，「我騙你幹什麼？比如說高麗，現在舉國上下不都在學蒙古話麼？」

「那種蠻夷小國，當然是誰強就巴結誰！」娃娃臉撇嘴道：「可要是堂堂大國的話，放著本國的話不學好，卻以學說外番的話為風，怕是捨本逐末，至少看起來骨子裡就缺幾分自信！」

娃娃臉眼神突然一亮，興致勃勃地道：「夫君這些學問，能教給妾身麼？妾身在家中沒有事情幹，少不得又要學那些夫君不喜歡的東西。」

說罷，又把頭低了下去，後悔地說：「夫君不需要答應，算妾身沒說過，是妾身貪心了，這些學問，隨便一門都可以安身立命，理當傳子不傳媳的。夫君不必答應妾身！」

「什麼貪心不貪心的，你要是真想學的話，有空我慢慢教你便是！」朱八十一拍著胸脯答應。「咱們家的規矩與別人家不同，男女都一樣，改天有時間，咱們先從數學和物理這兩門功課開始學起，然後再慢慢學化學、生物和地理。為夫先教給你基礎的，等你學會了，再學更高深的……」

「還有更高深的？夫君到底跟師父學了多少年啊！」娃娃臉難以置信地說。

「前後十幾年吧！」為了自己今後內宅的安寧，朱八十一閉著眼睛說：「頭幾年學的都是基礎科目，然後才學高深一點的，什麼高等數學、經濟學原理。如果你感興趣，為夫都可以教你，以後你再去教咱們的孩子！」

「孩子？」娃娃臉的臉連同脖子一下子漲得通紅，羞道：「夫君原來打的是這種主意……」隨即就想跑走。

「喂，你別躲啊，躲得了初一，躲得了十五麼？」

隨即一場男女追逐大戰再次上演。

事實很快就證明，朱八十一的女子養成計畫，是個巨大的坑。

本來以為可以隨便敷衍兩句就了事，真正實行起來，才發現自己低估了娃娃臉的學習能力，娃娃臉要是放在後世，絕對是學霸級的資優生，在國學程度方面，她是逯魯曾的孫女，從小翻四書五經長大的，古文和詩詞可謂信手拈來，絲毫難不倒她。

至於數學，對不起，九章算術裡二百五十六道題，人家早就解過不知道多少遍了；九九口訣，抱歉，那是春秋時期的《管子》的內容，在兩百年前的北宋已經從一一得一演算到九九八十一，也不用他來顯擺。雞兔同籠?!拜託！夫君，那是《孫子算經》裡的題目，妾身九歲時就學過了！

「雙兒，要不，你把這些東西，也讓其他幾個姐妹們學學如何？你當老師，讓她們當學生！」眼看一計不成，朱八十一很快打起其他主意。

他就不信八個陪嫁，個個都那麼厲害。

「不行，這些東西只能傳給夫君的子嗣！」誰料想法剛一冒頭，就遭到無情的拒絕。

娃娃臉將桌上的字紙都鎖進裝錢的大櫃子內，十分慎重地說：「女兒都不能輕傳，否則一旦流落在外邊，肯定遺禍無窮！」

「那你不是正在學麼？」

「那不一樣！」娃娃臉將頭揚起來，雙手緊緊按住櫃子，擺出誰敢動就以死相拼的姿態，「咱們是夫妻，夫君的就是妾身的，妾身學了可以幫夫君教導兒孫，傳承家學，別人想有這個資格，至少得等妾身死了，或者給夫君生下兩個兒子之後！」

「好吧，隨你！」朱八十一可不想因為課後輔導逼出人命來，只好主動宣告禍水東引的計謀失敗。「那雙兒今天想學點什麼？」

「上次夫君說，學會了用拉丁國的文字來解多元方程式之後，夫君就能教妾身一種更方便的割圓術，今天時辰尚早……」

「微積分！你居然現在就想學微積分！」

朱八十一覺得頭皮一麻，雙手捂著太陽穴，呻吟道：「我的好雙兒，凡事都得講究個循序漸進，咱們遲幾天再學這門功課行不行？為夫我覺得你基礎還沒打扎實，不能走還不穩就想著要跑……」

「夫君教訓的極是！」娃娃臉仰起頭，眨著大眼睛問道：「那夫君上次說，空間並非只有咱們肉眼看到的橫豎垂三維，在算學上，還可以無限擴張……」

朱八十一愣了下，雙手繼續抱著頭，哀嚎道：

「雙兒，這門學問，為夫得先自己準備兩天，才能從頭教你，要不，咱們今天別跟算學費力氣了。你最近學得不錯，為夫要獎勵你，給你說一個西方故事。從前，西方有兩個家族，凱普萊特和蒙太古，這兩大家族有著難以解開的世仇，經常械鬥不已。蒙太古家有個兒子叫羅密歐，十七歲，他喜歡上了凱普萊特家的獨生女茱麗葉……」

「不聽！不聽！」這回，輪到娃娃臉雙手抱頭了，唯恐再多一個字跳入自己的耳朵。「夫君又講那些沒邊際的事，哪有那麼不要臉的女人，沒有父母之命，媒妁之言，自己偷偷跑出去勾搭男人！即便大都城裡的那些蒙古人，凡是講究一點的人家，也要雙方家裡長輩先碰過面，才准許一起去郊外騎馬，還要帶十幾個隨從……」

「那老伊萬那兒，風俗和咱們不也是不一樣麼？」

「就算不一樣，也不能差到禽獸不如的地步！」

「怎能說是禽獸不如呢……」

「為了一個女人，連家族都不顧，還陪著對方去自殺，如此不忠不孝、不仁不義之輩，不是禽獸不如又是什麼？還有那個叫茱麗葉的女子，就不知道點廉恥麼？居然用假死的辦法來和男人私奔，結果害了別人，又害了自己。虧她還知道自殺，否則被官府捉了去，肯定得直接千刀凌遲！」

「千刀凌遲？」朱八十一眼前一暗，「算了，既然你不喜歡這個，那咱們換一個故事。從前，有個公主，她愛上了鄰國的王子，但是她父親卻要把他嫁給匈奴的王……」

「這種不知羞恥的女人，早就該被賜一道白綾。還好意思求神明賜福！」娃娃臉揮舞著拳頭，義憤填膺地說：「既然生在帝王之家，就得替她父皇和整個國家著想。豈能為了一己之私，棄父女之情、君臣大義於不顧。真不知道她父皇是怎麼教導女兒的，居然養出這種不知廉恥的東西！」

「這……」朱八十一抗議，「總不能說，是個公主就該去和親吧！」

「既然享受了萬民的供養，就要為萬民而捨身！」娃娃臉理所當然地回說：「君臣父子，自古說的就不只是上下等級。還有相應的責任！」

「看不出來雙兒還懂得契約論！」

「怎麼是契約？君臣大義怎麼能和買賣混為一談！子曰，夷狄之有君，不如諸夏之亡也。究其根本，乃是不知秩序，不尊君德，不守臣節，雖設其位，而不知禮儀；力強者得，力弱者亡，與禽獸何異也！」

「夫人，為夫今天頭好疼……」

「那夫君先去休息，妾身解了這組多元方程式再睡！夫君老說妾身基礎打得不扎實，妾身就儘量多下點功夫，好跟夫君學那個微積分！」

「……」

「夫君，你怎麼了？夫君如果覺得冷，可以召蟹兒侍寢，她是妾身的婢女，從小一起長大的，年齡比妾身大一歲，還是一雙天足……」

「天啊！」

……

用「痛並快樂著」來形容朱八十一的新婚生活，是最恰當不過的了。然而這種日子他並沒過上幾天，很快，他就不用再頭疼傍晚如何指導一個學霸功課了，應淮安軍的邀請，臨近的幾家紅巾軍趕來聯手了。

芝麻李肩膀有傷，不便親臨戰場，派出的是麾下大將毛貴統領一萬戰兵，一萬輔兵。其中至少有八百人穿上了淮安軍生產的全身板甲，此外，還有兩千五百多人，穿上簡化後的前胸甲，用上冷鍛的長矛，從正面看去，絕對是威風凜凜，殺氣騰騰。

趙君用剛剛打下了偌大地盤，根本消化不過來，所以派出的是他的心腹愛將傅有德。兵馬只帶了五千，卻全是戰兵，沒有一個輔兵同行，看來是打定了後勤完全交給淮安軍來掌管的主意，坦誠得有些出人預料。

郭子興和孫德崖都是親自領軍，各自帶了一萬兵馬，不過根本不分什麼戰兵輔兵，所有人穿戴都是繳獲來的，亂得厲害，只有百夫長以上的軍官才勉強有件鎧甲護體，看起來與普通士兵有些差別，不至於打起來兵找不到將，將找不到兵。

朱八十一的五支新軍，徐達帶著第三軍在泗州不能動，胡大海帶著第二軍坐鎮老巢，剩下三支加上他的親兵，新組建沒多久的水師，差不多是兩萬五千兵馬，與援軍合併到一起，總計七萬人，對外則宣稱稱二十萬，沿著運河東岸，浩浩蕩蕩朝高郵城殺了過去！

淮安距離高郵不過是兩百四十浬水程，即便用運糧的巨舟，四天時間也能輕鬆趕到，所以自打淮安城被朱八十一攻破之後，高郵府上下就開始了枕戈待旦的日子，非但蒙元派來坐鎮高郵的河南江北行省左丞契哲篤每晚宿不解甲，連高郵知府李齊、寶應縣令盛昭這些文官，也都全身披掛，在各自家丁的簇擁下晝夜巡視，唯恐一不留神，再像淮安城那樣著了朱屠戶的道，睡夢當中就輸了個乾乾淨淨。

除此之外，河南江北行省左丞契哲篤，還和李齊、盛昭以及參知政事阿拉丁等人商議了一番，將這一年多來本該運往大都城的稅銀截留，重金招募勇士參軍討賊。反正眼下運河有一大段被朱屠戶和趙白丁兩個控制著，雖然商船可以平安通過，給朝廷的稅銀肯定不可能從二人眼皮底下運過去，乾脆發給高郵府以及南邊揚州路的鹽梟、水寇，江湖豪傑，大俠小俠們，由他們帶著弟子一道來戮力王室。

還甭說，重賞之下，真有不少江湖豪傑和大俠地痞們前來投效，短短一個多月時間，高郵府內的官軍就從一萬多擴充到了三萬多，足足擴編了三倍，再加上原本就分佈在各地的鹽丁、稅吏，衙役，弓手，規模輕鬆突破八萬！

雖然那些前來投軍的，絕大部分都是赫赫有名的私鹽販子和他們手下的爪牙，還有一小部分，則是水上討生活草莽英雄，賭場妓院收保護費的綠林好漢，以及一些花子、拐子、小偷、地痞、流氓之類，軍紀實在有些不堪。但這些人膽子大，身手好，說話還特別硬氣，平素拉出來往校場上一站，也頗有幾分雄壯氣概。

那河南江北行省左丞契哲篤看到了，心中大喜，立刻兌現承諾，凡是來投軍的，無論老少當場發錢；若有來投時帶著徒子徒孫、嘍囉爪牙，則按麾下人數封官。帶十個人的就是牌子頭、百個人來的就是百夫長，五百人以上的則一律封為千戶，官府備案留底，只待水路打通之後就立刻送往大都，由朝廷正式頒發官衣。

這一手，可是讓「英雄豪傑」們大為感動，紛紛摩拳擦掌，發誓與朱屠戶一決雌雄。要不是兩個多月前，也先帖木兒所帶的三十萬官軍在沙河被劉福通打了個大敗，汴梁失守，給眾人潑了兜頭冷水。這些人甚至都想向契哲篤請一支將令，直接發兵打到淮東路境內，給朱八十一來個先下手為強。

好在也先帖木兒在沙河敗得足夠及時，才令河南江北行省左丞契哲篤和他麾下那八萬「虎賁」的頭腦重新恢復冷靜，開始正視雙方戰鬥力的差距。

結果不看不知道，一看嚇一跳。睜開眼睛後，他們發現沙河之戰大發虎威的火炮，居然全都出自淮安城的將作坊。而自家官軍最強大的火器不過是盞口銃，射程只有五十幾步，並且三十步外就連皮甲都打不穿，與傳說中那種一炮砸來，百步方圓內人馬皆碎的「神兵」，根本不可同日而語。

這下，「英雄豪傑」們有些傻了眼，在沙河之戰詳細經過傳開後的當晚，就偷偷逃掉了兩千多個，把契哲篤氣得暴跳如雷，立刻派遣心腹帶領騎兵尾隨追殺，直殺了個人頭滾滾，才重新將隊伍穩定住，沒有發生全軍不戰而潰的慘劇。

然而，隊伍是穩住了，但士氣卻不復存在。契哲篤無奈，只好聽從知府李齊的建議，在隊伍中豎了幾個「忠君愛國」的典型，委以重任，以供所有人效仿。

其中以丁溪大俠劉子仁、泰州大俠王克柔、王克柔的結拜兄弟華甫、張四，以及水上豪傑邱義，泰州鹽梟張九四、李伯升，張九四的弟弟張九六、張九九最負眾望。被哲篤賜名為「高郵九虎」，每個人都封了實缺的千戶，頒發金牌，准許世襲。每個人的麾下也補滿了一整個千人隊，命令他們帶頭在軍中效力。

如此一來，眾「英雄豪傑」們看到飛黃騰達的希望，士氣才又慢慢恢復。

其中某些交遊廣闊的，為了能早日撈個出身，便各施手段，拼命刺探起淮安路的消息來。

還甭說，人多就是力量大，很快就打聽到淮安朱屠戶那邊聯絡了芝麻李、趙君用、郭子興、孫德崖等人，準備合兵攻打高郵的消息。並且連大致兵力和具體出兵日期都打聽到了，流水一般的情報不斷報進了契哲篤的府邸。

契哲篤大驚失色，趕緊把知府李齊、知縣盛昭、參知政事阿拉丁以及高郵府內所有蒙古籍官員召集到一處，商量對策。

高郵府內的蒙古官員都是幾代世襲，早已在酒池肉林中磨光其祖先遺留下來的血性，聽探子說紅巾軍居然有二十萬之巨，立即嚇得臉色煞白，紛紛跳著腳抱怨道：「我們早就對你說過別去招惹朱屠戶，你偏偏不聽！這下可好，朱屠戶又發飆了，你帶著你的九虎將上去頂吧，千萬別拉著我們！」

「對，別拉著我們，我們跟那姓朱的又沒冤沒仇，大不了跟者逗撓學，交一筆贖身銀子，然後去做富家翁，反正那朱屠戶是個信彌勒菩薩的，從來都不喜歡亂殺無辜！」

「對，連也先帖木兒都打輸了，咱們逞那個能幹什麼，不如將府庫裡的存銀分一分，然後派個人去跟朱屠戶談判，跟他砍砍價，說不定贖身的錢還能多打些折！」

「是啊，契哲篤，要打你去，咱們爺們恕不奉陪！」

眾人做了個揖，轉身就要往外走，把江北行省左丞契哲篤氣得臉色七竅生煙，狠狠一拍桌子，大聲斷喝：「站住，誰敢出這個門，紅刀子進，白刀子出！」

「呀呵，契哲篤，你還長本事啦！」眾世襲的蒙古官員先是被嚇了一跳，然後個個都把嘴撇到了耳朵子上，「你敢捅老子一刀試試，看看到頭來誰會後悔！告訴你，老子家裡雖然不如從前了，可也有幾個叔叔爺爺輩在皇宮邊上住著，你今天辦了老子，看改天有沒有人殺你全家！」

「對，往這捅啊，誰不捅誰是孫子！」

「捅啊，老子沒死在紅巾賊手裡，死到你手裡也算值得了！」

霎那間，議事廳裡熱鬧得厲害，吵嚷聲隔著上百步都能聽得見。

知府李齊見眾人鬧得實在不像話，只好用力咳嗽了幾聲，硬著頭皮緩頰道：「幾位世兄、同年，千萬不要生氣，契哲篤大人不是也想保住大夥的家產麼？被朱屠戶罰了上一次，即便少，也得千八百貫吧，如果能不花錢，何必拿辛辛苦苦積攢下來的銀子去砸水漂?!」

「你是誰啊？」

「滾一邊去，爺們說話，哪有你一個漢官插嘴的份！」

「找打不是！爺們自己的錢，就想打水漂，你管得著麼？」

眾人根本不買李齊的帳，一個個鄙夷地奚落著。

「都給我閉嘴！」

見李齊受自己的拖累，契哲篤終於忍無可忍，拔出佩刀來，一刀將桌案砍去了半個角，怒聲道：「大敵當前，再有胡言亂語者，老子親自動手殺了他全家！大不了老子過後全家給他抵命，好歹死在他們後頭！」

接著又抬起刀子指了指門口，紅著眼說：

「有種，你們就走一個看看！左右，給我把刀架在門上，腳邁出去者砍腳，頭伸出去者砍頭，有老夫給你們頂著！」

「你！」眾官員們見他要來真的，都嚇了一跳，想向外走，卻看到侍衛手中那明晃晃的刀子，知道契哲篤這回是豁出去了，氣得指著他說：「契哲篤，算你有種！希望你對上朱屠戶的時候也同樣有種，別又是一個窩裡橫！」

「老子絕對不會讓你們看笑話！」契哲篤將刀子再次砍到桌案上，瞬間入木三分。「你們每家出二百個家丁到府衙聽用，沒有家丁就出錢去招，招不來就自己帶著兒子上，今天傍晚日落之前，老子就在這裡點卯，誰要是敢不把人送齊，老子就去抄誰的家！把他的家財平分給在座的人！」

「呃！」眾人被嚇得誰都不敢出聲了。

這天底下，最難琢磨的就是人心，大夥都是家財十萬貫以上的主，真要給契哲篤抄了家，那不等於是自己花錢替他勞軍麼！也罷，權且低一次頭，待風波過去再想辦法整治他。

「阿拉丁，盛昭！」

知道跟眾官員商量也商量不出什麼來，契哲篤乾脆開始獨斷專行。

「是！」被點到名的色目參知政事阿拉丁和寶應縣令盛昭一起高聲答應。

「你們兩個，帶三萬人馬去守寶應，賊人來了，切勿出城迎戰，守在那裡，能守多久就守多久，先耗一耗賊人的士氣，本左丞准許你們自行決定撤回高郵城的時間！」

「是！」阿拉丁和盛昭再度躬身答應。

「帶上劉子仁、王克柔、邱義和張九四，剩下的將士你們自己挑！」

見阿拉丁和盛昭兩個回應得痛快，契哲篤心頭的邪火稍微減輕了些，想了想，又交代道：「若是有什麼危險的事，就讓他們四個帶手下先上，這幾個留著早晚都是禍害，能死在陣前，也算是物盡其用了！」

「是，卑職遵命！」阿拉丁和盛昭凜然領命。

前段時間契哲篤給劉子仁、王克柔、邱義和張九四等人，又是封官，又是厚賞，他們還私下抱怨說左丞大人拿那些刁民太當回事，對這四人太過禮遇，此刻才明白，原來**契哲篤從一開始打的主意就是花錢買命、驅狼迎虎之計**。無論最後保得住保不住高郵，都沒打算讓劉子仁等刁民頭目活著離開。

其他蒙古官員心中猛的打了個哆嗦，看向契哲篤的目光瞬間充滿了畏懼。平素他們仗著祖輩的餘蔭，從沒把契哲篤這個小小的行省左丞放在眼裡過，誰曾想到，這個被大夥當成泥菩薩的傢伙心裡還藏著如此鋒利的一把刀！要是他用同樣的狠辣勁對付大夥，大夥即便有九條命恐怕也早已死乾淨了，哪還有機會咋呼到現在！

想到這兒，眾官員立刻服了軟，乖乖地保證天黑前一定把各自的家丁送到府衙聽候左丞大人調遣。

那左丞契哲篤也不為已甚，說道：「今天如果有得罪諸位兄弟之處，還請諸位不要往心裡頭去，待打退了朱屠戶，我自會在城裡最大的酒樓擺幾桌，向諸位賠罪！」

「不敢，不敢，左丞大人也是為了大家好。」官員們連連擺手，態度和先前判若兩人。

「大夥明白我的苦衷就好！」契哲篤道：「我聽說那朱屠戶不是個好殺之人，可把腦袋交給別人，總不比拎在自己手裡放心不是?況且朱八十一雖然沒殺者逗撓，對淮安城裡的大鹽商們可是手下半點都沒留情，有傳聞是鹽商們合謀想對他不利在先，可誰又敢保證不是朱屠戶先下了個套子，讓鹽商們自己往裡頭鑽呢！可都是些家資萬貫的主兒，殺了他們，好幾年的軍費都出來了。老實說，換成是我，也會忍不住想找個理由幹掉他們！」

一番推心置腹的話，卻是暗藏機鋒，眾官員聽了後，立刻點頭附和道：「左丞大人說得是，那朱八十一明顯是衝著別人的家業去的，我等先前把事情想得太簡單了，多虧大人的提醒，否則真是到死還被蒙在鼓裡！」

「都是自家人，我怎麼會坑你們！」契哲篤也陪著大夥嘆了口氣，「大夥別看朱屠戶現在正得意，但是他的兔子尾巴長不了，我聽大都城裡的長輩說，朝廷也造出炮來了，並且有上千門，脫脫大人亦從嶺北和遼陽調足了兵馬，只待軍糧備足，就可以啟程南下了。到時候，要麼是汴梁，要麼是淮安，總之，現在降了朱屠戶的，未必有什麼好果子吃！」

「脫脫又準備南下了？」

官員們又驚又喜，驚的是，原來契哲篤這廝也是個手眼通天的主兒，只是平素的表現很是低調而已；喜的是，如果脫脫大軍南下的話，朱屠戶的兵馬必然會軍心不穩，只要大夥憑著高郵城的堅固城牆守上兩三個月，估計為了老巢安寧，紅巾賊也要各回各家了，根本不可能死磕到底。

「快了，一兩個月之內的事情，並且，我還可以肯定的告訴大家，脫脫丞相力主先平淮安，只是朝廷裡眼下有人見識不明，橫加阻撓，所以暫時才無法定下首攻方向而已！」契哲篤透露說。

這下，眾官員猶如吃了定心丸，紛紛表示要追隨契哲篤，與高郵共存亡，絕不讓朱屠戶像幾個月前攻打淮安那般，連點正經的抵抗都沒遇到。

唯獨漢人知府李齊，不像眾蒙古官員們一樣沒見識，偷眼看了看契哲篤，心中暗道。

「脫脫大人真的能先來掃蕩兩淮？」

如果是在也先帖木兒吃了敗仗之前，脫脫肯定能決定主攻方向，畢竟他跟皇帝的交情在那裡擺著，作為當朝中書右丞，他的權力和威望也足以讓朝中諸臣輕易不會阻撓他的提議。

然而，也先帖木兒剛剛吃了場敗仗，脫脫卻念著兄弟之情，遲遲不肯追究此人的責任，如此一來，等於主動將把柄送到政敵哈麻、禿魯帖木兒和雪雪等人手中。在皇帝妥歡帖木兒心裡，脫脫的形象也從能臣迅速朝權臣轉變，此時，假如朝中真的為下一步平叛的主攻方向起了爭論，以他的觀察，脫脫未必能做到一言九鼎。

第八章

歪打正著

朱八十一的運氣在整個紅巾軍中基本沒人能比，
而他麾下的這位小吳指揮使，顯然也是一位難得的福將，
倉促間拿火繩槍去穩定陣腳，卻沒想到歪打正著，
一次齊射就將敵軍的膽子打了個粉碎，
接下來就只剩下追亡逐北了。

「好了，大夥先回去休息吧！」契哲篤敏銳地察覺到李齊的神態有異，偷偷瞪了他一眼，然後向眾人說道：「把家丁及時送過來就行，至於守城的事，不敢勞煩諸位，有我和李知府足以應付得來；實在不行時，再派人去登門求援。」

「那我等就恭敬不如從命了！」眾官員巴不得離戰場遠些，高興地拱起手，與契哲篤告辭。

契哲篤送他們出了大門口，待轉過身來，立刻換了副臉色，凝重地說：「賊兵來勢洶洶，我估計寶應頂多堅持十天左右光景，所以第二道防線，我準備設在范水寨和時家堡，兩地之間橫著一條范河，可以用小船往來溝通，如果運籌得當的話，再將賊軍多拖上十天應該不是問題！」

「卑職願請一支將令去守范水寨。」話音剛落，參知政事趙璉主動請纓。

「末將願去守時家堡！」維吾爾將領果果台緊跟其後，願與趙璉並肩進退。

「我只能給你們每人五千鹽丁，其他兵將，你們就帶著華甫、張四、張九六、李伯升四人及他們各自的手下去。」契哲篤看著他們兩個，欣慰地點頭，叮囑道：「記住，不要出來跟朱屠戶野戰，憑河而守就行。從寶應敗下來的兵馬，你們也直接收了，讓他們一道守城，實在守不住了，你們就向高郵湖和射陽湖中撤退，然後一個借助水路返回高郵，一個直接去興化。主要戰術就是一個

『拖』字，將紅巾賊拖得越疲，本官在後面的仗越容易打！」

「是！」趙璉和果果台兩個再度躬身施禮，各自領了一支將令，出門召集兵馬去了。

契哲篤對著二人的背影嘉許地點點頭，轉而對李齊說道：「士氣可鼓不可洩，所以脫脫丞相無論下一步去哪，你我都必須堅持告訴大夥，他要先來高郵！」

「卑職剛才孟浪了！」李齊面紅耳赤，拱手謝罪。

「不怪你！你是個文官，不明白兵不厭詐的道理，有時候，要詐的不單是敵人，還要把自己人也給騙住！」契哲篤道出玄機，又嘆了口氣道：「國事艱難，你我必須齊心協力，剛才那些妄言，你別往心裡頭去。自打陛下即位以來，其實已經不再刻意區分誰是蒙古官，誰是色目官或是漢官了，包括我自己，漢話說得都比蒙古話流利甚多！」

這番話，可算是推心置腹之言了，把李齊感動得熱淚盈眶，躬身涕道：「陛下聖明，大人仁厚。卑職豈敢計較幾句沒來由的話，卑職願與大人，與高郵城共生共死！」

「死應該不會，但你我肯定會打得很艱苦！」契哲篤坦誠地跟李齊交底，道：「那朱屠戶也堪稱是個謹慎的，從他拿下淮安之後便止步不前，就能推斷出這一點，所以他這次既然敢來，肯定是對高郵志在必得。寶應和范水兩道防線未必阻擋得了他，真正決定勝負的，還是在高郵城下。

「我已經給朝廷寫了求援表章，交給心腹帶著，混在北去的貨船裡悄悄送了出去；也給你的同年，浙東宣慰副使董孟起寫了信，請他務必帶兵來援。他去年準備與郭賊子興一決雌雄的當口，卻因為兩浙發生民變，奉了聖旨去平亂，不得不放郭賊一條生路，這回聽聞郭子興也來找死，想必不會再錯失良機！」

「大人英明！」李齊聞言大喜，之前心裡的擔憂頓時飛走了一大半。

那董孟起可不是一般的文官，當初跟他同在國子監就讀的學生裡頭，此人是唯一一個出身於漢軍世家的，非但文章做得花團錦簇，馬上步下功夫也屬一流，用「文武雙全」四個字來形容也不為過。

非但如此，董孟起外放為官之後，每至一地，必然盜匪絕跡，地方上的冤獄和欺男霸女事件也大幅降低，無論官方還是民間，都對他讚譽有加。

有這麼一個名聲顯赫，平亂業績斐然的當世猛將為後盾，難怪契哲篤氣定神閒，待大夥在高郵城下將朱屠戶拖得精疲力竭之際，董孟起再突然帶著大軍從水路殺至，定叫五路紅巾賊寇來得去不得，追悔莫及！

先用層層抵抗的辦法疲憊紅巾軍，然後再憑藉高郵城的城防進行堅守，進一步消耗紅巾軍的體力和士氣；待紅巾軍體力和士氣都降低到一定程度的時候，再由文武雙全的名將董摶霄突然帶著援軍殺至，與城裡的官兵裡應外合……

毫無疑問，河南江北行省左丞契哲篤是個用兵的高手，特別是在戰役佈局方面，比周圍的蒙漢同僚都高明得多，甚至比敵軍的主帥朱八十一還高明幾分，令後者在得知有大批蒙元官兵順著運河搶先一步開進寶應城後，禁不住滿頭霧水：這個節骨眼上，契哲篤不把所有兵力收縮成一個拳頭，據高郵而守，卻派人前來爭奪毫無戰略價值的寶應，他莫非腦袋被驢踢過麼？

「奶奶的，肯定是有人給那邊通風報信，說郭子興和孫德崖兩個兔崽子掉了隊！」蒙城大總管，原徐州軍前軍都督毛貴的反應比朱八十一快上許多，立刻破口大罵：「所以韃子那邊就派出三萬前鋒想試試咱們哥幾個的火候?!奶奶的，你當初就不該叫上那兩個孫子！」

「不會吧，三萬對五萬，他們照樣一點勝算都沒有?」朱八十一搖頭。

五家兵馬聯手的消息，肯定早就被高郵那邊打聽了個清清楚楚。這一點，原在他預料當中。

事實上，以這個時代的保密水準和保密意識，任何兩家以上的隊伍共同行動，都不可能不走漏消息，更何況郭子興和孫德崖這兩個是綠林大豪出身，手底下三教九流人物一大堆，指望這些人能管住自己的嘴巴，還不如指望老天爺能打個響雷，直接將高郵城的城牆劈出道兩丈寬的豁口來呢。

所以在打算對高郵、揚州兩地用兵之初，朱八十一就沒指望能保住這個秘密。在他內心深處，甚至期待兩地的官府能早點做出準備，把分散在下面州縣的兵馬都集中在一處，這樣，雙方不戰則已，要戰，就每一場都是決戰。如果幸運打贏了，下面的那些州縣就不用浪費時間，直接派人去接管就行。

誰料敵軍的反應完全不合常理，而己方的表現同樣也差強人意。從淮安出發，才走第一天，孫德崖的兵馬就跟不上了。

那老哥麾下的弟兄，根本就沒戰兵和輔兵的分別，所有人，除了當官的之外，都必須自己扛著兵器、防具和被褥乾糧。每走上個三五里路，就必須停下來歇息一番，否則就會有人因為體力不支而活活累死。

雖然是在淮東路境內行軍，拖拖拉拉走了一整天，居然才勉強走了三十里路。並且這還是在午飯和晚飯都由淮安軍幫忙準備的狀況下完成的，如果只靠自己，恐怕二十五里便達到了極限。

郭子興的兵馬表現得比孫德崖稍好一些，但也有限。作為精銳的主帥親兵和五百騎馬步兵素質很高，水準和淮安軍的近衛團不相上下，但軍中的其他人馬，素質就有些慘不忍睹了，只能算一群拿著武器的流民，甭說跟朱八十一和毛貴二人麾下的戰兵相比，甚至離後兩家的輔兵都有很大差距。

至少後兩家的輔兵還能保證三天一操，頓頓吃上飽飯，而郭子興麾下的大部分人，伙食標準卻是一稀一乾，連最基本的消耗都保證不了，怎麼可能有力氣進行急行軍？

萬般無奈之下，從淮安出發後的第三天，朱八十一只好把吳永淳的第四軍留在後面，陪著郭子興和孫德崖的隊伍慢慢向高郵方向蹭，同時通知留守淮安的蘇先生、胡大海等人，命他們再撥出一份軍糧來給郭子興和孫德崖，讓兩支友軍能吃上幾頓像樣的飯，以免這二人麾下的弟兄餓急了眼，引起什麼不愉快的事端，那樣的話，此番合兵南進的計畫還沒展開，恐怕就要無疾而終了。

郭子興和孫德崖兩個當然覺得十分慚愧，無論如何都不願意接受淮安軍的賑濟。朱八十一好說歹說，最後答應軍糧算賣給二人的，折合市價，待攻下高郵之後，再從分潤裡頭扣還。二人這才紅著臉接受了；並且當眾立誓，會嚴格約束軍紀，絕不准許擾民的事情發生。

如此一來，淮東路的隱患是解除了，但五家聯軍卻分成了前後兩段，並且行軍的速度相差極大，彼此間距離還有越拉越遠的趨勢。所以，也無怪乎毛貴覺得契哲篤那邊是因為看到了聯軍步調散亂，所以才壯起了鼠膽，派出三萬多兵馬前來試探。

但他這個推論有點武斷，非但朱八十一不贊同，趙君用麾下的大將傅有德在旁邊聽了也覺得匪夷所思，抱了下拳，告罪說道：

「按理，兩位總管議事，斷然沒小將說話的份，但小將認為，契哲篤此舉打的恐怕是節節據守的主意，從寶應開始，沿著運河一步步往後退，遲滯我軍的進攻速度，為高郵城爭取更多的準備時間：此外，如果有援兵的話也能及時趕過來！」

「你是說，他是故意拿這三萬多人前來送死的？」毛貴眉頭一皺，忍不住向傅有德請教：「你這麼說可有什麼證據？或者，你手中還有什麼可靠的消息來源？」

「沒有！」傅有德再度拱手，「總管勿怪，小將也只是推測。根據出兵前朱總管所言，高郵城原本只有一萬多守軍，剩下的除了鹽丁，就是臨時招募的烏合之眾，末將如果是契哲篤，原來那一萬多家底此刻是斷然捨不得派出來的，只會派鹽丁和新招募的人手出戰。如此，無論輸得多慘，他都不會傷筋動骨；萬一派出的人能僥倖堅持上十天半個月，他就又多了十天的準備時間，並且隨時可以再拉起三萬人的隊伍來！」

毛貴不禁倒吸了口冷氣。

高郵和淮安、揚州一樣，是運河上重要的貨物轉運樞紐，非常富庶，人口數目也非常龐大，契哲篤如果真的不顧名聲和本錢，招募百姓當炮灰，還真能把大夥累個半死。

畢竟三萬兵馬不算小數目，蹲在城裡死不露頭，誰也不敢把他們丟在身後。而攻城向來就不是件省力的活，即便動用火炮，彈丸大的寶應城至少能撐上小半個月，如果守將本領出色些，堅持一個月都沒太大問題。

「末將也只是推測！」傅有德的思維相當有條理，見毛貴開始重視自己的話，又補充道：「兩位總管，請恕末將再多一句嘴，如果敵軍據城不出，則肯定是存心想跟我軍拼消耗；如果敵軍肯出城迎戰的話，哪怕只是幾千兵馬，末將的判斷就可以被完全推翻。所以，兩位總管不妨等等，看斥候接下來帶回的消息……」

「報！」話音剛落，一名背上插著旗子的斥候正飛馬趕到，遠遠地向朱八十一行了個禮，回稟道：「報告總管，敵軍出城，背靠著城牆列陣，規模一萬上下，打的是河南江北參知政事的旗號；此外，高郵九虎將中的劉子仁、王克柔、邱義和張士誠四人的旗號，也同時出現在陣中！第五軍的吳指揮使已經帶著開路的一個團弟兄就地構築工事防守了，請總管決定下一步作戰方案！」

「好，辛苦了，你先下去休息！」朱八十一聽完，立刻有了計較，揮手令斥候退下，然後對毛貴和傅有德說道：「看樣子敵軍並不是想著節節抵抗，或者說，契哲篤手下的人故意違反了他的命令。無論如何，對方列陣求戰，咱們不能視而不見。兩位先休息，我帶一萬弟兄上前稱稱他們的斤兩！」

「朱兄弟且慢，哥哥前幾天白拿了你兩百副板甲，這一仗就讓哥哥替你打，算是還了你的買甲錢了！」

毛貴最近一段時間正手癢得難受，豈肯讓朱八十一親自出馬，當即伸手攔住對方，就要代為開道。

「兩位總管，不如讓末將出馬！」傅有德不甘於後，在旁邊插嘴道：「我家趙總管說，他的練兵之法都是跟朱總管學的，也不知道學到了幾分火候，因此臨來之前，特地吩咐過末將，要求末將務必全力以赴，也好讓朱總管能再多點撥一二！」

「那輪到你，還是我來！」

「毛總管，請給末將一個機會！」

「兩位兄弟且整理隊伍，看我淮安軍先打這一場！」

……

三人正爭執不下的時候，耳畔忽然傳來一陣爆豆子般的脆響，緊跟著，隊伍前方歡呼之聲猶如雷動。

「潰了，敵軍潰了，吳指揮使威武！」

「怎麼回事？」

非但朱八十一，毛貴和傅有德也被前面傳來的消息弄得目瞪口呆。

有道是，人一上萬，成堆成片，五萬大軍拉開了隊伍前行，從他們所處的位置，根本看不到最前方發生了什麼事，只是憑藉經驗，認為敵軍不可能立刻衝上來。而頭前開路的淮安軍那個團，也不可能沒等到後續部隊開到，就主動向對方發起進攻。

負責頭前替大軍開路的，是吳良謀麾下直轄的一個千人隊，按照淮安軍的編制，算是一個步兵團，總數還不到出城應戰的敵軍十分之一，能控制住陣腳，避免敵軍忽然襲擊已經很不容易了，怎麼聽前面的歡呼聲，好像已經將敵軍殺了個落花流水一般？

正驚愕間，卻見數匹戰馬沿著隊伍外側飛馳而來，馬背上，三家個斥候興高采烈，離著老遠就扯開嗓子大聲說道：「報告大總管、毛總管和傅都督，敵軍衝擊陣地，吳指揮使命令火槍手齊射阻截，敵軍一哄而散，吳指揮使準備趁機奪取北門，來不及向總管請示，請總管立刻派兵接應！」

「什麼！」這個驚喜來得可是有點大，嚇得朱八十一差點從馬背上掉下去。「第五軍的其他人呢？洪三，你立刻帶著兩個營的親兵去接應吳將軍，同時傳我的將令，讓第五軍便宜行事！」

「是！」徐洪三應聲撥轉坐騎，「親兵一營、二營出列，去接應第五軍吳指揮使！」

「是！」朱八十一麾下裝備最精良的兩個營答應著，從距離自己最近的輜重車上抄起兵器，快速由隊伍的左側朝前方繞去。所有板甲都留在了輜重車上，交給輔兵負責照管。

「傳令，通知水師提督朱強，派三艘炮艦全速駛向寶應北門，從水面上給第五軍提供火力支援。」

「是！」一名傳令兵答應著接過令旗，策馬隊伍右側朝運河奔去，動作乾淨俐落得猶如行雲流水。

「傳令給劉子雲，讓第一團的騎兵營去給第五軍壓陣！」

「傳令給連老黑，讓他帶著抬槍連給我壓上去，朝敵軍狠狠地打，誰敢阻擋第五軍，就直接拿抬槍給我轟了他！」

「傳令給裴七十二……」

「傳令給周定……」

一連串將令從朱八十一嘴裡說出來，傳到各級將領手中，沒有半點遲滯猶豫，把毛貴和傅有德兩人看得佩服不已，眼裡全是星星。

好不容易待朱八十一停下來，立即爭先恐後地說道：「朱兄弟（朱總管），我們呢，我們兩家總不能光在旁邊看熱鬧啊？」

「兩位請稍安勿躁，繼續帶領弟兄們向前推進，咱們到了寶應城下，再做進一步打算！」朱八十一指揮若定地說。

勝利來得太突然，到現在他還有如在夢中的感覺，但空氣裡的硝煙味，卻清楚地告訴他眼前一切都是真的，河面上傳來的隆隆炮聲，也說明了戰鬥正在進行。

策馬逆著隊伍行進方向跑回來的斥候，則不斷將最新戰報回報到他耳裡：

「報，都督，敵方守將搶先關閉了北門，吳指揮使沒能成功趁亂奪城，正在繼續清理城外的潰兵！」

「第五軍第二團已經趕到，向從東門出城接應的另外一夥敵軍發起了攻擊，敵軍潰退！」

「報，敵軍在北門上發射床弩和盞口銃，水師展開火力壓制，目前第五軍安全，吳指揮使已經從城門撤了下來，沒有繼續攻城！」

「報，第五軍耿副指揮使帶領其餘弟兄趕到城下，與吳指揮使合兵一處，在距離北門外三百步處駐紮陣腳。」

「報，有股敵軍試圖從運河上逃命，被水師用火炮轟了回去！」

「報，敵將張士誠率部繞城而走，我軍追之不及。」

「報，敵將王克柔無路可逃，陣前倒戈！願任由總管處置！」

「報，近衛團徐團長生擒敵將劉子仁！」

「報，敵將丘義繞西門入城不及，被第五軍劉團長追上陣斬。」

「報，偽元河南江北行省參知政事阿拉丁被擒，請求出錢自贖！」

「……」

一路上，捷報接連不斷。

待朱八十一和毛貴等人領著大軍來到寶應城下，戰鬥已經結束。出城的一萬出頭守軍，被俘虜的四千多，擊斃了四百多，其餘全都不知所蹤。

在被俘的四千多人中，有一個接近完整的千人隊見勢不妙，其千戶王克柔乾脆帶領眾人直接選擇了陣前倒戈，把蒙元河南江北行省參知政事阿拉丁及其麾下四十多名色目將領，全都賣給了後面追上來的耿再成，一個都沒有放過。

那王克柔為人倒也光棍得很，遠遠地看到朱八十一的將旗，立刻撲出隊伍，用膝蓋當腳向前爬了十幾步，扯開嗓子喊道：「罪將王克柔，迎接大總管來遲。請大總管責罰！」

「我責罰你？我責罰你什麼？是不該陣前起義，還是不該幫耿校尉活捉了阿拉丁？」

朱八十一早在斥候的彙報中得知此人的所作所為，笑著走上前，一把將對方拉住，和顏道：「行了，起來吧！咱們淮安軍不講這些虛禮，你能投奔朱某，朱某高興還來不及，責罰你什麼！」

「罪將謝大總管洪恩！」王克柔卻不肯站起，堅持給朱八十一磕了個頭。

「起來，起來，還有許多事情需要你去做呢，咱們沒時間講究這些繁文縟節！」朱八十一手上稍微加了些力氣，笑呵呵道。

「願為大總管效犬馬之勞！」王克柔這才順勢站起身，肅立拱手。

此人言談舉止婆婆媽媽了些，不過長得倒是濃眉大眼，虎背熊腰，著實有幾分軍人模樣！朱八十一上下打量了他一番，點點頭道：

「你既然在那邊已經做到了千夫長，被俘的弟兄們應該大多數都認識你，等會兒你去跟他們說，不用害怕，咱們淮安軍不刁難俘虜，等打完了寶應，就可以發路費讓他們回家！」

「末將遵命！」王克柔又喜又怕，又作了個揖。

喜的是，淮安軍果然像傳說中的那樣，是支如假包換的仁義之師，自己和手下的弟兄們，小命算是保住了；怕的是，一旦麾下的弟兄們也跟其他俘虜一道被遣散了，自己就成了光棍千夫長，今後在淮安軍內的角色肯定是可有可無，這輩子很難再找到出頭之機。

「怎麼，這個任務有難度嗎？有難度就說出來，我再找人幫你。」朱八十一好歹也做了不短時間的主將了，敏銳地察覺出王克柔神色有異，和顏問道。

「不，不，不！」王克柔嚇得連連擺手，紅著臉，結結巴巴地回道：「啟稟大總管，您老人家能對俘虜們既往不究，還給他們路費，他們當然會感念您老人家的恩德。但……但很多人回去之後，也沒謀生的路子，一旦把您給的錢花完了，要麼做江湖混混，為禍鄉鄰，要麼又去找別的地方當兵吃糧，萬一下次再冒犯了大總管的虎威，還不如……不如讓他們留下來，哪怕是給您麾下的將士們做做飯，擦擦兵器也好，好歹算個正經營生！」

「噢？」朱八十一微一思索，便將對方的想法猜個八九不離十了，笑道：「如果有人不願意走的話，你也可以答應他們留下。不過，有幾句話咱們得先說明白，淮安軍這邊，不會隨便拉一個人來就立刻當戰兵，任何人想衝鋒陷陣，都得先到輔兵營裡參加訓練，待各項訓練都差不多了，才能補充到各軍去。包括你，暫時也只能保持千夫長的級別，到輔兵營先待上一段時間，等熟悉了咱們淮安軍的各項規矩之後，才能考慮下一步的去處！」

「末將願意聽從大總管的安排！」王克柔這才放下心來，再度給朱八十一行了個禮，拔腿就走，「末將這就去，把大總管的意思告訴被俘的弟兄們，末將保證他們誰也不敢再給大總管添亂！」

人的心理其實很玄妙，像王克柔這樣臨陣倒戈的降將，如果朱八十一此刻立即賜予高官厚祿，他反而會覺得非常不踏實，唯恐時候一過，就被秋後算帳；而朱八十一又給他安排任務，又交代他下一步即將面對的安排，給他的感覺反而很舒坦，認為自己已經被接納，真正成了淮安軍的一員。

「是個人才，就是功利心稍重了些！」望著他急匆匆的背影，朱八十一輕輕搖頭。隨即將目光轉向早就等在一旁的吳良謀，嘉許道；「佑圖，以千破萬，你這仗可是真長了咱們淮安軍的威風！具體怎麼打的，能不能跟我仔細說說？」

吳良謀被誇得滿臉通紅，擺著手道：

「末將不敢居功，末將到現在都好像是在做夢一般！當時情況是這樣的，末將看到敵軍出城，立刻按照咱們的行軍操典，停住了隊伍，讓弟兄們把雞公車橫在隊伍前，然後披甲備戰。結果，敵軍卻欺末將身邊兵少，沒等弟兄們將甲冑收拾停當，就一窩蜂衝殺了過來！末將無奈，只好讓火槍兵先頂上去，給他們一通齊射，結果敵軍呼啦一下就崩潰了！」

「啊？竟然如此簡單？」朱八十一聽了，驚詫地咧嘴道。

淮安新軍雖然規模龐大，然而單兵的精銳程度卻遠不如當初的徐州左軍，後者幾乎每一個戰兵都經過半年以上的訓練，並且大多數都見過血，而新軍從成功組建到現在也不過是四個多月，單兵素質跟當初的左軍根本不能同日而語。所以朱八十一迫切的希望能有一場難度適中的戰鬥，來稱一稱新軍的具體斤兩，誰料對手竟然弱到如此地步，連正式接觸都沒發生就自行瓦解了。

正說話間，看到王克柔又跑了回來，肩膀上扛著一根暗青色、上面打著數道銅箍的長棍，喊道：「都督，末將有一物獻給都督，剛才急著向都督表明心跡，忘了帶上了！」

「這是……」朱八十一納悶地問。

「這個叫大銃！」王克柔將長棍朝地上一放，喘著粗氣回道：「裡邊裝的也是火藥，還能裝一枚半兩重的鉛子！用時把此物放平，銃口對準敵人，再從尾巴上點火，把鉛子朝對面打出去，二十步內防不勝防！」

「你在哪弄到的？守軍那邊這東西多麼？」

朱八十一微微一愣，**這個從外表看去像是九節鞭一樣的東西，不就跟自己現在用的火繩槍是同一原理麼？**只是沒有點火匣、扳機、槍托等零件，製造工藝稍顯粗糙了些。

看來不止是自己一個人看到了火器的威力，蒙元那邊也一直努力地在對火器進行著升級換代。從最初的短手銃、盞口銃，到今天的九節鞭模樣大銃，雖然製造工藝遠不如淮安先進，但是卻走在正確的方向上。

「是高郵知府李齊派人督造的，末將看著好奇，就偷偷拿了一支。」

見朱八十一忽然滿臉凝重，王克柔被嚇了一跳，趕緊小心翼翼地道：「啟稟都督，寶應城的元軍手裡應該還有五六十支，高郵城裡頭應該更多。李齊總計造了兩批，大約有二百多支，本打算再多造一些，拿來守城用，但這東西造價太貴了，也太耗時耗力，所以就沒有繼續打造，只把已經造的發了下去！」

「這個東西又叫突火槍，不是什麼新鮮玩意，我在攻打蒙城時也曾見過，外形沒這個好看，但在威力方面，基本上大同小異！」

見朱八十一臉色變得有些難看，毛貴迅速接過話頭，「遠不及咱們的火炮好用，裝填起來還特別麻煩。二十步之外，就很難打穿皮甲了。」

「此物宋末時就有了，不過多數都是竹子的，很少會用銅來做，太費材料，也太耗時日，威力又不見得比強弓大，跟總管造的火炮比，更是差了不知道多少！」傅有德掃了一眼地上的「九節鞭」，替毛貴作證。

「原來如此！」朱八十一聞聽此言，懸在了嗓子眼的心終於落肚，原來只是有了雛形，還沒到普及的程度，自己還有充足的時間，不至於剛一起步就被蒙元朝廷毫不遲滯地從身後追上。

誰料那王克柔卻嫌毛貴和傅有德看低了自己的寶貝，抗議道：「啟稟大總管，此物雖然笨重，卻未必不堪大用，我們今天之所以敗得這麼慘，全是因為此物的作用！」

「哦？」朱八十一剛才還遺憾守軍一觸即潰呢，此刻聽到王克柔說得有模有樣，便問道：「到底怎麼回事，你能不能仔細說說！」

「是，大總管！」王克柔站直了身體，回道：「今天聽說大總管的兵馬到了，本來大夥都不想出來冒犯，結果那天殺的色目韃子阿拉丁卻見吳將軍兵少，非要出城試試吳將軍的斤兩。大夥剛剛拿了朝廷的錢，難免手短，只好跟他一道出了城，結果他又跟大夥耍心眼，讓大夥帶兵衝在前頭，他和他的嫡系反而跟在最後！」

「說重點！」毛貴聽得好不耐煩，皺眉喝道。

「是！」王克柔趕忙將語速加快，「末將是想說，我們絕大多數弟兄只是為了錢賣命，結果阿拉丁這麼一弄，讓大夥瞬間意興闌珊，連賣命的心思都沒了，隊伍拖拖拉拉跑成了好幾截。那些衝在最前面的，都是平素膽子最大，最敢拼命的，結果誰也沒想到，吳將軍那邊居然藏著幾百支大銃，『轟』的一聲打了過來。登時把衝在最前面的弟兄給打死了，後面的人一見，再也不管不住自己的兩條腿……」

「大銃，幾百支！」毛貴和傅有德兩個聽了，齊齊倒吸了口冷氣。

到此刻，新五軍的獲勝原因已經非常清楚了。首先，敵方根本就是一群拿錢賣命的烏合之眾。其次，這群烏合之眾和指揮這群烏合之眾的色目將領互相之間非常不信任，唯恐作戰時對方將自己賣給敵人，或者從背後給自己捅刀子。第三，烏合之眾當中最膽大的一夥亡命徒，幾乎在開戰的第一時間就死了個乾乾淨淨，剩下原本膽子就小，也沒拼死決心的，當然立刻選擇了撒腿逃跑……

只是，朱八十一的手下什麼時候裝備了如此之多的大銃？為什麼大夥先前沒有看到過，到了打仗的時候卻憑空變了出來？莫非朱八十一真的修煉了什麼仙法不成，能夠大白天的來一個「五鬼搬運」？

「那不是大銃，是火繩槍！朱某先前向李總管和趙總管都曾經推薦過！」見毛貴和傅有德齊齊將迷惑的眼光看向自己，朱八十一笑呵呵地解釋。

「火繩槍？火繩槍什麼時候有如此大的威力了？」毛貴和傅有德依舊是滿頭霧水。

「單支用，威力的確不夠，但齊射時，聲勢和殺傷力就非常可觀了！佑圖，你去取一支來，給毛總管和傅都督看！」朱八十一擺擺手，示意二人稍安勿躁。

「是！」吳良謀答應一聲，小跑著去了。很快，拿著一桿全新的火繩槍跑了回來，帶著幾分炫耀的意味，雙手捧過頭頂，呈交給朱八十一。

朱八十一接過火繩槍，指著上面的零件，向毛貴和傅有德二人說明道：「這支和我讓蘇先生推薦給大夥的，沒有任何差別，都是我淮安軍最新改進過的樣式，三尺半長的槍管，五尺長的槍身，機簧，火繩夾和藥鍋位置也是一模一樣。

最大射程兩百步，精確射程已經能達到七十步上下。當然，我指的是火繩槍手經歷過嚴格訓練的情況下，否則一般人在二十步內都很難打得準！」

「哎！」毛貴和傅有德搖頭嘆氣。

朱總管沒欺騙任何人，淮安軍也的確沒有隱藏什麼秘密武器。事實上，火繩槍他們在一個月前就見到過，朱八十一手下的蘇先生從上個月起，在給火炮打七折的同時，便很熱情地向徐州軍和宿州軍推薦火繩槍，但無論是傅有德還是毛貴，在檢驗過徐州軍提供的樣品後，都沒給出任何正面評價。

首先，這東西威力的確很大，但準頭基本只能保持在五、六十步，超過六十步，打中打不中目標就全靠運氣。其次，這東西雖然比大銃操作靈活些，但也靈活程度有限。有開一槍的功夫，足夠拉滿了強弓，射出兩支破甲錐。

第三，也是最關鍵的問題，這東西的售價太坑人了，二十五貫錢一支，折合純銅都兩百多斤了。而淮安軍打折賣給徐、宿友軍的火炮才不過七百斤銅，三支火槍頂一門炮，傻子才放著射程更遠、威力更大的四斤炮不買，跟蘇先生購買什麼火繩槍！

「對，就，就是這種大銃！」王克柔可不像毛貴和傅有德兩那樣，把火繩槍視作雞肋，兩隻眼睛望著朱八十一的手，激動地說：「當初在軍陣裡一聽到聲音，末將就知道肯定是和大銃差不多的東西發出來的，但是沒想到吳將軍手裡的火繩槍射得那麼遠，那麼準。大夥還差著五十多步呢，衝在最前面的人就整整給打沒了一層，再往前衝，誰敢保證吳將軍手裡沒有第二波？」

「歪打正著，絕對是歪打正著！」毛貴和傅有德互相看了看，無奈地苦笑著。

朱八十一的運氣，在整個紅巾軍隊伍中基本沒人能比，而他麾下的這位小吳指揮使，顯然也是一位難得的福將，倉促間拿火繩槍去穩定陣腳，卻沒想到歪打正著，一次齊射就將敵軍的膽子打了個粉碎，接下來就只剩下追亡逐北了。

「你先去忙吧！」見毛貴和傅有德始終對火繩槍提不起興趣，朱八十一也就不再努力向二人推銷此物，將火繩槍交還給往吳良謀。

在大量採用水力鍛錘、鑽臺和縮小版的原始鏜床之後，淮安將作坊的火槍生產已經達到每日五十支上下的水準。特別是劉老實發明的鏜床，令槍管製造速度和成品率都得到大幅飆升，使得將作坊非但能夠為淮安軍自己提供足夠的火槍，還有餘力來滿足外銷，將前期投入的資金連本帶利翻上幾番賺回來。

然而火繩槍的品質和產量都上去了，火繩槍的戰術卻依舊像幾個月前一樣原始，所以朱八十一心裡非常希望將火繩槍推薦給友軍之後，大夥可以群策群力，摸索出更好更適合火繩槍特點的戰術來。

不過很顯然，沒經過後世戰爭場景衝擊的人，很難接受火繩槍這種價格高昂、裝填速度緩慢、威力僅比強弓硬弩稍好一點點的雞肋。

毛貴和傅有德雖然都是難得的智將，卻也不能例外。即便兩人剛親身經歷了一場火繩槍對冷兵器的戰鬥，並且清楚地知道雙方投入的兵力對比，但是他們仍舊寧願把第五軍的輝煌戰績歸功於雙方的軍心士氣和訓練方面，完全忽略武器上的差別。

倒是美滋滋跑來給朱八十一獻寶的王克柔，在發現了徐州軍的「大銃」和自己所獻的那根「燒火棍」的區別之後，並沒有慚愧地逃走，而是眼巴巴地站在旁邊等候。

直到朱八十一的目光再次轉向他時，才結結巴巴地請求道：「大總管，末將如果到了輔兵營，想先學這個火繩槍，不知道都督可否恩准？」

「當然可以，你既然決定留在淮安軍，此物就不會對你保密！」朱八十一對他的要求感覺有些意外，看了他一眼，道：

「不光是這樣，如果你對火繩槍特別感興趣的話，待你在輔兵營的訓練期結束，我還可以考慮讓你專門帶火槍兵！」

「謝大總管器重。末將定粉身以報！」王克柔聞聽，趕緊單膝跪在地上，朝朱八十一抱拳施禮。

作為剛才挨槍子兒的一方，他對火繩槍的認識可說深刻到了極點，甚至比吳良謀這個開槍打人的一方，還要深上幾分。那種眼睜睜地看著手下弟兄忽然間就倒了下去，胸口和七竅同時冒著血，卻找不到是被什麼兵器所殺的恐怖感覺，絕非沒親身經歷過的人所能想像，所以王克柔寧願自己哪怕做不成千夫長，只做個牌子頭，甚至普通小兵，都絕不做迎著槍口的那一方。

「起來，起來，王將軍不必如此！」沒想到王克柔對火槍重視到如此地步，朱八十一趕忙將對方扶起，想了想說：「你手下的弟兄如果願意留下來，跟你一起學用火繩槍的話，也可以讓他們單獨編成一個營，你跟他們一起從裝藥開始摸索，如果學得好，你就是這個火槍營的營長，可以加入咱們淮安軍五支戰兵的任意一支當中。」

「謝都督！」王克柔感動莫名，又要跪倒時，朱八十一搶先一步拉住了他，叮囑道：「你需要習慣的第一件事就是，咱們淮安軍不施行跪禮，特別是在軍中，無論見了誰，哪怕是紅巾的劉大元帥，都是拱一下手便足夠了。」

「是！末將記住了！」王克柔紅著臉答應。

「別老想著火槍的事！」朱八十一笑道：「我有另外一件要緊事問你！」

「大總管請問，末將必知無不言言無不盡！」王克柔恨不能將心肺挖出來以示忠貞。

「你在寶應城裡做千夫長，應該記得該城防禦設施方面的情形吧？」朱八十一問：「關於城牆、敵樓、馬臉，甕城還有城牆的具體高度和厚度，能不能畫張草圖給我？如果你覺得哪個城牆稍顯單薄，也一併告訴我！」

「末將記得！」王克柔想了想，侃侃而談道：「寶應城有四個門，每個門上都有一個敵樓，分三層，每層大概能站四十多個兵。城門兩側都有馬臉，分別在這個位置……」

他蹲下身，在地上邊畫邊講解道：「馬臉處的城牆較厚，大約厚兩丈半，高一丈七尺多，其他地方的城牆稍微薄一些，上面大概六尺寬，越往下越厚，最底部看不出來，但末將估摸應該不會薄於一丈！這個城牆和馬臉都是用黃黏土夯築的，據說築城的時候還放了石頭和糯米漿……」

「你想炸城？」沒等王克柔把圖畫清楚，毛貴和傅有德二人已經猜出了朱八十一的用意，異口同聲地打斷道。

不待朱八十一解釋，二人接下來又憑各自作戰的經驗，反對道：「一丈厚的土城牆，連炸十幾次都未必能炸得塌，並且每次鑿城放火藥的時候，弟兄們都得頂著守軍的滾木礌石上，整體算下來，死傷並不比蟻附低多少！」

「毛總管說得極是！末將在追隨我家趙總管攻打睢陽時，連續炸了二十幾次都沒能把城牆炸塌，最後還是靠弟兄們蹬著雲梯爬上去，才解決了戰鬥！那邊也是這種黃土夯築的土牆，看上去沒磚面的城牆結實，卻特別能扛炸！」

「兵貴神速，即便你最後能將城牆炸塌，前後加起來恐怕也得三四天時間！」見傅有德跟自己想法一致，蒙城總管毛貴附和道：「守軍的士氣如果都像這位王兄弟說的一般差，蟻附攻城估計還會更快些，充其量過後給陣亡的弟兄家裡多發些撫恤便是！」

「末將不才，願意帶領麾下弟兄去拿下此城，請大總管派人用火炮壓制一下城頭上的床弩和弓箭手就行！」傅有德自告奮勇說。

總而言之，他和毛貴憑著各自的實戰經驗，皆認定用火藥炸城牆這個辦法不靠譜。遍觀紅巾軍以往的戰例，除了芝麻李當初攻打宿州時曾經用火藥炸塌了城牆之外，其餘，包括朱八十一在內，都沒有過爆破成功的先例。

朱八十一當然知道毛貴和傅有德比自己的破城經驗豐富，然而，若論玩火藥的水準，廿一世紀的人類絕對能甩六百年前的祖先好幾百條街，所以出於禮貌，他認真地聽二人說了一陣，然後擺擺手道：

「二位兄弟說得都有道理，但是二位有所不知，自打上次讓弟兄們冒死鑽臭水溝，朱某就苦心積慮琢磨著下一次再遇到同樣情況時該如何處理，並且為此特別打造了一整套傢伙用來對付各種城牆。二位不要著急，先讓弟兄們紮了營，用了飯，今天傍晚前，朱某絕對讓二位親眼看到這寶應城是如何被我淮安軍拆掉的。」

「真的？你竟然專門為炸城牆製作了神兵利器！什麼東西？方便的話，趕緊拿出來讓哥哥我看看！」毛貴大感興趣地說。

別的事他可以懷疑朱八十一，唯獨制器一道，在他眼中，朱八十一絕對是天下絕頂高手，並且是曠古絕今，常人根本無法企及的那種高度。

傅有德雖然對朱八十一的話將信將疑，卻知道紅巾軍中的所有武器全是出自眼前這位朱大總管之手，所以也笑了笑，拱手道：「原來朱總管早就胸有成竹，是末將多慮了，請大總管勿怪！」

「二位說這話就見外了！」朱八十一搖頭道：「二位也是為了咱們大夥著想，但是朱某卻不願今後每次遇到堅城，都讓弟兄們用屍體去堆，所以才命人打造了幾套攻城利器。二位如果想看仔細的話，等會兒紮下營盤，用完了飯，儘管點齊各自麾下的精兵到離東城門口三百步外列陣，待朱某打開寶應城後，剩下的事也好交給二位料理！」

「好，就如你所說，你們淮安軍負責炸城，我和傅兄弟負責收拾殘敵！」

「願唯朱總管馬首是瞻！」毛貴和傅有德雙雙答應。

二人都不知道朱八十一準備了什麼法寶，所以心癢難搔。帶領各自麾下的弟兄紮下營盤之後，草草對付了口飯，就點齊精銳，到寶應城東側約定的位置列陣待命。

朱八十一體諒眾人的心思，便沒做太多耽擱，吃完飯，也用最快速度把自家隊伍拉了出來。

三四萬人在城東列陣，寶應城的縣令盛昭即便是個傻子，也猜到紅巾軍準備下手強攻了，趕緊敲起大鼓，把麾下所有能召集起來的兵力全都調到了東門附近。

城上城下忙了個雞飛狗跳，折騰了好一陣，卻發現外面沒有發起衝鋒，他愣了愣，從敵樓中探出半個腦袋，滿臉詫異地向下觀瞧。

只見朱、毛、傅三家隊伍在距離東門偏南，正對著兩個馬臉之間城牆段三百步左右的位置，擺下了三座方正的大陣，彼此間還留著二十多步遠的距離，界限分明。在中央方陣的最前方，則以肉眼可見的速度搭起了一座指揮臺，有個膀大腰圓的黑臉漢子站在臺上，手裡拿著令旗來回搖晃。

「朱屠戶在幹什麼？唱戲麼？」寶應縣令盛昭皺了下眉，滿頭霧水。

就在此時，中央方陣忽然分開，有大約兩千多人馬推著車子，舉著各種奇形怪狀的兵器，緩緩向寶應城的城牆靠了上來。

「他們推的是大炮！老天，他們準備用大炮將城牆轟開！」有名從淮安戰場逃下來的老兵痞，蹲在敵樓附近的城垛後，抱著腦袋大聲驚呼。

「大炮？」

・第九章・

真正殺招

「可不是麼，要不他搭個臺子幹什麼，
那不就是諸葛亮借東風用的法臺麼？」
「對啊，你這麼一說，我就明白了，絕對是掩人耳目，
真正的殺招，還是藏在朱大都督的手掌心裡，
別人即便有了火藥，肯定也學不來！」

盛昭聽了，定睛細看，果然發現在緩緩向前移動的紅巾軍隊伍裡，有近百輛樣子怪異的雞公車，每輛車的輪子都有三尺磨盤大小，上面蓋著厚厚的一塊麻布，被十幾名身穿步甲的壯漢推著。

護衛在炮車正前方的，則是數百刀盾兵，手裡巨盾居然有五尺多高，下面好像也墊著兩個小輪，用手推著大步前進。

護衛在炮車左邊的，則是數百名身穿半身鐵甲的漢子，兩人一組，肩膀上扛著根長長的管子，手裡還拎著幾根長長的木頭棍子，看上去怪異至極。

「火銃，他們又把大火銃抬上來了！」

敵樓的平臺上驚呼聲一陣高過一陣。上午的戰鬥中，守軍可是沒少吃這種大火銃的虧，甭看其笨重無比，射擊頻率也跟床弩差不多，可威力奇大無比，所發射出的彈丸足足有核桃大小，任何甲冑都防不住，只要挨上一下，從前胸到後背就是一個透明的大窟窿。

「朱屠戶真捨得下血本！連大火銃都弄出了幾百支來！」站在盛昭身邊的，是以見多識廣而聞名的主簿趙肖，嘬著牙驚嘆道。

「火銃？此物與咱們手中的大銃有何分別？」盛昭聽得微微一愣，強壓著心中的慌亂問。

「這個麼，就是比小火銃大上一點的火銃。」趙肖在胸前畫了個十字，煞有介事地回道。

這根本就是句廢話！大火銃當然比小火銃大，只要不是瞎子都能看得見，問題是，朱屠戶怎麼把火銃造得那麼大，那麼長，用的時候還不怕炸膛？要是自家官軍也能造出幾百支來，往城牆上一架，還需再擔心紅巾賊的進攻麼？直接用火銃從上往下轟便是，十幾輪轟擊下來，看紅巾軍有多少人命可以往裡頭填?!

涉及到具體製造方法的問題，向這位趙主簿諮詢等同於問道於盲，這位最擅長的便是畫十字架，喊上帝保佑，真正本事卻是半點兒也無。想到此，盛昭無奈地嘆了口氣，將目光再度轉向城外。

目光剛落在護衛在炮車另一側的隊伍上，他的眼睛便再也移動不開了。

那是什麼奇門兵器，怎麼比大火銃還粗？並且長長短短的，每個人手裡拿的都不一樣？最令人費解的是，隊伍中最前方的兩排人還抬著七八張巨大的板子，一看就是由純鐵打造，黑黝黝在太陽下泛著金屬特有的冷光。

「喂，趙主簿，別畫十字架了，那些鐵管子到底是什麼東西，你認識麼？」

專門負責貼身保護盛昭的蒙古百夫長哈斯也看得很是納悶，走到趙肖身邊，用力推了他一把，瞪圓了眼睛問。

「應該是一種秘密武器吧！」趙肖一邊畫著十字架，一邊胡亂說著：「比大火銃管子還粗，就是特大火銃！諸位也知道，那朱屠戶是個妖人，什麼稀奇古怪的東西都可能造得出來。」

「我問你到底是什麼東西，沒問朱屠戶的事！你到底知道不知道？」哈斯把眼睛一瞪，厲聲呵斥。

「是，是管子和鐵板！」趙肖被嚇得兩腿發軟，嘴裡胡亂說道：「管子和鐵板搭在一起，可以蓋房子……我知道了，他們，要靠近了搭箭摟。用鐵管子和鐵板搭箭樓，不怕火燒！」

還甭說，他情急之下矇得還真有些靠譜，那些紅巾軍士卒扛著和抬著的，如果換成竹竿、木板和繩索，不就是搭箭樓的材料麼?!

想到此節，縣令盛昭再也不敢耽擱，立刻扯開嗓子，大聲命令：「床弩準備。瞄準敵軍左翼那些拿鐵管子的，給我射！」

「大人命令床弩射擊。瞄準敵軍左翼，射擊！」傳令兵扯開嗓子，迅速將命令傳遍整個東側城牆。

「是！」兩個馬臉上的守軍答應一聲，舉起木槌，狠狠敲在床弩的發射機關上。

「呼！」十幾根一丈半長的弩箭帶著風聲，呼嘯著朝紅巾軍隊伍的左翼撲了過去，速度快如閃電。

然而，此物畢竟不是閃電，木製的弩桿很快就受到了風力和重力的雙重影響，顫抖著偏離了既定軌道，或者一頭扎進土裡，或者飄起來不知所蹤，只有兩三支靠近了目標，卻被走在隊伍最前方的淮安軍刀盾兵用舉盾及時地擋住，「咚」的一聲，矢鋒入盾半尺，矢桿顫巍巍地來回晃動。

「嗶——！」走在隊伍中的第一軍副指揮使劉子雲立刻吹響了掛在胸前的鐵哨子，將隊伍停了下來。

緊跟著，隊伍中響起了他洪亮的聲音：

「按原定計劃，炮兵以營為單位，就地展開。」

「炮兵以營為單位，就地展開。」

……

負責傳令的親兵則舉著鐵皮喇叭，將命令一遍遍地重複。

早就躍躍欲試的三個炮兵營長聽到，立刻指揮著麾下的弟兄扯下炮衣，推動炮車，將九十門四斤炮分為前後間隔十步遠排成三排，對準寶應城門東側兩個馬臉和兩個馬臉之間的城牆上方。

「呼——」巨弩繼續呼嘯著朝陣地飛來，大部分都落到空處，少部分被刀盾手用舉盾擋住。只有偶爾一兩支能落在大夥腳邊，濺起一串串暗黃色的煙塵。

訓練有素的炮兵對近在咫尺的巨弩視而不見，在每個炮長的指揮下，有條不紊地固定炮身，裝填火藥，壓緊彈丸，整套動作宛若行雲流水。

「嗯！」劉子雲學著朱八十一的樣子，滿意地點點頭，然後再度用力吹了下哨子，扯開嗓子喊道：「開炮射擊！十門火炮一組，循環輪射！在半炷香時間內，把兩個馬臉和城牆上的弩車給我清理乾淨！」

「轟！」黃老二指揮著四斤炮，率先射出第一枚彈丸。

太高了，實心彈丸從左側馬臉的上空呼嘯而過，嚇得上面的守軍手一哆嗦，將木槌砸在剛剛拉開還沒來得及上弩箭的弩車上，直接放了空炮。

「炮口壓低半寸！」黃老二迅速跳到最前排第二門火炮旁，大聲喝令。

「是！」眾炮手答應著，齊心協力，用裝了土的麻袋墊高炮尾，重新壓實。

「轟！」短短數息之後，第二枚彈丸飛出炮口，掠過兩百步的距離，狠狠砸在左側馬臉的城垛口下方二尺處，將城牆砸了個大坑，泥土瑟瑟而落。

「低了，炮口向上調高一個小指頭！你放下，我來！」

黃老二深吸了口氣，快步跑到第三門火炮前，親自動手調整角度。兩隻眼睛就像夜裡的燭火一般明亮。

在弟兄們的全力配合下，第三門火炮也很快調整完畢，怒吼著噴出一顆巨大的鐵彈丸，在半空中拉出一道弧線，砸在馬臉中央，濺起一團淒厲的血霧。

「啊——！」僥倖沒有被波及的蒙元士兵抱頭鼠竄，紛紛朝馬臉兩側的城牆退去，卻又被城牆上的百夫長們用刀子直接給砍了回來。

「別慌，給我用弩車射！他們不可能每一炮都打得這麼準，咱們也不可能一直射不中。給我射，快給我射！誰敢跑，老子先宰了他！」

在死亡的威脅下，眾官兵又掉頭逃回馬臉，手忙腳亂地重新拉開弩臂，裝填弩箭。

「嗖——嗖——嗖——！」數支巨弩落進炮兵陣地中，濺起兩團血花。

「轟！轟！轟！」

已經摸索出大致射擊角度的炮兵們，立刻以狂轟濫炸相還，數十枚滾燙的鐵彈丸帶著尖嘯落在馬臉和馬臉前方的城牆上，砸起大團大團的血霧和煙塵。

「炮兵，開炮射擊！十門火炮一組，繼續輪射！」

劉子雲興奮地揮舞著令旗，圍著炮兵陣地來回跑動。

「半炷香時間必須把兩個馬臉清理乾淨，有外人在後邊看著呢，咱們不能給都督丟臉！」

外人，自然指的是毛貴和傅有德兩個，以及他們麾下的將士們。

雖然他們是好心前來助戰，但淮安軍上下還是湧動著一股和客軍一爭短長的暗流。特別是最底層的士兵，這幾天從行軍速度到紮營時的整齊程度，再從身上鎧甲、手裡的兵器，到走路時的精氣神，私下裡已經不知道比較過了多少次，每一次比拚的結果，都令大夥胸口挺得更高。

這回也是一樣，在自豪感的驅動下，炮兵們將火炮操作得格外流暢，每當聽到自家連長的喊聲，就是十門炮口同時噴出怒火。緊跟著，十枚滾燙的彈丸落在對面的馬臉內外，將守軍砸得鬼哭狼嚎。

而防守一方顯然不具備任何對付火炮的經驗，幾度被炸得抱頭鼠竄，然後又幾度在一名千戶的號令下再度跑回馬臉，試圖用床弩和強弩進行反擊。

但是，在這個距離上，受氣流和操作者水準的雙重影響，床弩和強弩不具備任何準頭，而淮安軍射出的鐵彈丸卻憑藉著數量優勢，每一輪齊射總有幾枚彈丸能夠恰巧落在目的地區域，將敢於暴露出來的床弩還有操作床弩的守軍士卒一併砸得四分五裂。

很快，左側的馬臉上面就再也找不到一架完整的弩車了，再也無法給進攻方製造任何騷擾。劉子雲迅速指揮炮兵調整方向，瞄準右側的馬臉，再度狂轟濫炸。

依舊是勝的毫無懸念，有左側馬臉上屍骸枕籍的先例在，右側馬臉上的守軍個個心驚膽戰。只勉強招架了兩三輪，就丟棄了造價高昂的弩車，撒腿跑向附近的城牆。

「調整炮口，對準城牆，給我來十輪吊射！」劉子雲十分滿意地點點頭，轉身看向黃老二命令道。

「是！」黃老二答應一聲，撇著屁股再次衝向距離自己最近的火炮，調整射擊角度和炮口指向，把城牆當作下一個攻擊目標。

「轟！」「轟！」「轟！」幾門被他安排用來校準的四斤炮率先開火，彈丸或者落在城外，或者落在城內，居然沒有一枚砸在六尺寬的城牆頂端。

「呼——！」城牆頂端擠得密密麻麻的守軍將士齊齊鬆了口氣，用手拍打自己的胸口。

然而，沒等他們將這口氣吐完，天地間忽然一暗，緊跟著又是十幾枚滾燙彈丸呼嘯著砸了過來，落在正對炮口的城牆上，炸起一股股暗黃色煙塵。

「轟！」緊跟著又是十枚鐵彈丸，或者掉在土築的城牆表面，塵土飛濺，或者恰巧落在城牆上，將猝不及防的守軍砸得筋斷骨折；或者落進城內，砸中靠近城牆的房子，給屋頂開出一個個巨大的天窗。

「啊！娘——！」有個不幸被炮彈打沒了半截身體的守軍，拖著長長的血跡，在城牆上絕望地爬動。

「兄弟！」數名鹽丁出身的軍漢圍著一具已經看不出人樣的屍體，放聲大哭。

「轟！」「轟！」「轟！」更多的炮彈砸在城牆內外，濺起滾滾黃煙。

雖然每一輪射擊所發出的大半數彈丸都沒有打進城牆頂部的人群當中，但傷者和死者的慘狀，卻讓守軍們個個魂飛膽喪，趁督戰的百夫長千夫長們不注意，趁空撒腿就跑。

「站住！馬道上有督戰隊，你跑下去一樣是死！」

督戰的百夫長和千夫長們則不得不用殺戮來維持軍紀，然而，殺戮的效果終究有限，在留下來挨炮彈和逃走挨刀子之間，蒙元士兵顯然更願意選擇後者。

很快，被炮火集中攻擊的城牆上就剩不下多少人了，沒有逃走的士兵全都將身體死死地貼在垛口後，雙手捂著耳朵瑟瑟發抖，任軍官如何督促也不肯抬頭。

「轟！」一枚炮彈正好砸在城頭的火藥箱子上，引起了劇烈的殉爆，巨大的灰白色蘑菇雲騰空而起，扶搖直上九霄。

然而，在蘑菇雲被風吹散後，爆炸點附近的城牆卻只被燒黑了一大截，甭說出現大段坍塌了，連個像樣的豁口都沒能留下。

「我早就說過，拿火藥對付城牆很費勁！」毛貴遺憾地搖搖頭，嘆息著對身邊的傅有德說道。

「是啊，朱總管這邊的炮手比我們那邊高明太多！」傅有德關心的卻是另外一個重點，用手掏了掏被炮聲震遲鈍的耳朵，回答的驢唇不對馬嘴。

「我是說，用火藥炸城事倍功半！」毛貴哭笑不得，將嘴湊到他耳邊大聲道。

「什麼，你說火藥！」傅有德眼睛盯著城頭，又是不著邊際地說道：「火藥各家都是一樣的。城牆上守軍的也許配方會差一些，但咱們紅巾軍各家肯定都是一樣的！」

「算了，不跟你說了！」毛貴氣得沒法，只好策動坐騎走開，繼續去觀察淮安軍的動作。

發現就在自己注意力被城頭上的殉爆所吸引的時候，連老黑已經指揮著抬槍營走到距離城牆一百步位置，有條不紊地支開三角形鐵架子，將一百五十桿造價昂貴，看起來又蠢笨至極的大抬槍支了起來。

「嗖！」城牆上，有守軍士兵隔著城牆垛，從射擊孔中射下了幾支羽箭，大部分被風吹歪，飛得不知去向，只有零星一兩支射進抬槍營的陣地裡，在大夥胸前的板甲上擦出了幾串火花。

「奶奶的，居然敢還手！都給我瞄準了狠狠地打！」連老黑被點起了熊熊怒火，舉起鐵皮喇叭發出命令。

「呼！」最前排的三十桿抬槍立刻噴出白煙。將一兩半重的彈丸順著城牆的垛口砸了進去。

火星飛濺，表面貼了青磚的城牆垛口被彈丸砸出了無數個小豁口，四下飛射的磚屑落在垛口後的士兵臉上，迅速撕開無數道血痕。

「啊！」幾名蒙元士兵再也無法忍受這種光挨打還不了手的恐懼，站起來撒腿便逃。

血光立刻隨著槍聲從城牆上飛起，大抬槍射出的彈丸從背後找上他們，將他們的身體打了個對穿。

「啊——！」瀕臨死亡的傷者拼命用手去堵胸前的大洞，卻無法阻止血漿向外噴湧，轉眼間就因為失血過多，一頭栽倒。

「轟！」「轟！」「轟！」又是一排實心炮彈砸上城頭，跟抬槍配合著，打得守軍抱頭鼠竄。

很快，正對著抬槍和炮兵陣地城牆上三丈多寬的位置就再也站不住人，包括督戰的將領在內，都抱著腦袋，亂哄哄地向城牆其他地方逃竄，唯恐爹娘給自己生的腿太短。

「原來抬槍可以當床子弩用，並且比床子弩輕便許多！」城牆外，不知不覺向前走了一百多步的傅有德看得心醉神馳，扭過頭，衝著身邊的空氣說道。

話說完，才發現毛貴早已不知去向，他扭著頭四下觀望，只見在淮安新一軍副指揮使劉子雲的身邊，蒙城大都督毛貴手舉刀鞘，對著一個龐大的鐵戰車又敲又打，興奮得手舞足蹈。

而先前拿在士兵們手中的鐵管子和鐵板，則變成了這輛戰車的支架和車頂，被特製的鐵夾子固定在一起，穩如磐石。

「拆遷車準備完畢，向大都督請示，可否立刻去拆城？」第一軍副指揮使劉子雲向著身邊的傳令兵大聲招呼。

「拆遷車準備完畢，請求對寶應城東牆進行拆遷！」傳令兵立刻按照平日訓練時養成的習慣，用旗幟和號角將劉子雲的請求傳到後面的指揮臺上。

「通知劉子雲，拆遷開始！」指揮臺上，早已等待不及的朱八十一搓了幾下手，將命令發了出去。

「拆遷開始！」命令經過旗幟和號角迅速傳到戰鬥第一線。

劉子雲眼睛登時一亮，挺起胸口，驕傲地揮動土黃色的令旗，「都督有令，拆遷正式開始！刀盾兵掩護！近衛團三營，將攻城車推進到城牆腳下，分組挖火藥池！」

「是！」數百條漢子齊聲答應，彎下腰，推動七輛渾身上下散發著冰冷光澤的鐵架子車，「轟隆轟隆」向前行去，所過之處，留下數道深深的車轍。

「嗖！」「嗖！」「嗖！」守軍顯然也發現了這幾輛龐然大物，從距離最近的幾段城牆上，將床弩像不要錢般射了過來。大部分都偏離了目標，只有一兩支僥倖命中，被車頂的鋼板所阻擋，「噹」地濺起一串火星，飛出老遠。

「轟！轟！轟！」炮營立刻調轉炮口，對著床弩發射的位置展開報復性射擊。龐大笨重的弩車迅速被分解成一堆堆零件，周圍的守軍將士抱著腦袋，東奔西逃。

「不要跑，給我……」

有名蒙元將領舉刀督戰，剛一露頭，就被數桿大抬槍同時瞄上，其中一枚彈丸正好打中了他的鼻子，將半個腦袋從身體上打飛起來，跳起到半空中，紅紅白白落得到處都是。

見到此景，原本就士氣低落的守軍更不願露頭，一個個將腦袋縮在垛口後，撅著屁股，口裡大念各種禱告詞：「觀世音菩薩，如來佛祖，穆罕默德，上帝，大光明神，請你保佑信徒過了這關，信徒一定給您捐十兩香油，絕不打折，不敢再拿發了臭的豬油糊弄您！」

過往神仙顯然對香油不太感興趣，沒使出任何法術來阻止淮安軍的鐵車繼續朝城牆靠近。轉眼間，七輛鐵車就跟城牆緊緊貼在一起，帶隊的都頭一聲呼哨，眾人迅速拆掉車輪，將鐵車變成了鐵涼亭，穩穩地坐在了城牆根處。

「開挖！」近衛團長徐洪三大喝一聲，從車廂中抄起一把巨大的鑽頭，奮力頂在城牆上。

「開挖！」隊伍中的連長、都頭們大聲回應，藏身在車廂內，將一桿桿七尺多長，兒臂粗，末端帶著搖柄的鑽頭頂在距離自己最近的城牆上。

其他近衛營的士卒則在夥長們的指揮下，以十人為一組，齊心協力轉動搖柄。「嗤嗤嗤，嗤嗤嗤，嗤嗤嗤……」土牆被鑽破的聲音此起彼伏，很快，鑽桿就進入了城牆半尺多深。暗黃色的泥土，像流水般順著鑽桿的尾部汩汩下淌。

「他們在鑿城！」

臨近城牆段上的蒙元官兵雖然看不見徐洪三等人在鐵車裡鼓搗什麼勾當，卻本能地感覺到大事不妙。一名親兵百戶打扮的傢伙跳起來，先大喊了一嗓子，然後帶頭衝向鐵車上方的城牆段。

「轟轟轟，轟轟轟！」數枚炮彈疾飛而至，砸在他身前身後，煙塵滾滾。這位身手敏捷且足夠幸運的百夫長卻毫髮無傷，三步併作兩步衝到目的地，鋼刀猛揮，將掛在城頭的釘拍綁繩砍做兩段。

「呼！」重達三百餘斤，表面釘滿了鐵刺的釘拍在重力的作用下迅速砸落，眨眼間就與鐵車來了個親密接觸。

「轟隆～」鐵車被砸得發出巨大的轟鳴，震得徐洪三身體發麻，耳鳴不止。然而，釘拍的下衝力量，卻被鐵車上那些橫橫斜斜的支撐臂盡數分散，根本無法奈何車身分毫。

「繼續鑽，別管他們！」近衛團長徐洪三迅速抬了下頭，衝著被嚇得臉色發白的弟兄們吩咐。

「是！」發現頭頂的車廂板沒有絲毫變化的淮安士兵們齊聲答應著，繼續轉動搖桿，將鑽頭不斷向城牆內推進。

「來人，給我扔滾木！」勇悍的親兵百夫在城牆上大叫，招呼手下跟自己一道去拼命。

只是這一回，他的好運終於用完了，沒等手下的親兵們舉著盾牌靠近，兩顆一兩半重的抬槍彈丸已經打在了他前胸處，將他直接打得飛了起來，像只破麻袋一般從城牆內側落了下去。

「呼啦啦——」尾隨著百夫長衝上這段城牆的親兵們，又亂紛紛地轉身後退，倉惶如一群受驚的野兔。淮安軍的抬槍手們卻從背後瞄準了他們，以緩慢至極的速度，將跑得最慢的幾個人打飛了起來，慘叫著跌下城頭。

「衝，給我衝上去扔石頭！點盞口銃！」

又一名全身披掛的蒙古軍官從敵樓裡跑出來，將逃得最快的兩名親兵挨個剁翻，「大人平素待爾等不薄，需要爾等出力的時候，爾等豈能如此？衝，誰不衝，老子先砍了他！」

「衝吧，大人看著咱們呢！」眾親兵們被逼無奈，只好掉頭再度衝向鐵車正對的城牆，冒著被炮彈和子彈射殺的風險，將滾木雷石接二連三丟了下去。

「轟！」有人點燃了盞口銃，將拳頭大的彈丸從城頭射下，打在鐵車廂的頂板上，鑿出一個深坑。

鐵車廂搖搖晃晃，卻始終沒有散架。將大部分滾木礌石都擋在了車廂之外，給裡面的淮安軍弟兄撐起了一片安全的天空。

「注意檢查深度，到一號標記為止！」

近衛團長徐洪三擦了把汗，扯開嗓子高喊，然後親手抓住搖柄，逆著先前的方向倒轉，粗大了鑽桿緩緩從牆上退出，留下了一個四尺深、直徑五寸多的渾圓型小洞。

身邊的弟兄們立刻從鐵車中拿起一個預先準備好的細長條火藥包，從洞口迅速塞了進去，只留下一條長長的絲絨捻子在外面。

「打下一個！」徐洪三煞有介事地點點頭，將巨鑽對準距離第一個孔洞半步遠，高度差不多平齊的位置，開始了新一輪打孔工作。

「嗤嗤嗤，嗤嗤嗤……」鑽頭破土聲又緩緩響起，眾弟兄們藏身在鐵車下，滿臉興奮，揮汗如雨。

「點盞口銃！」一名文職打扮的幕僚衝出敵樓，指揮著百餘名守軍勇士發起決死反擊。

「轟！轟！轟！」更多的盞口銃和竹節大銃噴出彈丸，砸在鐵車廂頂部和側面，鐵車廂搖搖欲墜。

幾名藏身在車廂下，位置稍為靠外淮安軍弟兄不幸被射中，軟軟地栽倒。附近的其他弟兄迅速將他的屍體推開，走上前，替他繼續轉動搖柄。

「嗤嗤嗤，嗤嗤嗤，嗤嗤嗤……」鑽頭高速轉動，一個又一個直徑在五寸上下，深達四尺的孔洞，出現於城牆表面，整齊得宛若一排排等待校閱的士兵。

更多的滾木雷石砸下來，砸在鐵車頂部，發出震耳欲聾的轟響，更多盞口銃和竹節大銃從側面向鐵車發射彈丸，打出一串串淒厲的血光。

然而，鑽孔聲卻始終沒有停下，「嗤嗤嗤，嗤嗤嗤，嗤嗤嗤……」宛若猛獸在深夜裡磨著他們的牙齒。

「呼！」連老黑號令抬槍兵來一次齊射，把敢於將身體露出城垛的守軍，連同那名不怕死的幕僚打得倒飛而起，血漿和碎肉像雨一般四下濺落。

城牆上瞬間出現了大段空檔，然而，很快，第四波蒙元士兵就再度沿著臨近的馬道衝上，一隊接一隊，蒼白的面孔上寫滿了絕望。

「轟！轟！轟！」黃老二指揮火炮，朝鐵車正上方的城牆和臨近的城牆頂端狂轟濫炸，將一門又一門盞口銃和大銃炸成了廢銅爛鐵，守軍成群結隊地砸成肉醬。

更多的守軍卻在縣令盛昭的逼迫下，不斷衝上城頭。

彷彿猜到城牆即將不保一般，縣令盛昭集結起麾下全部力量，一波接一波，捨生忘死，將滾木、雷石，甚至自家同伴的屍體，都當作武器朝鐵車砸下。很快，鐵車頂上就落滿了各種重物，並且不斷有新的重物從半空中往下砸，冰雹一般，無止無休。

「啪！」有具屍體貼著鐵車的頂部邊緣滾落，濺起一團血漿，將徐洪三的戰靴迅速鍍上了一層殷紅。

「繼續鑽，別分神！這鐵車徐某先前試過，可扛上千斤水錘的重擊！」徐洪三一腳踢開落在身邊的殘肢，扯開嗓子，大聲喊道。

「繼續鑽，別分神，鐵車是咱們朱都督親手打造的，有它在，誰也奈何不了咱們！」車廂內的連長、都頭們，也紛紛抹了把汗，大聲給自家弟兄鼓勁。

在制器一道上，「朱都督」三個字，就是最好的招牌，原本被頭頂上的聲音吵得有些心驚的弟兄們愣了愣，立刻又精神抖擻。**朱都督親手打製的，城上幾塊破石頭怎麼可能砸得爛？他是彌勒佛的凡間肉身，彌勒佛親手做出來的東西，就是神器，常人怎麼可能破得了?!**

「嗤嗤嗤，嗤嗤嗤……」鑽桿破土的聲音繼續在城牆下迴盪，聽起來就像一曲宏大的音樂。伴著樂聲，一個又一個直徑三寸左右的深孔出現在城牆上。兩個馬臉之間，長兩丈，寬四尺，距離地面三尺高的區域，密密麻麻排滿了鑽孔，遠遠地看上去，像一個巨大的蜂巢。

兩百多個裝了五斤左右黑火藥的長條型布包，被一個接一個塞進了鑽孔，用絲綢裹著黑火藥搓成的藥捻從洞孔裡拉出來，每十條搓成一根，拉出一丈遠，又再度被捆在一起，搓成一根胳膊粗的巨大藥捻，在盾牌手的保護下向更遠處延伸。

不斷有新的孔洞被打好，新的藥捻被拉出來，與原來的藥捻繫在一起。不斷有新的火藥包被盾牌手從本陣用推車運到城牆下，交給徐洪三等人塞進新的孔洞，將蜂巢變得越來越密，越來越恐怖。

終於，最後一個孔洞被打好，塞入了火藥包，拉出藥捻。

徐洪三抬手擦了把汗水，大聲喊道：「盾牌手過來掩護，聽到炮聲，大夥一起後退！」

「盾牌手，盾牌手過來掩護！」立刻有人舉起鐵皮喇叭，向後方發出聯絡信號。

大隊的盾牌手推著半人高的包鐵巨盾，列隊衝上，將鐵車下勞碌了半個多時辰的徐洪三等人護住，緩緩地退離了城牆。

有五十多名弟兄卻永遠留下了那裡，先前大夥忙著轉動鑽頭的搖柄，沒太注意到自身的傷亡。直到此刻，才發現原來鐵車也不是萬能的，並沒有為大夥擋住所有方向來的攻擊，只是當時誰也沒來得及分心而已。

「快退，都督說過，所有人必須退出三丈之外！」徐洪三及時地舉起喇叭大吼了一聲，將眾人從震驚與悲傷中喚醒。他自己卻猛然停住腳步，在三面巨盾的保護下，從腰間取出火摺子，迅速點燃。

「退，退！」他揮動著火摺子大叫道，催促眾人遠離城牆，遠離自己，直到確定所有弟兄都退到了安全距離之外，才猛的一哈腰，將火摺子狠狠地按在藥捻上，然後拉了一把距離自己最近的那名盾牌手，撒腿就跑。

「嗤——嗤嗤——嗤嗤——！」

沒人再管徐洪三和那三名盾牌手如何倉惶逃命。所有人，包括炮兵都停止了射擊，將目光落在燃燒著的藥捻上。

「嗤——嗤嗤——嗤嗤——！」

粗大的藥捻冒著滾滾白煙，朝城牆上的蜂巢迅速靠近，靠近，靠近。忽然間，分散成數百條火蛇，飛一般朝城牆上的每個深孔鑽了進去。

「轟！」「轟！」「轟！」

一連串沉悶的爆炸在城牆根部響起，不是大夥預料中的驚天動地，而是略顯沉悶，就像暴風雨前的悶雷，貼著地面來回翻滾。

「轟！」「轟！」「轟！」

一連串的悶雷聲中，寶應城東側距離兩道馬臉之間的城牆，像打擺子一般，不停地顫抖。最後猛的一哆嗦，竟然以肉眼可見的緩慢速度癱倒於地，直上直下，就像被雨水泡軟了的泥巴。

當最後漫天的黃煙散去，城上城下一片死寂，所有人望著兩個馬臉之間突然出現的那個巨大缺口，目瞪口呆。

包括朱八十一自己，都被爆炸的效果給嚇得兩眼發直，這是他第一次將大學裡某門差點沒考及格的功課實際應用於物品上，沒想到知識的力量是如此巨大！

在此之前，他甚至做出連炸三到五次的準備，並且為此打造了數以萬計的條形火藥包。現在看來，剩下的火藥包已經沒必要用了。寬達三丈，高度不及四尺的缺口，足夠讓一支大軍作為入城通道。而城內的防守者，無論如何都不可能在極短時間內再將這個缺口重新堵死。

「炮營，換開花彈，沿著缺口向內延伸射擊！」用最快速度恢復心神，從親兵手裡搶過鐵皮喇叭舉在嘴邊，朱八十一大聲命令。

「換開花彈！」黃老二、徐一和朱晨澤等人如夢初醒，衝著身邊還在呆呆發愣的弟兄們連踢帶打。

「換開花彈！使勁朝城裡轟，給戰兵弟兄們開道！」眾炮兵們從驚愕中被打醒，木然地嚷嚷著，跑向陣地後的彈藥箱子，從裡面找出標記著一朵花的彈丸和用紙筒定裝的發射藥，扛著跑回來，在同伴的協助下，手忙腳亂地塞進炮口。

「抬槍兵，壓住兩側馬臉上的敵軍！」朱八十一大聲命令著。

「抬槍兵，壓住兩側馬臉上的敵軍！」隊伍中終於又響起了回應聲。從震驚中恢復了神智的傳令兵們，舉起喇叭，將最新的命令一遍遍重複。

「第五軍第一團、第二團準備——」

朱八十一將目光轉向身後躍躍欲試的吳良謀。

就在此時，傅有德終於清醒過來，策馬衝向自家隊伍，一邊衝，一邊揮舞著手臂大喊：「弟兄們，跟著我來！朱總管把路已經給大夥開好了，咱們不能光看著！」

「殺啊！」人群中爆出一聲吶喊，被喚醒的傅部將士迅速舉起兵器，在千夫長和百夫長的帶領下，潮水般衝向被炸開的缺口。

「轟！」「轟！」「轟！」震耳欲聾的爆炸聲搶先在缺口處響了起來，將附近所有來不及躲避的活物全都炸成一團團肉泥。

爆炸聲也將癱成一團的寶應縣令盛昭從迷茫中喚醒，看了看不遠處那處巨大的豁口，再看了看敵樓中同樣失魂落魄的各級官員，和契哲篤派來「保護」自己的幾個蒙古武士，嘆了口氣，整理一下官袍，走到護欄處翻身躍下。

「大人——！」心腹家丁盛明拉了一把沒拉住，眼睜睜地看著自家老爺掉在城外摔成了一團肉餅，也嘆了口氣，緊跟著翻出了護欄。

「這……」主簿、孔目還有平素在縣衙裡算得上頭臉人物的各房管事們互相看著，不知所措。

自殺也需要一定勇氣才行，而他們這些芝麻綠豆大的小官，身上最缺的就是勇氣，但是，如果不自殺殉國的話，敵樓裡還有幾個蒙古老爺在，每個人手裡都拎著血淋淋的刀子，萬一他們像剛才督戰時那樣，用刀子逼著自己往城下跳……

正惶恐不安間，卻聽見幾個蒙古武士中職位最高的哈斯咧了下嘴，大聲說道：「這什麼這？還不趕緊打開城門迎接朱總管入內？咱們已經盡力了，剩下的事就得認命！只要交得起贖身錢，他不會拿咱們怎麼樣！」

「這，啊，是是！」一眾頭面人物由怔忡中回過神來，衝向控制鐵閘的絞盤，「快點，把絞盤拉起來，開城投降。剛才那些冒犯朱總管虎威的事，都是姓盛的逼著大夥幹的，如今姓盛的已經死了，大夥還愣著幹什麼？」

姓盛的？死了？嚇得失魂落魄的士兵們向城下看了一眼，剛好看見盛昭鮮血淋漓的屍骸。

的確是死得不能再死了，並且還是個糊塗鬼，人家蒙古大爺根本就沒想到與城俱殉，他不過是個漢官……

不過無論如何，既然連幾個蒙古大爺都投降了，大夥還堅持個屁啊，當即敵樓裡就又呼呼啦啦衝出好幾十號人，七手八腳去幫忙轉絞盤。

誰料城外的紅巾軍卻不領情，立刻將炮彈不要錢般朝上面砸了過來。雖然因為倉促間失了準頭，沒砸中任何人，卻也把守軍將士嚇得又趴在了城牆上，人摞著人，屁股壓著屁股，再也不敢輕舉妄動。

「得先掛白旗，否則淮安軍那邊不認！」有一名老兵油子見多識廣，借著城下給大炮裝填火藥的間歇，扯開嗓子提醒。

「那就掛啊！」寶應縣主簿趙肖跺了下腳，氣急敗壞，「趕緊掛！沒有？來人，脫裡衣，誰的裡衣是白色的，全給我脫下來，先從本主簿開始脫起，快點。炮彈就要打過來了！都什麼時候了，還在乎臉面！跟命比起來，臉就是個屁！」

在某些人眼裡，跟命比起來，臉的確還不如屁股，特別是那些常年跟在異族身後為虎作倀的傢伙眼裡，根本沒有「尊嚴」這個詞存在。

很快，一整串白色的裡衣就被挑在敵樓附近原本該豎戰旗的位置上。緊跟著，城門「吱呀」一聲，被守軍自己從裡邊打開，鐵閘、內門，也統統被扯起。

幾個蒙古武士和寶應城的各級官吏帶著還沒有來得及逃走的守軍，整齊地跪在門洞兩旁，將兵器高高地舉過頭頂，嘴裡高喊著：

「投降！我等投降，請朱總管准許我等花錢贖命！」

「投降！我等投降！」

臨近的馬臉、街道旁，連同其他各處城牆段上沒力氣逃走的守軍，也將一大堆白色的布片爭先恐後地挑了起來，唯恐動作慢了，成為紅巾軍的發洩目標。

「哼！」帶隊衝在最前方的傅有德鋼刀虛劈，恨不能從地上拉起一個人來碎屍萬段。

帶隊衝鋒不是一件簡單事，需要保持隊伍的整體推進速度，保持各兵種間的有效配合，還需要考慮到守軍可能進行的反撲。

誰料想，他好不容易把這些工作全做仔細了，並且以最快速度推進到城牆坍塌處，結果卻沒遇到任何抵抗，就像掄著幾千斤的大鐵錘一錘子砸在了棉花上，一點兒勁也沒有，甭提心裡有多慫慌了。

殺降，絕非一名真正的武將所為！而徐州紅巾從芝麻李起義那時起，就沒有殺降的習慣，更何況眼下守軍那副窩囊樣子，腦門都磕出血來了，讓他怎麼可能還忍心髒了自己的手，將鋼刀在半空中接連虛劈了二三十下，最後狠狠吐出一口氣，「呼！都他娘的讓開。投降去找朱大總管。老子只管殺敵奪城！」

「是，將軍！」城牆坍塌處的守軍千夫長跪著將身體挪開了數尺，一邊磕頭一邊大聲道：「將軍請進，縣衙就在十字街口靠北位置。糧食還有下個月的軍餉，都在縣庫裡邊封著呢。您需要小的帶路麼？小的跑得最快，可以馬上帶您過去！」

「將軍請從正門入城！」在大門口跪著的趙肖也高喊著，生怕來客被搶走了：「下官是寶應縣的主簿，對城裡再熟悉不過，下官願意替將軍帶路，將縣衙拿下來！」

「哼！」傅有德猶豫了一下，撥轉坐騎，走向城門。

寶應縣的官吏見狀，爭先恐後地圍上來，伸手替他和周圍的幾個親兵拉韁繩，熱情如火地招呼道：「將軍請走這邊，小的給您牽馬。將軍，小的路熟，保證將您帶到……」

「哼！」傅有德鄙夷地在鼻孔裡頭哼了一聲，終是耐不住眾降官的熱情，留下自己的副手帶著一千弟兄接管城門，自己則帶著其他弟兄，順著長長的街道徑直向縣衙開去。

沿途不斷有來不及逃走的潰兵紛紛跪在路邊請降，傅有德看不起他們，也不搭理，直接讓他們繼續跪在那裡等著朱大總管來收容；還有一些大俠小俠們扯了紅布包住腦袋，冒充紅巾軍趁火打劫。

這可是犯了傅有德的忌，直接命人抓住砍了，將血淋淋的腦袋掛在路邊的樹上，以儆效尤。

同時，他分出幾哨兵馬，沿著街道和胡同來回巡視，見到有禍害百姓者，無論是潰兵還是地痞流氓，全都一刀了帳。

在他的全力彈壓下，城內的亂象很快就平息下去，縣衙和官庫附近的潰兵也被驅散，大門二門都貼上了封條，留待朱八十一和毛貴兩個入城後再行處理。

當西面的城頭又出現火燒雲之時，整座城市已經順利易主，走在街上的紅巾將士們個個意猶未盡，一邊張貼告示安撫百姓，一邊七嘴八舌地議論白天時親眼目睹的奇景。

「原來火藥還可以這麼用？老子今天可算開了眼界了。跟朱大總管比起來，大夥以前那種用法，簡直就是敗家子！」

「可不是麼？以前咱們炸一堵城牆，少說也得兩三千斤火藥吧？還不一定炸得動，你看人家朱總管，總計才用了幾百斤，就把城牆給炸出那麼大的口子來！」

「那不完全是炸的吧，以前炸可不像這動靜！」有人作戰經驗多，憑藉記憶裡模糊的印象，感覺出這次的炸城的聲響與先前大不相同。

「當然不完全是炸的，朱總管是什麼人啊，那可是彌勒……」另一名來自徐州的士兵四下看了看，用極低的聲音神秘兮兮地說道：「彌勒佛的肉身，你們知道麼？去年差不多也是這時候，他老人家就用了兩竹筒火藥，就把兀剌不花給炸上天了。要我看，什麼火藥不火藥都是障眼法，真正起作用的，還是他老人家的佛咒。」

「就是啊，要不他搭個臺子幹什麼，那不就是諸葛亮借東風用的法臺麼？」

「對啊，你這麼一說，我就明白了，絕對是掩人耳目，真正的殺招，還是藏在朱大都督的手掌心裡，別人即便有了火藥，肯定也學不來！」

「說什麼呢，不懂別瞎咋呼！」旁邊有個百夫長聽大夥越說越不像話，豎起眼睛，大聲呵斥道：「殺豬殺屁股，各有各的殺法。咱們趙總管以前炸城，雖然用火藥多一些，可也沒調大炮和抬槍助陣，而朱總管今天，光是炮彈恐怕就打了好幾百發，細算下來，未必比咱們趙總管省！」

「這，行，你說得全對還不行麼？」被呵斥的人心裡不服氣，嘴上卻不願讓人抓住什麼不尊重上司的把柄。轉過臉去，悻悻地回應。

「不過話說回來，人家朱總管燒錢燒得起！」另一個剛剛張貼完安民告示的牌子頭湊上前，搭著話說：「咱們趙總管手裡的錢沒朱總管寬裕，當然不能拿炮彈當石頭往外扔，人家朱總管呢，守著一個大鹽倉，不缺錢，自己又會造炮，所以就怎麼寬裕怎麼來！」

「嗯，這還像句人話！」爭論的雙方都撇撇嘴，用力點頭。

「唉，啥時候咱們趙總管手頭也能像朱總管一樣寬裕就好了。」還有人聽了低聲長嘆。

「這……」一句話徹底說到了大夥心裡頭。看看不遠處盔明甲亮的淮安軍，再看看自己身上半舊的皮甲，眾人忍不住搖頭嘆氣。

這人和人，這不能比啊。以前，大夥都是一個鍋裡掄馬勺的，雖有差別，但沒到讓人眼紅的地步；如今，看看人家淮安軍，再看看自己……唉，早知道這樣，當初真該狠下心，偷偷跟著朱總管的船隊走了，省得像現在這樣，看著別人裝備兵器乾流口水！

徐州軍的蘇州軍士卒都在羨慕淮安軍的武器裝備時，毛貴和傅有德兩個則不約而同地將目光落在朱八十一手中那幾輛攻城車上，圍著縣衙院子裡已經重新恢復成管子和鐵板的零件，就像貓聞見了腥。

這東西，他們這次出征雖然沒有隨軍攜帶火炮，但各自的老巢裡卻都儲備了不少。特別是朱八十一上個月很夠義氣地給大夥打了七折之後，每門四斤炮的售價只有七百斤銅，並不比徐州和宿州自己的武器作坊開工鑄炮貴許多，如果扣掉養工匠的開銷，可能還稍便宜些。所以他們跟朱八十一的交情再深，也不會再去打後者手裡火炮的主意。

而全身板甲這種超級防具，在毛貴和傅有德二人看來，也不宜裝備太多，以二人在戰鬥中摸索總結出來的經驗，一場動輒數萬人參與的大戰，真正起到決定性作用的，往往是主將所依仗的那幾千精銳。其他戰兵和輔兵，大都數情況下都不用冒著箭雨衝陣或者近身肉搏，所以裝備皮甲和裝備造價高昂的板甲，其實沒多大區別。

況且這種精銳，也不是隨便拉一個人穿上鎧甲就能充當的，那需要過人的體力，勇氣和協調的四肢。即便用了朱八十一提供的練兵秘法，一百人當中幾番淘汰下來，也得不到幾個。

就像古時的白耳兵、虎豹騎和宋代岳爺爺的背嵬軍，規模不需要太大，控制在一定規模，反而會增添隊伍的戰鬥力和將士們的榮譽感。如果是個人練上幾個月便能進了，反而會顯得平庸，戰鬥中所起到的作用也隨之大幅降低。

所以毛貴和傅有德二人心中，眼下最需要從朱八十一這裡討要的，就是下午破城時所用的鐵甲攻城車。有了這東西，以後他們再去炸對手的城牆，在鑿穴安放火藥階段，自身的傷亡就會大幅降低。

而這一階段的傷亡數字，以往通常都佔了整個破城戰鬥的傷亡人數的一多半，如果把這個數字降低到與下午時淮安軍同樣的水準，即便一次炸不塌城牆，反覆多來幾次，損失也在可承受的範圍之內。

第十章

最是無情帝王家

最是無情帝王家！
這句話，幾乎在世界各地都通用，因此不用仔細琢磨，
李齊和納速剌丁兩個就知道揚州方面不可能發來一兵一卒了，
而以眼下守軍的士氣和實力，想堅持到董摶霄趕到，
無異於癡人說夢。

「這個東西造起來其實很簡單，等打完了揚州，我把草圖拿給你們！」早就猜到毛貴和傅有德兩個會喜歡上鐵甲攻城車，朱八十一故意憋了二人一會兒，然後趕在二人被徹底憋瘋之前，很是大方的答應。

「真的？」毛貴和傅有德喜出望外，眉開眼笑。

然而，很快笑容就在他們兩個臉上一點點變冷，朱八十一對友軍向來都很義氣，包括火炮的鑄造之法，在他們幾個高級將領眼裡，早就不是什麼秘密了。

但制器一道，卻不是光明白了怎麼幹就能幹得好的，淮安軍的工匠眼裡看起來是毫不起眼的一個零件，在徐州和宿州那邊，也許要集中數十名工匠，花費九牛二虎之力才能造出來；並且結實程度和外觀模樣還遠不如淮安軍的產品，與其自己造，還不如直接買來得省事！

「我還可以讓蘇先生那邊提供配件，你們拿回去自己組裝，但不能白送，材料和人工費用我得收回來！」朱八十一想了想說。

「沒問題，應該的！」毛貴和傅有德異口同聲地說。

所有配件，包括連結固定鐵管的套扣他們剛才都看過了，全是精鐵打造的，沒用任何銅料，並且所有鐵棍子都是空心，看起來很粗，分量卻沒多重，即便淮安軍在原料價錢上翻一倍出售，與火炮和火槍比起來，也是相當廉價。

「那就這麼說定了，你們也給李總管和趙總管帶個話，無論將來需要多少，我這邊都能供應得上！」朱八十一伸出右手，與毛、傅二人當空相擊。

不是他不想替自己保留一件神兵利器，而是鐵甲攻城車根本與神兵利器搭不上邊。這東西，也就是聽起來名字比較威猛，事實上，如果這世界有第二個穿越者的話，一眼就能認出來，這東西其實就是後世建築施工中最常用的碗扣式支撐架，只不過將鋼管換成了單縫鐵管，將人行步道改成了整塊的鋼板罷了。

沒有任何技術含量，賣得越多，淮安軍將作坊那邊的製造成本越低，收益也會隨著水漲船高。如果將來外界需求量大了，甚至可以考慮將捲管技術連同相關設施一併出售給民間，由後者代為加工。像以前的槍托、槍機等零件一樣，讓民間的作坊也能分到好處，同時刺激整個時代的工業發展。

「那個鑽城牆用的鑽頭，連同後面的鐵桿，搖柄，我也要買二十套！」見朱八十一答應得爽快，毛貴索性得寸進尺，「多少錢你隨便開，費用從打破高郵和揚州的分紅裡便直接扣！」

「如果朱總管願意幫忙的話，我們徐州也想賣上十幾套！」傅有德跟朱八十一的關係不像毛貴那樣熟，紅著臉，小心翼翼地請求道。

「沒問題，但我得提醒你們，二十套肯定不夠用！」

不像這個時代的人輕易不願言商，朱八十一對於推銷淮安的工業品，可是一點心理負擔都沒有，大力推銷著：

「整套鑽具，分為鑽頭、套桿和手柄三大件。套桿和手柄都輕易不會壞掉，但鑽頭卻是個易耗品。打上十幾個孔，就得重新回爐。」

印表機可以便宜賣，墨水卻是天價。後世的朱大鵬雖然是個宅男，這點生意經卻算得很精。所以腳架、鑽桿和手柄都可以友情價出售，唯獨這需要頻繁更換的鑽頭一定不能賣便宜了。

這東西，在技術層面，絕對比火繩槍還領先於整個時代，採用了冷鍛成型，高溫滲碳和快速淬火等一連串獨門工藝，除了淮安軍一家，別無分號。毫至少在三年之內，外界誰都仿製不了。

「行！那就多買幾十個鑽頭備用！」毛貴和傅有德二人唯恐朱八十一藏私，哪顧得上考慮什麼當不當冤大頭。立即滿口答應，絕不討價還價。

「我這裡還專門打造了對付磚牆表面的工具，二位想不想看一看？」朱八十一點頭微笑，非常盡職的介紹。

朱八十一壓根不在乎別人笑話不笑話自己滿身銅臭味，毛貴和傅有德二人看在眼裡，卻驚詫莫名。聯想到淮安軍先前曾經多次向宿州和徐州推銷華而不實的火繩槍，皺了皺眉，用極低的聲音說道：「兄弟，你那邊是不是入不敷出了，如果缺錢缺得厲害的話，就說一聲，這次拿下高郵的分紅先放你那用著，等什麼時候手頭寬裕了，什麼時候再給！」

「是啊，朱總管。這次出征前，我家趙總管也吩咐過。如有斬獲，可以先存在朱總管這兒，然後慢慢用火炮什麼的頂帳。」

「二位這是哪裡話來？」朱八十一聽得先是一愣，然後心裡猛然湧起一股濃濃的暖意，「我可是守著一個大鹽倉！」

「可像你這種花法，恐怕守著座金山也不夠啊！」毛貴以為朱八十一在咬著牙死撐面子，不客氣地批評道：「不是每個兵卒都需要披鐵甲，對過往的商販也不能慣得太厲害，你想讓他們多賺些，心思是好的，但是自古無奸不商，他們見你這裡寬厚，反而會趁機鑽空子，能少交一筆就少交一筆！」

「是啊，減賦可以，薄稅就沒必要了。商販都是無利不起早的傢伙，沒有錢賺，他們才不會到您這裡來！」傅有德也直言勸諫。

「我真的不是缺錢才急著把東西賣給你們！」朱八十一揮著手解釋，「大夥都在李總管帳下共事，同氣連枝，我這邊有了趁手的傢伙，自然要最早讓你們也用上。另外，以後你們也要出去攻城掠地，打得越精彩，蒙元朝廷那邊越是手忙腳亂，連帶著我這邊面對的敵軍也會少些。」

「嗯，這話也對。你真的不缺錢？」毛貴將信將疑。

「不缺，缺了我還會跟你客氣麼？」朱八十一用力點頭。

「行，那就帶我跟傅兄弟看你的神兵利器去，只要你肯賣，無論多少錢我們都要。」毛貴還是有點不相信，但朱八十一堅持不接受他的好意，他只能換另外一種方式。

「朱總管打造出來的東西，肯定是極好的，小將也願意多買一些！」傅有德的想法和毛貴差不多，笑笑說。

「二位請跟我來！」朱八十一做了個手勢，將二人領到縣衙後自己的臨時住所，然後從一個上了鎖的箱子裡，拿出另外幾樣稀奇古怪的東西。

「這個，是攻城鑿，順著磚縫插進去，然後在尾部用錘子敲打，將縫隙繼續擴大。最後，再拿這個拐彎的撬棍，塞進攻城鑿開出的縫隙內，往下用力按壓撬桿，隨便一個人操作，也能輕鬆地將城磚給扒下來！」

「哇！」毛貴和傅有德二人一邊看，眼睛一邊冒著小星星。

太神奇了，如果大夥手裡早有這東西，還費什麼勁去爬雲梯？即便完全用磚石壘就的城牆，牆角經得起這東西幾撬？恐怕三下五除二就是一個大窟窿，然後塞進去幾千斤火藥，「轟隆」一聲便萬事大吉。

「還有這東西，是專門用來對付城門的，後邊這個帶輪子的鐵皮箱子裡，裝的全是猛火油。前邊這根管子，連著噴嘴，把這東西推到城門口，用力搬動箱子後邊的拉桿，一次就能將大半箱子的猛火油噴到城門上，然後你用火把這麼一點……」

「二位再跟我到後院來，這個東西不是棺材，是專門用來炸城牆的爆破櫃，與下午那種方式不一樣。下午那種方式，見效雖然快，卻需要根據城牆的實際情況，仔細計算爆破點和火藥用量，萬一城牆很厚，或者爆炸點選得不對的話，接下來就需要用此物來補刀，將此物順著城牆上先前被炸出來的凹洞填進去，拉出導火線，然後再用磚頭於外邊將凹洞徹底封死，最後點燃導火線……」

「轟！」「轟！」「轟！」一天之後的范水寨，寨牆像頑童堆的沙堡一般，在爆炸聲中緩緩癱倒。

「天亡大元，皇上，趙璉盡力了！」敵樓中的參知政事趙璉吐了口血，拔出佩劍，一下割斷了自己的脖子。

五千鹽丁，連同高郵九虎將當中李華甫、張四，根本沒來得及上船，就被衝進來的傅有德追上，一刀一個斬於馬下，其他蒙元士卒魂飛膽喪，不得不丟下兵器乖乖做了俘虜。足足夠五千人吃一個月的糧食，還有大批的弓箭、盞口銃，竹節大銃，全都成了紅巾軍的戰利品。

「轟！」一范水寨被攻破的當夜，一聲巨響過後，時家堡變成了巨大的火把。

白天才撤退到時家堡的張士誠，夥同自己的弟弟張九六，至交好友李伯生等人，半夜摸進了畏兀兒將領果果台寢帳，一刀割去了此人的腦袋。然後點燃庫房裡的火藥製造混亂，謊稱紅巾軍來襲，裹脅著五千鹽丁和其他兩千餘從寶應城外逃到此地的潰兵，連夜朝興化城退去。

大火燒了整整一夜，待第二天早晨傅有德帶領騎兵趕至，整個時家堡已經燒成了一片廢墟。

十一月的清晨已經很冷了，在時家堡西南三十多里處的沼澤地裡，卻有一支大約六千多人的隊伍冒著刺骨的寒風，一腳深，一腳淺地辛苦前行。

隊伍中大部分人都只穿了一件單衣，只有少數幾個，才有一件皮甲或者搶來的絲襖禦寒。然而對於這個時節的天氣來說，絲襖和皮甲所能起到保暖的作用非常有限，因此抹鼻涕聲和咳嗽聲成了瀰漫在這支隊伍當中的主旋律，沒完沒了，無止無休。

「咳咳，咳咳咳——！」千夫長李伯升騎在一匹毛都快掉光了的老馬上，一邊走，一邊不斷地咳嗽。絡腮鬍子上沾滿了口水和鼻涕。

旁邊的幾個親兵看起來跟他這個主將一樣的狼狽，也是咳嗽聲不斷，鼻涕連連。其中有一個，甚至連路都走不動了，眼瞅著一個趔趄，就直接朝路邊的泥坑裡栽了過去。

「小七！」李伯升手疾眼快，從馬背上探下一隻右臂，將陷入半昏迷狀態的親兵緊緊拉住，然後偏腿跳下坐騎，左手迅速從馬鞍後解下一個水袋，一邊朝昏迷者嘴巴裡頭灌，一邊大聲喊道：

「小七，小七，不要睡，馬上就到興化了，到了興化，哥哥我請你去吃大肉片子，巴掌大的肉片子，管飽管夠！」

「老七，老七，堅持住，堅持住，馬上就到興化了，馬上就到興化了！」周圍的其他幾個親兵也圍攏過來，一邊幫李伯升給昏迷著揉搓胸口，一邊大聲呼喊。

然而，一切都太晚了。昏迷中的柳七雖然睜開了眼睛，嘴角卻有暗黑色血跡慢慢淌了出來。「李，李哥，興化，興化真的就，就要到了？」艱難地吞下一口冷水，疲憊裡眼睛裡頭充滿了不甘。

「到了，真的，你堅持一下，我……我讓你騎我的馬！」李伯升用力點頭，眼淚卻大顆大顆地往外掉。

親兵柳七不是第一個倒下的人，事實上，從昨夜離開時家堡到現在，至少有上百名弟兄因為冒著寒風急行軍而活活累死。還有六七百人走著走著就脫離了大部隊，是主動當了逃兵還是變成了一具餓殍，不得而知。

「謝謝，謝謝你，李哥——！」

從李伯升的臉色的表情中，親兵柳七知道大夥都在安慰自己。艱難地咧了下嘴巴，露出滿口被血染紅了的牙齒，「還有，還有諸位兄弟。你們，你們還是把我……放下吧，別……拖累了大夥！」

「不行，當初帶你們投軍，說好了一塊馬上取富貴的！」李伯升心裡大痛，抹了把淚，大聲咆哮，「你不准死。姓柳的，你今天爬也得給我爬到興化去！老子是你的主將，老子的命令，你必須聽！」

「李哥，小七，小七對不住你了！咳咳，咳咳，咳咳……」柳七一邊劇烈的咳嗽，一邊艱難地回應。每一次張口，都有黑色的血水從著嘴裡往外溢，「你，你趕緊帶著大夥回家吧！別，別去興化了。去了，去了那，還，還得跑。朱屠戶，朱屠戶……」

「小七，小七，別睡。別睡！你說不去就不去，咱們回家，咱們馬上就散夥回家！」李伯升雙手抱著親兵柳七用力搖晃，唯恐自己動作一停下來，親兵柳七就長眠不醒。

「小七，別睡啊！咱們有錢了，還要自己買船販私鹽呢！」其他幾個親兵也哭泣著，大聲幫腔。

他們雖然現在名義上是李伯升的親兵，實際上，在兩個月之前，卻還是一起煮鹵水燒鹽的苦哈哈，彼此間，不似兄弟勝似兄弟，因此，他絕對無法眼睜睜看著柳七死在眼前。

「不，不睡！」在眾人的齊聲呼喚下，親兵柳七勉強又將眼睛睜開了一條縫隙，艱難地回應，「我，我不睡。李哥，李哥你也別去興化。咱們，咱們不是，不是朱屠戶的對手。這，這官兵，咱們，咱們不當，不當——噗！」

又一口血逆著呼吸從嘴裡和鼻孔噴射出來，將李伯升的皮甲染得通紅。親兵柳七掙扎了一下，眼睛瞬間張得老大，氣絕身亡。

「小七，小七！」李伯升拼命的搖晃，卻阻止不了懷中屍體越來越冷的事實，心中悲憤莫名。

猛然間，他彷彿下定了決心一般，咬著牙將屍體遞給了身邊的另外一名親兵，「老徐，老周，你們倆去把找個向陽地方把小七葬了，其他人跟著我去找張九四！」

「是！」親兵們鼓起體內最後的精神，齊聲答應。

找張九四，自然不會是跟他談如何到興華城去繼續給朝廷賣命。而是分了大夥該分到的那份錢糧，然後各回各家。這朱屠戶，誰願意去替朝廷打誰去！老子沒那本事，老子先回家過日子去了！

「老八，你告訴呂珍和老潘，讓他們帶著弟兄原地休息！咱們不走了！原地埋鍋造飯！寧可被朱屠戶追上，也不能把大夥都活活給累死！」

既然下定了決心，李伯升就一不做二不休。索性利用千夫長的職權，命令歸屬自己管轄的所有隊伍都停止前進。

「是！」被喚作老八的親兵答應著接過令箭，跌跌撞撞，朝隊伍前方追去。不一會兒，就將李伯升的命令傳遞到了相關人員手中。

整個行軍隊伍登時就斷裂成了前後兩截，不光是李伯升的嫡系千人隊，還有被他裹脅的兩個鹽丁千人隊，也都緩緩地停住了腳步。隊伍中的一些百夫長和牌子頭們，東張西望，如墜雲霧。

那些已經累得快吐血的普通士卒們，卻如蒙大赦一般，立刻歡呼著脫離了隊伍，打水的打水，吃乾糧的吃乾糧，東一堆，西一簇，亂得像洪水過後的螞蟻。

李伯升自己則帶著鹽丁千夫長呂珍和潘原明，以及五十多名親信手下，穿過「蟻群」，大步走向隊伍的前半截。

那邊是千夫長張九四和他的親兄弟張九六兩人的隊伍，還有另外兩支鹽丁。無論規模還是實際戰鬥力，都遠遠高於李伯升這邊。所以，雙方即便今後不能再並肩作戰，也儘量要好聚好散。

同為「高郵九虎將」之一的張九四顯然也感覺到事態正漸漸脫離自己的掌控。因此不待李伯升追上，就主動將前半截隊伍也停了下來，並且帶著親弟弟張九六、鹽丁千戶瞿啟明等人掉頭相迎，隔著老遠就拱起了手，大笑著說道：

「我這邊剛剛想下令隊伍停下來休整，卻沒料到伯升你跟我想到一起去了！來，來，來，趁著飯熟還需要一段時間，你我趕緊商量商量，下一步該怎麼辦！」

「下一步，下一步你不是要去興化麼？」李伯升被打了個措手不及，先前在肚子裡準備好的話一句都說不出來。只好皺著眉頭，生硬地追問。

「那只是為了讓弟兄們走得痛快一些！」張九四的反應，可是比李伯升機敏得多，搖搖頭，大步上前，「伯升你也知道，昨夜的情況不容耽擱。你我如果再不趕緊帶著弟兄們離開，非得給朱屠戶一口吞了不可！」

「嗯，呼！」李伯升被懟得只喘粗氣，卻說不出任何指責對方的話來。范水寨距離時家堡只有三十多里路，如果他們昨夜不聯手殺掉色目主將果果台，棄堡逃命，一旦紅巾軍趕到，後果的確不堪設想。

「但是，伯升，這興化恐怕是去不得啊！」張九四又快速向前走了幾步，伸手拉起李伯升的胳膊，「你聽哥哥我說，不是哥哥我變卦，而是那朱屠戶太厲害了。你想想，幾個月前，他破淮安是用了一天一夜的功夫，兩天前破寶應，卻只用了一個下午，昨天破范水寨，你覺得時間多長？有一炷香麼？按這個節奏，你想想，即便咱們死守興化，能守到什麼時候？」

「唉！」李伯升無力地嘆氣。還用算麼，大夥昨夜在時家堡不就是望風而逃了麼？連一彈指的功夫，都沒敢讓那朱屠戶浪費！以目前的士氣和實力對比，即便死守興化，能堅持幾彈指呢？還不如早點散了夥回家了事！

「本來該給大夥分了錢糧，各回各家的！」彷彿能看穿李伯升的心思，沒等他開口，張九四便嘆了口氣，搖搖頭道：「但是……，我的伯升老弟，真的回了家，你還能過得下去原來那種日子麼？吃了上頓不知道下頓在那兒？見到個人就得磕頭作揖？」

「唉！」李伯升被問得心頭一緊，渾身上下一點力氣也提不起來。是啊，回去簡單，可自己還能過原來那種日子麼？這兩個月的千夫長雖然做得名不副實，但畢竟也是一呼百應，並且有大把大把的活錢從手上流過，回去當個平頭百姓，即便用這兩個月攢下來的錢購置了船舶販鹽，見了那些鄉間小吏，自己的膝蓋還彎得下去麼？

「我聽人說，那朱屠戶在南下淮安之前，手頭只有一千多弟兄！」感覺到李伯升手掌處傳來的戰慄，張士誠又嘆了口氣，繼續說道：「現在，他卻統兵數萬，跺一跺腳，運河兩岸無處不晃悠。我的伯升老哥，你我手中的兵馬現在加起來可是六千餘眾，比半年前的朱屠戶強太多了。他能吃香喝辣，咱們哥倆憑什麼被攆得像條狗一樣，餓著肚子四處找屎吃？」

「是啊，憑什麼?!」非但李伯升被說得心頭一片火熱，跟他同來找張九四分錢糧的呂珍和潘原明等人，也是滿臉激憤。

朱八十一的名字這兩年大夥如雷貫耳，有關此人的事蹟，早已傳遍了兩淮上下，大河南北。特別是幾個月前此人帶著千餘弟兄就飛奪淮安的壯舉，更被江湖豪傑們津津樂道，每次談論起來，雖然一口一個朱屠戶的罵著，心裡頭卻早就把自己化成了對方的模樣，恨不能取而代之。

在這些人心裡，眼下可是不會去想那一千精銳戰兵和一千流民的差別，再加上最近兩個多月接觸下來，他們也的確將蒙元官兵的虛實摸了個底，知道其不過是一個外強中乾的空架子而已，因此一個個彷彿突然撥雲見日般，只覺得眼前整個世界明媚無比。

「伯升，老呂，小潘、小瞿！」看著眾人狂熱的眼神，張九四知道自己這把火已經燒得差不多了，便挨個叫著幾個領頭者的名字，繼續往上澆油：

「諸位難道還沒看出來麼？亂世已經到了！有道是，狼行千里吃肉，狗行千里吃屎。諸位難道真的就甘心眼睜睜地看著別人攻城掠地，自己卻繼續交糧納貢？都是爺們，誰下面比誰少一截兒？」

「反了，殺人放火誰不會，咱們也反了！」

「就是，九十四，怎麼辦，我們聽你的！」

「反了反了，皇上輪流做，明年到我家！大不了二十年後又是一條好漢！」

眾人眼裡立刻燃燒起熾烈的火焰，紛紛擦拳磨掌，準備大幹一場。

李伯升剛剛看到柳七在自己懷裡死去，頭腦比其他人稍微冷靜一些，想了想，猶豫著說道：「造反倒是容易，眼下官府招架朱屠戶還來不及，肯定顧不上再管咱們，但咱們總得想得長遠一點兒，至少得先給自己找個地方落腳。否則，一旦手頭的糧食吃光了，那面就是個樹倒猢猻散的下場。」

「那還不容易麼，興化就在前頭，咱們進城去，突然亮出刀子，肯定能打守軍一個猝不及防！」

「搶了興化，然後再給劉福通劉大帥送一份厚禮。想必念在同是紅巾的份上，那朱八十一也不敢來動咱們！」

「是啊，他連孫德崖和郭子興都不願意動，怎麼可能會動咱們！」

眾人立刻七嘴八舌說著，甚至連打下地盤後如何對付朱八十一都想好了，就等張九四和李伯升兩個拍板。

「他不動孫德崖，並不等於不會動咱們！」李伯升吐了粗氣，用力搖頭。「他這次來勢洶洶，恐怕對高郵府全境志在必得。咱們摘了他的桃子，即便能找到劉福通撐腰，他也未必會給劉福通這個面子；況且那劉福通能做到紅巾軍大元帥，也不是個好糊弄的主兒，未必肯為咱們這幾個上不了台盤的小角色去得罪麾下一方諸侯。」

「這……」眾人聞聽，心裡的火苗立刻就短了三截。造蒙元朝廷的反，大夥不怎麼害怕，畢竟眼下大半個河南江北行省都成了紅巾軍的地盤，蒙元朝廷即便出兵剿滅，也得先從劉福通、芝麻李等大塊頭剿起，一時半會兒顧不上大夥這些小角色。

但捋朱八十一的虎鬚，卻著實需要大夥掂量掂量。那廝雖然號稱厚道，殺起人來，卻也不曾眨過眼睛，淮安那群大鹽商就是先例，一夜之間，上千顆腦袋，至今做食鹽生意的商販提起此事來還人人色變。

「不打興化，朱屠戶是頭老虎，咱們不能從他嘴裡奪食！」張九四雖然一心鼓動大夥造反，卻也不是個魯莽的人。聽李伯升說得認真，立刻從善如流，道：「非但不能打興化，凡是朱屠戶可能看上的地方，咱們都不能去碰，否則，一旦惹惱了他，以咱們現在的實力，肯定擋不住他傾力一擊。」

「那乾脆咱們就去投朱八十一！」有人眼神一閃，興高采烈地說道。

這句話立刻得到了不少人的回應。紛紛擦拳磨掌，大聲議論道：

「著啊，咱們何必捨近求遠呢。有六千多弟兄，在朱屠戶那裡，少不得也能撈個千夫長做！」

「一個千夫長就滿足了，照我說，至少讓九四哥做了萬戶，然後咱們幾個都做九四哥帳下的指揮使！」

「是啊，是啊！給朱八十一當兵，咱們也能借借他的東風！」

「呵呵，大夥想得太簡單了！」

正當大夥說得高興時，張九四忽然冷笑了幾聲，兜頭潑下一盆冷水。

「你們覺得，眼下朱屠戶缺咱們幾千兵馬麼？我可聽人說過，他那邊有個規矩，無戰功者不得為官，即便想做個百夫長，都得自己拎著刀子到陣前去換。」

「是啊！」李伯升喟然長嘆，「就連那勇冠三軍的胡大海，最開始都只能在他麾下做個教頭，直到淮安之戰中立了大功才得到他的提拔，咱們……唉！」

一番話說得眾人心裡涼了一半，紛紛嘆著氣，「那你們說，咱們該怎麼辦？」

「是啊，不能打興化，又不能投朱八十一，咱們還能往哪走？難道繼續餓著肚子向前，一直走到泰州去不成？」

「是啊，九四，伯升，你們兩個最有本事，你們兩個畫出個道來，大夥聽著便是！」

張九四要的就是大夥沒主意，如果大夥此刻心裡不亂，反而不利於他火中取栗，因此淡然一笑，先把發言權讓給了李伯升，「伯升兄，你年齡比我大，你先說！」

「我？」李伯升只是不願意再去招惹朱八十一，至於下一步具體該怎麼辦，還真沒啥成熟想法，猶豫再三，搖著頭道：「我現在心裡亂得狠，九四，還是你來說吧！咱們這些人裡頭，你向來最有眼光。」

「是啊，張大哥，你說，我們聽你的！」

「是啊，張哥，我們跟著你幹，奉你為主！」

「對，張哥，只要你能給大夥找到活路，我們就都奉你當主公。絕不反悔！」

「辦法倒是有一個，我要是說出來，大夥可別裝慫！」張九四明明心裡已經樂開了花，嘴巴上卻不肯鬆口。

「不反悔，你儘管說，只要辦法可行，咱們這條命就賣給你！」

「誰說了不算，老子就給他白刀子進，紅刀子出！」

眾人心裡早就被撩撥得心癢難耐，紛紛拔出刀子來比劃著。

「辦法有一個！」張九四咬了咬牙，忽然將聲音壓到極低，用只有幾個人聽到的程度，耳語般說道：「記得說書先生講過，三國時候，有個人叫孫伯符……」

也不怪張九四等人不敢捋朱八十一虎鬚，半日克寶應，一炷香下范水，這份戰力，天下有幾個人敢逆其鋒纓？即便是先前信心滿滿地誓要將朱屠戶生擒於高郵城外的蒙元河南江北行省左丞契哲篤，在得到消息之後也完全亂了方寸，每日困坐在衙門裡頭，緊張得如同熱鍋上的螞蟻。

「賊軍來勢洶洶，左丞何不向揚州求援，請鎮南王發兵來救？雙方合兵一處，與朱屠戶較量一場。總比各自守在城裡，被朱屠戶逐一攻破為好。」此時此刻，知府李齊也沒了底氣，見契哲篤愁眉不展，便湊到他身邊小聲提議。

「是啊，賊兵勢大，大人宜早做打算！」契哲篤的心腹愛將，回回人納速剌丁也湊上前，低聲給李齊幫腔。

三道防線，前兩道防線被淮安紅巾一捅而穿，而期待中的猛將董摶霄，卻還在長江南岸不知道什麼地方。如果再不趕緊找人過來幫忙的話，等那朱屠戶帶著兵馬殺到，大夥十有八九是死路一條。

「唉，你等有所不知！」契哲篤長嘆一聲，搖著頭說：「若是能與鎮南王孛羅不花合兵，老夫又何必隔著一條大江向董摶霄求援？下去各自忙各自的事情去吧，這個主意不用再提了！」

「這？」知府李齊的嘴巴動了動，將想要說的話又咽回了肚子裡。

據他所知，眼前這位河南江北行省左丞契哲篤，可是個少見的明白人，非但精通兵法，熟於政務，而且氣度恢弘，絕不是會為小恩小怨就置國家大事於不顧的人。

「鎮南王孛羅不花與鎮守廬州的帖木兒不花乃是叔侄，而帖木兒不花與鎮守武昌的威順王寬徹不花又是兄弟。」見眾人滿臉迷惑，河南江北行省左丞契哲篤嘆道：「五年前，集慶盜起，孛羅不花討平之，然後又與威順王寬徹不花討傜賊吳天保於靖州，朝廷皆無封賞。而去年賊將倪文俊、陳友諒進攻武昌，朝廷沒派一兵一卒相救，今年反倒因為寬徹不花丟了武昌，奪其王位，並且將其子別帖木兒下獄定了大辟之刑，多虧寬徹不花拿了錢走通了皇后的門路，才免去了一死，改成了待罪軍前立功。」

「嘶——！」李齊和納速剌丁兩個齊齊倒吸了口冷氣，半晌說不出一句話。

這朝廷對鎮南王一家也太苛刻了些，即便是降將，也沒見如此狠辣過，打了勝仗沒賞賜，打了敗仗就追究到底，也難怪鎮南王孛羅不花眼看著朱八十一在淮安折騰，卻好像跟自己沒關係一般，半點力氣都不願意出。

正在心中感慨間，卻又聽契哲篤幽幽說道：「陛下幼時顛沛，所以對人的提防心思，難免就重一些，且早年間一直有謠傳，權相伯顏一直對孛羅不花青睞有加，而細算下來，孛羅不花、帖木兒不花和寬徹不花也都為世祖陛下的嫡傳血脈！唉！」

「啊——！」李齊和納速剌丁兩個再度倒吸冷氣，好半晌都無法將嘴巴合攏。

論職位，他們也算上是四品大員，但涉及到皇家的秘聞軼事，卻很少聽聞，也沒勇氣胡亂打探，而今天，從不知道契哲篤是因為心思大亂，還是出於拉攏目的，居然把蒙古皇族間的秘密毫無保留地給端了出來。

最是無情帝王家！這句話，幾乎在世界各地都通用，因此不用仔細琢磨，李齊和納速剌丁兩個就知道揚州方面不可能發來一兵一卒了，而以眼下守軍的士氣和實力，想堅持到董摶霄趕到，無異於癡人說夢。

「你們兩個不必過於擔心！」知道李齊和納速剌丁都不想這麼早就為國盡忠，契哲篤慘然地說道：「老夫已經派遣心腹，在西門備下船隻，萬一事有不測，老夫會和你等一起從高郵湖上撤退，即使拼著被朝廷治罪，老夫也得把賊軍破城如此迅速的原因帶出去，以讓各地官府能早做提防！」

「我等願拼死保護大人！」李齊和納速剌丁等人又是感動又是難過，躬下身大聲回應。

在朱八十一之前，從來沒有人攻勢能銳利如斯，從淮安到寶應到范水，以往令進攻方頭疼無比的城防，在他朱屠戶眼裡，就好像根本不存在一般。如果說淮安城因為排水溝渠防衛疏忽，被攻破還可以理解，寶應和范水寨破得就有些匪夷所思了。

那兩個地方，自打淮安失守之後，可是第一時間就給排水渠裝上了無數道鐵籠閘，即便他朱屠戶拿著絕世神兵，也不可能在眨眼功夫就將那麼多道鐵閘全部砍開，顯然姓朱的除了火炮之外，又鼓搗出一種新的破城利器。

那是以往大夥誰都沒見過的，並且歷史上根本沒有過記錄的。寶應城逃回來的潰兵不知道那到底是何物，只是說賊軍出動了一種巨大結實並且能自己行走的鐵甲車。而鐵甲車下到底藏了什麼，為何會讓寶應城的東牆像豆腐一樣垮掉，卻是誰也說不明白。

請續看《燕歌行》6 全力反撲

燕歌行 卷5 秘密法寶

作者：酒徒
發行人：陳曉林
出版所：風雲時代出版股份有限公司
地址：10576台北市民生東路五段178號7樓之3
電話：(02) 2756-0949
傳真：(02) 2765-3799
執行主編：朱墨菲
美術設計：許惠芳
行銷企劃：林安莉
業務總監：張瑋鳳

初版日期：2020年6月
版權授權：蔡雷平
ISBN ：978-986-352-816-6
風雲書網：http://www.eastbooks.com.tw
官方部落格：http://eastbooks.pixnet.net/blog
Facebook：http://www.facebook.com/h7560949
E-mail：h7560949@ms15.hinet.net
劃撥帳號：12043291
戶名：風雲時代出版股份有限公司

風雲發行所：33373桃園市龜山區公西村2鄰復興街304巷96號
電話：(03) 318-1378
傳真：(03) 318-1378
法律顧問：永然法律事務所 李永然律師
北辰著作權事務所 蕭雄淋律師

行政院新聞局局版台業字第3595號 營利事業統一編號22759935

定價：270元

國家圖書館出版品預行編目資料

燕歌行 ／酒徒 著. -- 初版 -- 臺北市：風雲時代，
2020.02- 冊；公分

ISBN 978-986-352-816-6（第5冊；平裝）

857.7 109000129